KB058925

『거대 로봇이 되지 못해서 죄송하군요.』

"바보야, 비꼬는 게 아니라고."

아로간츠의 팔다리가 새로운 것으로 교환되고,

성수의 가지를 피하며 날았다.

거기에, 아로간츠를 쫓아온 마장이 보였다.

아로간츠는 손상된 양팔과 양다리 파츠를 분리했다.
컨테이너도 분리하여 낙하하자,
슈베르트가 등으로 돌아 들어와
아로간츠와 도킹했다.

"합체는 남자애의 꿈이지."

루이제 양은 날 부둥켜안고는, 울었다.

"미안. 미안해.

　　　정말로── 미안해."

여기서 누나라고 부를까 망설였지만── 그만뒀다.

내가 말하면 분위기를 완전히 망쳐 버릴 거라고 생각했기에

몸을 빌려주는 것만으로 그쳤다.

CONTENTS

THE WORLD OF OTOME GAMES IS A TOUGH FOR MOBS.

프롤로그

배신은 언제나 갑작스럽게 일어난다.

예상된 배신 따위는 무섭지도 않고, 아프지도 않다.

배신자는 항상 배신할 상대가 제일 괴로워할 타이밍을 잰다.

그것이 지금, 바로 이때다!

"리온 씨, 제대로 설명해 주지 않으면── '뗙!'이니까 말이에요."

귀엽게 고개를 기울이고 있는【올리비아】가 눈을 살짝 뜨고 있다.

그녀의 눈동자는 거짓말을 조금도 용서하지 않겠다는 압력을 내뿜고 있었다.

그 압력에 나【리온 포우 발트하르트】는 덜덜 떨었다.

곧장 변명하려고 입을 열었지만, 목이 바싹 말라 목소리가 잘 나오지 않았다.

아무래도 나는 상당히 긴장한 모양이다.

"두, 두 사람 다 진정하고 이야기를 하자. 진정하면, 오해도 풀릴 거야. 게다가 이건 루크시온의 함정이라고! 나는 함정에 빠진 거야!"

내 필사적인 호소도 허무하게,【안젤리카 라파 레드글레이브】는 방에 있는 아기 침대를 보고 있었다.

침대를 손으로 만지며, 미소 짓고 있다.

하지만 그 미소에 나는 등줄기가 오싹해졌다.

분명히 화내고 있다.

조용히 격노하고 있다.

안제의 감정을 말로 표현한다면, 분화 직전인 화산이랄까?

대답을 잘못하면, 즉시 대분화──. 어째서 나는 이런 상황에 내몰려 있는 걸까? 내가 대체 뭘 했다는 거지?

"우리가 납득할 수 있는 변명을 생각해 줬으면 하는군. 유학처인 공화국 집에, 여자를 데리고 들어와 아기 침대까지 준비해 둔 이유를 말이야."

──지금의 내 상황을 설명하지.

언제까지고 마리에의 저택에서 신세를 질 수도 없는 노릇이라, 날 위해 마련된 집에 돌아왔는데, 그때【노엘 베르톨레】가 '성수의 묘목'에 무녀로 선택받고 말았다.

──그녀의 본명은【노엘 질 레스피나스】.

사태가 이렇게 되자 나는 어쩔 수 없이 무녀를 지키기 위해 그녀를 집으로 데리고 왔다.

다른 뜻은 없다. 정말이다!

공화국의 바보들한테서 노엘을 지키기 위해 데려왔을 뿐이다.

성수의 묘목에 무녀로 선택받은 노엘은 공화국이 보기에 몹시 탐나는 존재였다.

나는 여러모로 생각한 결과, 노엘을 지키려면 내 곁에 두는 게 가장 좋다고 판단했다.

본인도 그걸 희망하였기에 아무런 문제도 없었다.

노엘은 리비아와 안제를 앞에 두고 미안한 듯 고개를 숙였다.

그녀는 끝으로 갈수록 핑크색이 진해지는 금발 머리카락을 오른쪽에서 사이드 포니테일로 묶은 게 특징인 여자아이다.

"죄, 죄송해요. 제가 나쁜 거예요. 제가 그만 우쭐해지는 바람에."

노엘이 미안해하는 태도를 보일수록, 리비아나 안제의 시선이 냉엄해졌다.

나는 떨리는 입으로 노엘에게 잠깐 조용히 있도록 부탁했다.

"조, 좀 진정할까, 노엘! 내, 내내내, 내가 이야기할 테니까! 오해는 내가 풀 테니까!"

큭! 무서워서 목소리가 뒤집힌다.

딱히 바람을 피운 것도 아닌데, 바람을 피웠다고 의심받는 것만으로도 무섭다.

게다가 나는 바람을 부정하기가 어려운 상황에 빠져있다.

두 사람이 내 집에 온 타이밍도 최악이었다.

내가 노엘과 같이 살짝 장난치고 있던 장면을 두 사람이 목격했고, 그건 누가 보면 바람을 피우는 중이라고밖에 생각할 수 없는 상황이었다.

더구나 방에는 아기용 침대까지 놓여 있다.

내가 공화국에 와서 새로 사귄 장이라는 친구가 있는데, 어떤 사정으로 그의 애견을 얼마 전까지 맡고 있었다.

그럭저럭 나이 든 개여서 보살핌이 필요했는데, 그때 썼던 게 바로 저 아기용 침대였다.

다만—— 그 애견의 이름이 【노엘】이란 점이 문제였다.

즉 바람 의심 상대와 같은 이름이다. 이게 상황을 한층 더 까다롭게 만들었다.

나는 개를 돌보았을 뿐이지만, 리비아와 안제의 눈에는 내가 공화국에서 집에 여자를 데려와 아기용 침대까지 준비한 것처럼 비치는 것이다.

만약, 만약에 말이다.

이 상황을 다른 사람이 들으면 열 명 중 열 명이 바람을 의심할 것이다.

나 역시 다른 사람 이야기라면 바람이라고 생각할 거다.

하지만 결단코 나는 바람을 피우지 않았다.

그런데도 이런 상황이 된 건—— 루크시온이 배신했기 때문이다.

본래라면 이러한 오해가 일어날 상황에서 둘과 맞닥뜨리는 건 있을 수 없는 일이었다.

그러면, 어째서 이런 상황에 빠지고 만 것인가?

전부 루크시온이 나쁘다.

나는 상황을 타개하기 위해 뇌를 풀 회전시켰다.

괜찮다.

나는 말주변이 서툴지만, 진지하게 호소하면 두 사람도 이해해 줄 터다.

"둘 다—— 잘 생각해봐. 만약, 만약에, 말이야? 사실은 아니지만, 만약에 내가 바람을 피웠다고 가정하고── 가정이라니까! 사실이 아니지만, 바람피우고 있었다는 전제로 생각하면, 이상한 점이 있지 않을까?"

가정한 이야기로 '바람을 피웠다'라고 말한 순간, 리비아와 안제의 눈동자가 매우 차가운 빛을 내뿜은 느낌이 들었다.

등줄기가 오싹해서 견딜 수가 없다. 몸이 덜덜 떨린다고.

"이상한 점? 재지 말고 이야기해줬으면 하는군."

안제의 음색이 몹시 차가웠다.

나는 앞으로 절대 바람은 피우지 않겠다고 마음속으로 맹세했다.

이 두 사람은 화나게 해서는 안 된다.

그걸 이번 건으로 머리가 아니라 마음으로── 아니, 영혼이 이해했다.

리비아가 시선을 내게서 돌리고는 입가에 손을 댔다.

"확실히, 조금 이상하네요."

"음?"

안제가 리비아에게 시선을 돌렸다. 아무래도 리비아는 내가 하고 싶었던 말을 헤아려 준 모양이다.

"저희가 알제르 공화국에 왔는데도, 리온 씨는 항구에 마중 나오지 않았어요. 그런데 저번에는 연락도 하지 않았는데, 항구에 마중 나왔었잖아요? 그때는 저희가 온다는 사실을 미리 알고 있었죠?"

"루크시온이 알려준 것 아닌가? ──그런가, 그런 거로군."

안제도 이해해 준 모양인지 내가 하고 싶었던 말을 대변해 주었다.

"애초부터 숨길 생각이었다면 우리가 도착하기 전에 증거를 인멸할 수 있었을 터. 그러지 않았다는 건 루크시온이 알려주지 않았기 때문인가."

평소라면 시끄러울 정도로 여러 가지 보고를 건네 오는 루크시온이 이번에 한해서는 내게 아무것도 알리지 않았다.

명백한 배신행위다!

리비아가 고개를 끄덕인 뒤, 그대로 내가 여기까지 내몰린 건 이상하다고 이야기했다.

"게다가 아레의 낌새도 이상해요. 리온 씨가 진심으로 숨기고 싶다면, 시간을 벌려고 하지 않을까요? 굳이 증거를 남길 것 같진 않아요."

그래, 그거야! 평소의 그 녀석들이라면 분명 사전에 나한테 정보를 가지고 왔을 거다.

쓸데없이 유능한 그 녀석들이 하는 일이다.

녀석들이면 바람피운 증거 정도는 어떻게든 해줄 거다! ──아니, 바람피우지 않았지만.

나는 결백하다고!

"그렇지?! 이건 그 녀석들이 배신한 거라고!"

리비아와 안제가 스스로 해답에 도달한 덕분에 아무래도 오해는 풀린 듯하다.

이것이 사랑의 힘이다.

안도하고 있었더니, 방의 낌새를 엿보던 안경 낀 여성이 불쑥 중얼거렸다.

"──그래도 리온 님이 이 방에서 노엘 님과 정답게 장난을 치고 있었던 건 사실이지만 말이지요."

이, 이 인간──【코델리아 포우 이스턴】은 내 시중을 드는 역할로, 안제가 파견해 준 메이드다.

나와 마찬가지로 쿨한 상식인이라고 생각하고 있었는데, 이 사람도 배신자인 모양이다.

어라? 내 주위에는 배신자밖에 없는 건가?

안제가 내게 시선을 되돌렸다.

조금 전에 약간 누그러졌던 시선이 또다시 원래대로 돌아와 있었다.

"그렇다면 루크시온은 도가 지나친 주인에게 뭔가 생각하는 바가 있었다는 뜻이 아닌가?"

그러자 리비아가 안제의 말에 고개를 끄덕였다.

"그럴 가능성도 있겠네요. 리온 씨의 불장난이 너무 심하니 조금은 따끔한 맛을 보도록, 말이죠."

"루크시온은 충신이군. 주인한테 간언할 수 있는 자가 곁에 있다니, 리온은 행운아야."

"그, 그런 건 아니지 않을까, 싶은데."

좋지 않은 흐름이다.

이 흐름을 바꾸고자 이것저것 생각했지만, 내 말주변으로는 불가능했다.

도움을 요청하기 위해 시선을 이리저리 옮기다가, 시야 한구석에 보인 【유메리아】 씨에게 한 줄기 희망을 걸었다.

마음이 전해진 것일까?

형언할 방도가 없는 이 무거운 공기 속에서, 유메리아 씨가 용기를 쥐어짜 내어 발언했다.

너의 용기는 잊지 않을게!

"저, 저기, 리온 님도 나, 남자애니까요! 한때의 욕망에 져 버릴 때가 있다고 생각해요!"

──불에 기름을 붓는다는 말이었다.

하지만 지금의 상황을 설명한다면, 불에 폭탄을 던졌다고 할 수 있으리라.

이래서는 마치 내가 바람을 피우고 있었던 것처럼 들리지 않는가.

유메리아 씨는 퍼뜩 자신의 말실수를 깨달은 표정을 짓고는, 당황하며 자신의 발언을 정정하기 시작했다.

"아, 아니에요. 저기, 장난이 조금 지나친 것뿐이라고 할지, 그러니까── 저기, 그게── 어, 어쨌든, 리온 님은 오로지 두 분만 바라보는 한결같은 분이세요! 어, 어라? 두 명인 시점에서 오로지 한결같은 건 아닌가?"

확실히 약혼자가 두 명이나 있는 시점에서 오로지 한결같다는 말은 쓸 수 없겠군.

깨닫고 보니 최악인 상황이었다.

게다가 고립무원.

노엘이 뭔가 밀해 봤자, 리비아와 안제는 믿지 않으리라.

코델리아 씨는 내 편을 들 생각이 없고, 유메리아 씨는 안타깝지만 도움이 되질 않는다.

본래 나를 도와야 할 인공지능──【루크시온】과【크레아레】도 이 꼴이 되도록 현장에 달려오지 않는 걸로 봐서, 배신했을 가능성이 크다.

아니, 현시점에서 이미 배신했다.

이 자식, 망할 인공지능 놈들.

"역시 인공지능은 인류를 배신하는군."

소설이나 영화를 보면 인공지능이 사람을 배신하는 이야기가 흔히 있지 않은가.

루크시온도 예외가 아니었다는 것이다.

웃기고 앉았어! 그 녀석── 그 녀석들! 절대로 용서하지 않을 거다!

"어차피 듣고 있지, 루크시온? 잊지 말라고── 마지막에 웃는 건 우리 인류다! 목 씻고 기다려라!"

어디선가 이 상황을 관찰하고 있을 루크시온을 향해 나는 높이 선언하며 웃기 시작했다.

이제, 웃을 수밖에 없다. 그러지 않으면 울음이 나올 것만 같다.

노엘은 갑자기 웃기 시작한 나를 보고는 깜짝 놀랐고, 코넬리아 씨는 몹시 질색한 표정을 지었다.

하지만 가장 마음에 대미지가 오는 건 유메리아 씨가 진심으로 날 걱정하고 있는 모습이었다.

"리온 님, 정신 차리세요. 괜찮아요. 분명 괜찮을 거예요!"

뭐가 괜찮다는 거야? 그래도, 걱정해 줘서 고마워!

그런 상냥한 당신을 정말 좋아합니다.

내가 메마른 웃음소리를 내고 있자, 리비아와 안제가 내 팔을 붙잡고 안겨들었다.

양손에 꽃 상태가 되었지만, 어떻게 봐도 도망치지 못하도록 붙잡은 거였다.

두 사람은 어두운 미소를 띠고 있었다.

이윽고 내 팔에서 끼익끼익 하는 소리가 들려왔다.

"리온 씨, 전부 이야기해 주셔야겠어요. ──안 그러면, 떽이니까요."

"미주알고주알 전부 불어 주실까. 시간은 잔뜩 있다고. 오늘은 잘 수 있다고 생각지 마라."

저 안제의 말을 평범하게 들었다면 얼굴이 빨개졌을 텐데.

평범하게 들었다면, 말이지!

나는 두 사람한테 구속당하여 그대로 방에서 끌려 나갔다.

노엘이 내게 손을 뻗었다.

"리온?!"

나는 얼굴만 돌려 뒤를 돌아보고, 필사적으로 미소를 띠어 노엘을 안심시켰다.

"안심해, 노엘. 이야기하면 분명 이해해 줄 거야."

나는 무죄다.

바람 따위, 피우지 않았다.

그러니까, 리비아와 안제도 이야기하면 분명 이해해 줄 터다.

이야기하면──!

"리온 씨, 이번만큼은 정말로 떽, 이니까 말이에요."

분명⋯⋯.

"너한테는 한번 여성 관계에 관해 확실하게 설명해 뒀어야 했다. 불장난하지 말라고는 말하지 않겠다만, 그 나름의 각오를 가져 줘야겠어."

──나는 살아서 돌아올 수 있을까?

"루크시온, 어째서 나를 배신한 거야."

나는 리비아와 안제한테 연행되면서 어깨를 떨구고 시선을 바닥으로 향했다.

체포된 범인 같은 기분이다.

아니, 바람은 피우지 않았지만!

나쁜 일 따위 조금도 하지 않았지만!

알제르 공화국에 있는 학원은 겨울방학에 들어간 상태였다.

【렐리아 베르톨레】는 이 겨울방학을 이용하여 어떤 던전에 도전하는 중이었다.

핑크색 머리카락을 노엘처럼 사이드 포니테일로 묶었지만, 노엘과는 방향이 반대였다.

두 사람은 쌍둥이 자매로, 외모가 제법 비슷했지만, 구분할 수는 있었다.

무엇보다, 노엘의 동생인 렐리아는 전생자였다.

"여기, 여기야. 본 적이 있어."

렐리아는 등에 커다란 배낭을 짊어지고 있었고, 옷에는 진흙이 묻어 있었으며, 손에는 피켈을 쥐고 있었다. 여기까지 오기 위해 얼마나 고생했는지를 그녀의 모습이 보여 주고 있었다. 제법 무리를 한 모양이라, 숨도 가쁘게 헐떡이고 있었다.

동행하던 【세르주 사라 라우르트】가 렐리아를 걱정했다.

"야, 괜찮냐? 익숙하지 않은데 무리하는 건 좋지 않다고."

"걱정 마. 도착하기만 하면—— 어떻게든 돼."

"흐음——. 그나저나, 잘도 이런 곳을 알고 있었군."

세르주는 햇볕에 그을린 갈색 피부를 지녔고, 검은 머리카락을 손으로 쓸어 뒤로 넘긴 와일드한 청년이다.

키가 크고 근육질 몸매로, 렐리아의 약혼자인 【에밀 라즈 플레벤】과는 정반대의 이미지였다.

렐리아가 세르주와 함께 던전에 들어온 건 달리 이유가 있었다.

세르주가 주위를 둘러보니 금속으로 보이는 벽을 꿰뚫고 성수의 뿌리가 이곳저곳에 온통 뻗어 있었다.

벽을 보아 어딘가의 통로인 것 같았지만, 대부분의 문을 열 수 없었다.

문 자체가 일그러져 있기도 하고, 나무뿌리가 방을 뒤덮고 있기 때문이기도 했다.

세르주는 랜턴을 왼손에 들고 주위를 비추었다.

"성수 바로 밑에 이런 던전이 있다니. 렐리아, 이건 대발견 아니냐?"

두 사람이 있는 곳은 성수 바로 밑.

즉 지하다.

렐리아는 수통으로 물을 마시고 입가를 소매로 닦았다.

거기에는 단아한 모습 따위 없었고, 그걸 신경 쓰고 있을 여유도 없다.

"비밀로 해. 다른 사람들이 들으면 성가셔져. 그리고── 세르주, 내 말 듣고 있어?"

렐리아는 자신의 모습을 흐뭇하게 쳐다보는 세르주를 노려봤다.

세르주는 기쁜 듯이 웃고 있었다.

"화내지 말라고. 그저, 역시, 넌 좋네."

"뭐?"

이런 상황에서 무슨 말을 하는 걸까?

렐리아가 어떻게 반응해야 할지 곤란해하고 있자, 세르주가 걸어 나왔다.

렐리아 앞을 걸었다.

"꾸미지 않는 점이 좋다는 이야기야."

"네, 네, 어차피 전 왈가닥이에요."

세르주의 발언은 비꼬는 것이었나 하고 판단하여 렐리아는 부루퉁해졌다.

하지만 내심으로는 앞으로의 일을 생각하고 있다.

'리온은 호르파트 왕국에서 루크시온을 발견했어. 그렇다면, 공화국에도 분명 있을 거야.'

리온이 호르파트 왕국에서 루크시온을 발견한 것처럼, 공화국——그 여성향 게임 2탄에도 치트급 아이템이 존재했다.

그건 루크시온과 마찬가지로 과금 아이템이다.

'반드시 있을 거야. 없다면 곤란해. 없으면—— 리온과 대등해질 수 없어.'

렐리아는 루크시온이라는 치트 아이템을 지닌 리온을 두려워하고 있었다.

루크시온이 진심을 내면, 알제르 공화국이 존재하는 대륙조차 가라앉혀 버릴 수 있다.

그런 이야기를 듣고서 안심할 수 있을 리가 없다.

그러니 자신도 치트 아이템을 노리기로 결의했다.

혼자서는 도저히 할 수 없었지만, 귀족이면서도 모험가인 세르주의 힘을 빌려 여기까지 올 수 있었다.

렐리아는 어두운 통로를 걸었다.

몇 번이고 나무뿌리에 발이 걸려 넘어질 뻔하고, 그때마다 세르주가 받아내 줬다.

"조금 쉬겠어?"

"괘, 괜찮아. 조금만 더 가면 돼. 그러니까, 이대로 앞으로 갈 거야."

치트 아이템은 눈앞이다.

그 여성향 게임을 플레이했을 무렵의 기억이 되살아난다.

'앞으로 조금만 더. 그래, 이 문 너머에 있을 거야.'

두 사람 앞에 보인 것은 무척 커다란 금속 문이었다.

렐리아는 조작 패널에 패스워드를 입력했다.

'번호를 기억하고 있어서 다행이야.'

번호의 발음에 맞추어 단어를 대응시키는 식으로 기억해 뒀던 비밀번호를 입력하자 문이 반응했다.

문이 옆으로 움직이며 뻑뻑하게 열렸다. 문 너머에는 매우 넓은 공간이 펼쳐져 있었다.

세르주는 놀란 표정으로 렐리아를 쳐다봤다.

"너, 문을 여는 방법을 알고 있었던 거냐?"

"이런저런 사정이 있어. 자, 가자."

렐리아가 문 건너편을 랜턴으로 비추자, 그곳에도 거대한 나무뿌리가 수없이 보였다.

'게임 화면으로 보는 것보다 넓어.'

렐리아는 한 척의 비행선—— 아니, 우주선을 찾기 시작했다.

그 넓은 공간은 독(dock)이었다.

과거 구인류의 병기들이 이곳에 수많이 늘어서 있었던 것이리라.

지금은 파괴되고, 삭은 우주선만이 늘어서 있다.

세르주는 흥분하고 있었다.

"굉장한데! 렐리아, 이건 대발견이라고! 이걸 보고하면 우리는 역사에 이름이 남을 거다."

새로운 유적 발견에 더해, 고대 유물까지 산더미처럼 나왔다.

세르주는 그 사실에 모험가로서 환희하고 있다.

하지만 렐리아는 달랐다.

"더 굉장한 게 있어. 잘 따라와."

세르주를 잡아당기다시피 하며 앞으로 나아가던 렐리아는 목적지를 눈앞에 두고 뭔가를 알아차렸다.

랜턴을 벽 쪽으로 향하자, 그곳에는 무언가가 묻혀 있었다.

인간형 모습을 한 무언가가 나무뿌리에 얽혀 있다.

"이거—— 갑옷이려나?"

게임에서는 본 적이 없다.

아니, 기억에 없을 뿐 과금 아이템 중 하나일지도 모른다.

하지만 렐리아에게 그 여성향 게임의 병기와 관련된 것은 인상이 희미했다.

오히려 모험이나 전쟁 등의 파트는 방해된다고 생각하고 있었을 정도다.

세르주가 갑옷에 가까이 다가갔다.

"상태는 나쁘지 않지만, 동체가 탄환에 꿰뚫렸군. 이거, 안에 탄 녀석은 즉사했겠지."

세르주의 이야기를 들은 렐리아는 갑자기 무서워지기 시작했다.

어쩌면, 파일럿의 영혼이 이곳을 떠돌고 있을지도 모른다.

그렇게 생각하는 것만으로도 갑자기 이곳이 심령 스폿처럼 느껴졌다.

"그, 그만해!"

"상태가 좋으니까, 이 녀석도 가지고 돌아가 볼까? 그나저나, 까맣고 험상궂은 갑옷인데. 옛날 갑옷은 이게 주류였나? 게다가 제법 크군."

이 세계의 일반적인 갑옷보다도 컸다.

렐리아는 그런 갑옷을 보고, 닮은 기체를 떠올렸다.

"──어라? 이거, 아로간츠랑 닮았어."

"아로간츠? 그러고 보니 들은 적이 있군. 분명── 오만이라는 의미였던가?"

"어? 그래?"

아로간츠의 의미를 들은 렐리아는 리온에게 뭐라 형언하기 힘든 감정을 품었다.

'그 녀석, 중2병이야? 보통 자기 기체에 오만 같은 이름을 붙

이나?'

그런 생각을 하며, 나무뿌리에 휘감긴 갑옷을 봤다.

그러자, 렐리아는 묘하게 등줄기가 오싹해졌다.

'뭐, 뭘까. 이 갑옷── 무서워.'

공포심으로 인해 한 걸음 물러났지만, 세르주 쪽은 흥분했는지 흥미진진한 기색이다.

"렐리아, 이 녀석은 나한테 줘. 사용하지 못하더라도 장식으로 쓸 테니까."

그 순간, 렐리아는 세르주의 의견을 거절했다.

뭔가 생각이 있어서 그런 건 아니다.

자신의 감이 저걸 건드리면 안 된다고 경고한 것이다.

"안 돼! 자, 얼른 가자."

"엇, 야!"

세르주의 팔을 붙잡고 억지로 앞으로 나아갔다.

저항을 보인 세르주였으나, 렐리아한테 붙잡히자 얌전해졌다.

두 사람은 서로 팔짱을 끼고 걷고 있다.

그렇게 해서 보이기 시작한 건 매우 거대한 우주선이었다.

네모나게 각진 심플한 형태를 하고 있지만, 나무뿌리에 얽혀 있다.

선체의 도장은 녹색으로 보였다.

너덜너덜한 우주선이 늘어선 독에서 그 우주선 한 척만이 온전하게 남아 있다.

세르주는 아연해하며, 그 우주선을 올려다봤다.

"이렇게 엄청나게 큰 비행선이 고대에 있었던 건가."

렐리아는 그런 감상을 들으며, 마음속으로 정정했다.

'아니야. 이건 우주선—— 아니, 우주전함이라구.'

그 여성향 게임의 설정을 떠올리려 했지만, 지금에 와서는 기억도 희미해져 어렴풋하게밖에 떠올릴 수 없었다.

고대의 우주선—— 보급함으로서 높은 성능을 가지고 있었고, 전투도 가능.

현재 기술력으로는 상대할 수 없는 고대 병기이자, 설정 등으로부터 생각하면 루크시온과 거의 같은 시기의 물건이다.

'이걸로—— 리온한테 지지 않아.'

보급함을 올려다보는 세르주를 내버려 두고, 렐리아는 걷기 시작했다.

뒤처지지 않을세라 세르주가 쫓아왔다.

그런 세르주가 황급히 렐리아의 한쪽 손을 잡고는 자기 뒤로 물러나게 했다.

"온다!"

"어? 뭐, 뭐가?"

순간적으로 일어난 일에 렐리아는 인식이 쫓아가지 못했고, 깨닫고 보니 세르주가 덤벼 온 몬스터를 맨손으로 후려갈기고 있었다.

지면에 패대기쳐진 몬스터가 검은 연기를 내며 사라져 갔다.

'얘, 얘 맨손으로 몬스터를 때려죽인 거야?'

세르주가 오른쪽 손목을 흔들흔들 움직이며 사라져 가는 몬스터를 보고 있었다. 왼손에 창을 들고, 주위에 있는 몬스터들 앞에서 목을 움직이며 준비운동을 하기 시작했다.

몬스터들을 앞에 두고서 여유가 있는 모습이었다.

"아홉 마리인가. 렐리아, 너는 내 뒤로 물러나 있어라."

"쓰, 쓰러뜨릴 수 있어? 이렇게나 많이 있는데?"

세르주는 창을 들고는, 렐리아에게 듬직한 뒷모습을 보여줬다. "여유!"

거기서부터 시작된 건 일방적인 싸움이었다.

세르주가 창을 휘두를 때마다 몬스터는 베어 갈라지거나 꿰뚫려 갔다.

모험가를 동경하여 단련해 온 세르주는 공략 대상인 남자 중에서 제일가는 무투파다.

던전에 나타나는 몬스터를 손쉽게 쓰러뜨려 나갔다.

세르주가 힘차게 휘두른 창에 세르주보다도 거대한 몬스터의 머리가 파괴되는 모습을 보고, 렐리아는 살짝 기분이 메스꺼워졌다.

다만, 겉모습이 하늘을 나는 상어 같은 흉악한 몬스터를 세르주가 쓰러뜨려 준 건 정말로 고마운 일이었다. 자기는 쓰러뜨릴 수 없기 때문이다.

'역시, 세르주를 데리고 온 게 현명했어. 게다가, 강해. 세르주

는 리온 일행보다 강할지도.'

모험가의 본고장은 호르파트 왕국이며, 왕국 출신인 리온 일행은 전원이 일정 이상의 실력을 가지고 있었다.

하지만 렐리아한테는 세르주도 뒤처지지 않는 것처럼 보였다.

오히려 눈앞에서 듬직한 모습을 보게 되어, 세르주 쪽이 강하게 보였다.

"이걸로 끝, 이다!"

손쉽게 몬스터들을 쓰러뜨린 세르주는 남은 적이 없는 걸 확인하고 창을 거둬들였다.

렐리아는 세르주한테 조금 흥분하면서도 놀라움과 감사를 함께 전했다.

"너, 너 강했구나. 다시 봤어!"

"이 정도 하지 못하면 살아남을 수 없으니까 말이지. 반했냐?"

"반하지는 않았지만, 다시 봤어. 지켜 줘서 고마워, 세르주."

렐리아는 서로 농담을 주고받으며 잔뜩 긴장됐던 공기가 누그러지는 것을 느꼈다.

세르주가 다시 시선을 보급함으로 향했다.

생각에 잠겨 있는 세르주에게, 렐리아는 고개를 갸웃하며 물었다.

"왜 그래?"

"아니, 이런 보물이 있는데도 제법 편하게 도달했군 싶어서 말이지."

"지금까지 고생하며 왔잖아! 여기까지 오는데 몇 번인가 죽는 줄 알았다구!"

모험에 익숙하지 않은 렐리아가 보기에는 떨어지면 즉사인 길을 지나서 온 것만으로도 대모험이었다. 그에 비해 세르주는 부족함을 느끼고 있었다.

"망설이지 않고 일직선으로 나아가면서 왔으니까 말이지. 너무 순조로워서 깜짝 놀랐다고. 너, 설마 보물이 이곳에 있는 걸 알고 있었던 거냐?"

알고 있었다고 대답하면, 어떻게 알고 있냐는 질문을 받을 것이다.

렐리아는 미리 생각해 뒀던 변명을 입에 담았다.

"나도 정말로 있을 거라고는 생각하지 않았어. 그래도, 옛날에 ──들은 적이 있었거든."

자기도 놀랐다고 말하면서, 세르주의 추궁을 피하며 보급함으로 들어가는 입구 앞에 섰다.

그러자 아무것도 하지 않았는데 문이 열렸다.

조금 전의 문과는 달리, 열고 닫히는 게 부드러웠다.

그리고 문 너머에는 금속 구체가 떠 있다.

소프트볼 정도 크기로, 빨간 렌즈를 외눈처럼 지닌 무언가.

그 녀석은 렐리아와 세르주의 시선 높이에 떠 있었다.

갑작스러운 출현에 세르주가 무기를 손에 들고 렐리아 앞으로 뛰쳐나왔다.

창을 든 세르주는 렐리아를 감싸며 물러나라고 외쳤다.

"렐리아, 물러나!"

다만, 렐리아는 안도하고 있었다.

눈앞에 있는 것은 루크시온과 색깔만 다른—— 파란 구체형 부속기관이었기 때문이다.

"세르주, 진정해. 괜찮으니까."

"그, 그러냐?"

세르주는 언제든 싸울 수 있도록 무기에서 손을 떼지 않고, 파란 구체의 움직임을 경계했다.

렐리아는 눈앞의 존재에 적의가 없음을 확신했다.

그 이유는, 루크시온과 마찬가지인 부속기관이라면 전투에는 적합하지 않기 때문이다.

"대화를 하고 싶어."

말을 걸자, 파란 구체가 제법 밝은 어조로 대꾸했다.

『손님이 찾아오는 건 꽤 오랜만입니다.』

매끄러운 전자 음성은 남성에 가까운 목소리였다.

루크시온보다도 감정이 드러나 있다.

세르주가 놀란 표정을 짓고 있었지만, 렐리아는 동요하지 않고 계속해서 이야기했다.

"이 배를 갖고 싶어. 마스터 등록을 희망할게."

솔직하게 제안하자, 파란 구체는 흥미롭다는 듯이 말하기 시작했다.

『저를 갖고 싶다고요? ──흠, 이것저것 신경 쓰이기는 합니다만, 저로서도 이곳에서 대기하는 건 질리기 시작한 참입니다. 하지만, 멋대로 이곳을 빠져나갈 수는 없는 일이라서 말이지요. 마침 마스터가 나타나다니, 마침 잘된 일입니다.』

어째서 렐리아가 자신의 존재나 마스터 등록을 알고 있는 것인가?

파란 구체는 그것이 신경 쓰이는 모양이지만, 그 자신도 슬슬 바깥에 나가고 싶다고 말하며 호의적으로 제안을 받아들이려 하고 있었다.

그 모습을 세르주가 걱정스러운 듯이 보고 있다.

"렐리아, 정말로 괜찮은 거냐? 이 녀석, 대체 뭐야?"

세르주의 의문에 대답한 것은──.

『어이쿠, 실례했습니다! 이름을 대지 않았군요. 저는【이데알】──보급함 이데알이라고 합니다.』

렐리아는 휴, 하고 한숨을 돌렸다.

그건 안도의 한숨이었다.

'다행이야. 그 여성향 게임과 같은 이름이야.'

그 여성향 게임의 과금 아이템인 보급함의 이름도 이데알이었다.

그러니, 눈앞에 있는 존재는── 자신이 알고 있는 치트 아이템이다.

렐리아는 한 걸음 앞으로 나섰다.

"그럼, 곧바로 마스터 등록을 부탁할게."

『어떻게 마스터 등록을 알고 계시는 것일까요? 당신은 흥미가 끊이질 않는 존재입니다. 하지만, 지금은 마스터 등록을 우선하도록 할까요.』

파란 구체―― 이데알의 부속기관이 빨간 렌즈에서 빛을 발하며 렐리아와 세르주의 몸을 스캔했다.

이데알은 흥미진진한 듯이 렐리아 주위를 날아다녔다.

"뭐, 뭐야?"

『흥미로운 데이터를 얻을 수 있었습니다. 오늘은 좋은 날이 될 것 같습니다.』

"그, 그래?"

루크시온의 태도를 보고, 좀 더 자기가 상상하는 인공지능적인 응답을 하려나 싶었는데 이데알은 매우 친근한 태도였다.

무엇보다, 마스터 등록을 한 렐리아에게 상당히 정중한 태도였다.

『아무래도 두 분 모두 지치신 기색이군요. 곧바로 방을 준비할 테니 그쪽에서 휴식하여 주십시오. 자자, 안으로 들어가시죠.』

함내로 안내하기 위해 선도하는 이데알의 뒤를 따른 렐리아는, 내부로 들어가자 깜짝 놀랐다.

내부가 제법 깨끗했던 것이다.

그건 세르주도 마찬가지였는지, 벽에 손을 대었다.

"이렇게 완벽한 상태인 로스트 아이템은 처음 보는군."

세르주의 말에 흥미를 느꼈는지, 이데알은 외눈을 렐리아와 세르주에게 향했다.

『로스트 아이템이라고요? 확실히, 저를 건조하는 기술은 소실되었겠군요. 이거, 밖에 나갔을 때가 기대됩니다.』

"기대? 너, 인공지능인데 감정이 풍부하네."

바깥에 나갈 수 있는 것을 기뻐하는 이데알을 보고, 렐리아는 어처구니없어했다.

『──정말로 당신은 흥미롭군요.』

이데알은 앞을 향하며 렐리아와 세르주의 안내로 돌아갔다.

그러자 세르주가 말을 걸었다.

"어이, 렐리아── 인공지능이라는 게 뭐지?"

렐리아는 순간적으로 입을 막았다.

'아차. 방심했어.'

"아, 아무것도 아니야. 그것보다, 이걸로 쉴 수 있겠네."

"그렇군. 그래도, 나로서는 선내를 돌아보고 싶지만 말이지."

설레하는 기색인 세르주는 시선을 두리번두리번 움직이고 있다.

렐리아는 앞서가며 안내하는 이데알의 부속기관에 시선을 향했다.

'손에 넣었어. 나도 치트 아이템을 손에 넣은 거야. 이걸로── 리온한테 겁먹지 않아도 돼.'

치트 아이템을 입수함으로써 렐리아는 안도했다.

『이쪽에서 잠시 기다려 주십시오.』

이데알한테 안내받은 방에 도착하니, 그곳은 휴게소 같은 공간이었다.

소파가 놓여 있고, 자판기나 관엽식물도 설치되어 있다.

세르주는 몸에 묻어 있던 것들을 씻지도 않고 소파에 털썩 앉았다.

"이거, 느낌 괜찮은데. 렐리아도 앉는 게 어때?"

"넌 정말로 대충대충이네. 뭐, 괜찮지만 말이야."

렐리아도 앉자, 많이 걸어 지친 것도 있어서 갑자기 피로가 몰려왔다.

이데알은 두 사람을 방에 남겨 두고 어딘가로 가는 모양이다.

『그러면, 저는 이걸로.』

"어디 가는 거야?"

『밖에 나가기 위한 준비입니다. 곧바로 식사를 가져오겠으니 그때까지는 느긋하게 지내 주십시오.』

이데알이 나가자, 세르주가 미소 짓고 있었다.

"눈치가 빠른 녀석인데."

오랜 세월 이곳에서 대기했던 보급함에 식량 같은 게 있는 걸까?

조금 신경 쓰인 렐리아였으나, 시선을 느껴 세르주 쪽을 봤다.

그러자 세르주가 얼굴을 가까이 가져다 댔다.

"자, 잠깐!"

황급히 양손으로 밀어내자, 세르주가 렐리아의 한쪽 손을 잡고 자기 쪽으로 끌어당겼다.

세르주의 눈은 진지했다.

"──렐리아, 어째서 에밀 같은 녀석이랑 약혼한 거지?"

갑자기 약혼 이야기를 꺼내, 렐리아는 뒤가 켕기는 기분이 들었다.

세르주가 자신을 좋아한다는 걸 알고 있었기 때문이다.

"사, 상관없잖아. 그도 그럴 게, 넌 한동안 학원에 없었고, 대화할 틈도 없었어. 뭐야? 불만이라도 있어?"

세르주가 무슨 말을 하고 싶은 건지 렐리아는 눈치채고 있었다.

세르주가 눈을 가늘게 뜨고, 조금 분한 듯한 표정을 지었다.

"내 마음을 알고 있잖아? 렐리아, 나는 널 좋아한다. ──사랑해."

마음이 담긴 말을 받았지만, 렐리아는 세르주에게서 시선을 돌렸다.

'사랑해, 라는 말만큼 싸구려 같은 건 없지.'

렐리아는 전생을 떠올리고는, 고개를 가로저었다.

"──이미, 늦었어. 나한테는 에밀이 있는걸."

소파에서 일어나 세르주한테서 거리를 벌렸지만, 세르주는 렐리아를 쫓아왔다.

세르주는 렐리아의 양어깨를 손으로 붙잡고, 자기 쪽을 향하게 했다.

"내가 널 행복하게 해주지. 그러니까, 나한테로 와라."

진지한 세르주의 얼굴을 보고, 마음이 흔들리는 렐리아는──

그대로 세르주를 손으로 밀어 떼어냈다.

"세르주, 농담은 그만해. 게다가, 너는 라우르트 가문의 적자잖아? 나하고는 신분이 어울리지 않아."

"신분이라면 에밀도 마찬가지라고. 상관있겠냐! 나는 네가——!"

말싸움이 계속되는 와중에, 방에 들어온 것은 이데알이었다.

쾌활한 목소리를 내고 있다.

『이야~, 오랜만에 식사를 준비했습니다. 아, 걱정하지 마시길. 식재료는 잘 보존되어 있었기에 썩거나 하지는 않았습니다. 그보다, 저는 함내에서 어느 정도는 물자를 생산 가능하니까 말이죠. 식재료 정도는 금방 마련할 수 있습니다! ——어라? 뭔가 다툼입니까?』

어색한 분위기를 내는 렐리아와 세르주 두 사람은 이데알의 등장으로 이 화제를 집어넣었다.

렐리아가 세르주에게서 떨어져 팔짱을 꼈다.

"아무것도 아니야."

'역시, 인공지능은 인간의 감정 같은 건 이해하지 못하네.'

분위기를 파악하지 못하는 이데알을 보고, 렐리아는 약간 어처구니없어했다.

제11화 「웃어넘길 수 없는 쓰레기」

『──라는 겁니다. 마스터가 과거에 개인 노엘을 키우고 있었던 건 사실이며, 그 후에 노엘 베르톨레를 구한 겁니다. 또한, 바람을 의심받고 있습니다만, 마스터한테 그 정도까지의 배짱은 없습니다. 안심해 주세요.』

장소는 내 집.

눈동자에서 광채가 사라진 안제와 리비아 두 사람에 의해 취조를 받고 있던 나를 도운 것은── 루크시온이었다.

둘에게 취조받길 한 시간.

아무리 변명해도 뒤집을 수 없는 이 상황에, 루크시온 녀석이 개입한 것이다.

안제가 허리에 손을 대고 한숨을 내쉬었다.

"우리도 지레짐작하고 있었다는 건가. 리온, 용서해다오. 우리가 나빴다."

리비아가 나한테 안겨들었다.

"리온 씨, 죄송해요. 바람 따위 피우지 않으셨던 거네요. 그런데도 의심하다니, 저는 최악이에요."

나는 넓은 마음으로 둘의 사과를 받아들이기로 했다.

"둘 다 괜찮아. 의심받은 내 쪽도 나쁘니까. 하지만── 너희는 안 돼. 절대로 용서하지 않을 거니까 말이다."

엄한 시선을 향한 곳에 있는 건 루크시온과 크레아레다.

둘 다 외눈을 내게서 돌리고 있다.

루크시온이 이거야 원 참, 이라는 분위기로 말했다.

『도와드린 저희를 용서하지 않는다니, 마음이 좁은 마스터군요.』

크레아레는 어딘가 즐거워하는 듯하다.

『정말 그러게 말이야! 의심받을 행동을 한 마스터한테도 문제가 있는데 말이지! 이대로 우리가 도와주지 않았다면 오해는 분명 풀 수 없었을걸. 그런데도 절대로 용서하지 않겠다니, 엉뚱한 원한이야.』

하고 싶은 말은 그것뿐이냐, 이 배신자들이.

"웃기지 말라고. 너희들이 처음부터 날 도울 생각이었다면 애초에 안제도 리비아도 날 의심하지 않았겠지!"

『옆에서 보면 마스터의 행동은 바람을 의심받아도 어쩔 수 없다고 생각합니다.』

루크시온의 의견에 안제는 고개를 끄덕였다.

"그렇지. 결혼식에서 신부를 강탈했다는 말을 들으면, 의심해도 어쩔 수 없어."

"아니야. 그건 강탈이 아니라고. 불행한 결혼식을 멈춘 것뿐이야."

내 변명을 들은 안제는 뭔가 말하고 싶어 하는 듯하면서도, 바람을 의심했다는 미안한 마음이 있어서 그런지 평소 같은 기세가 없었다.

"노엘 건은 동정하마. 그러니, 도운 걸 타박하지는 않겠다. ──하지만, 이제부터 어쩔 생각이지? 리온, 너는 앞으로의 일을 생각하고 있는 거냐?"

노엘의 취급에 관한 이야기가 되자, 나는 뺨을 손가락으로 긁적였다.

그다지 깊이 생각하지 않고 있었고, 애초에 내가 결정할 수 있는 일이 아니다.

"노엘이 결정할 문제야."

안제는 내 대답에 납득하지 못한 듯하다.

"성수의 무녀 이야기가 정말이라면, 무슨 일이 있어도 데리고 가야만 한다."

성수── 그건 사람들에게 에너지를 공급해 주는 존재다.

에너지 문제를 해결해 주는 엄청난 식물이다.

그리고 내 수중에는 그런 성수로 생장하는 묘목이 존재한다.

형편 좋게도, 묘목은 무녀까지 선택해 버렸다.

이걸 가지고 고향으로 귀환하여 성수의 묘목을 심으면, 장래 호르파트 왕국은 에너지 문제에 시달리지 않아도 된다.

안제의 신분을 생각하면 노엘을 데리고 돌아가라고 말하는 것도 어쩔 수 없었다.

단지, 리비아는 이에 부정적이었다.

"기, 기다려 주세요! 노엘 씨의 의사는 어떻게 하는 건가요?

노엘 씨, 대답을 내놓지 않았죠? 망설이고 있는 거죠?"

노엘의 의사를 존중해야만 한다고 말한다.

안제와 리비아의 의견은 정면으로 대립하게 되었다.

안제가 논리정연하게 리비아를 설득한다.

"노엘에게는 미안하지만, 앞으로의 에너지 문제가 해결되는 거다. 이건 이미 개인의 문제가 아니야. 확실히 노엘에게는 갑갑한 인생이 기다리고 있겠지만, 길게 보면 왕국의 중요한 문제가 하나 해결돼. ——미안하지만 노엘에게 선택권을 주고 싶지 않다."

반드시 데리고 돌아가고 싶은 안제의 마음도 이해할 수 있다.

에너지 문제에 시달리지 않아도 된다면, 그건 행복한 일이다.

다만, 리비아는 납득하지 않았다.

메리트를 제시해도, 감정으로 반대하고 있다.

"그런 건 안 돼요. 노엘 씨가 행복하지 않아요. 게다가 노엘 씨는 이곳에 남을지 왕국에 올지 선택할 수 있는 거죠? 억지로 데리고 가다니, 용납할 수 없어요."

"표현이 좋지 못했군. 그렇다면 노엘에게는 최대한의 배려를 하도록 하지. 노엘이 바란다면 사치스러운 생활도 하게 해주마."

"그게 아니야. 그런 게 아니라고요! 안제, 왜 그러는 거예요? 평소의 안제답지 않아요. 노엘 씨를 희생하는 방식 같은 건, 평소의 안제라면 절대로 선택하지 않았을 거예요."

서서히 두 사람은 열을 띠어 갔다.

안제도 감정적으로 변하기 시작했다.

"한 사람의 희생으로 미래의 수많은 사람을 구할 수 있다면──많은 사람을 선택하는 게 내 생각이다. 딱히 노엘을 불행하게 만들겠다고는 하지 않았어."

안제는 최대한 배려하겠다고 했지만, 리비아는 도저히 납득하지 않았다.

"노엘 씨는 도구가 아니에요!"

안제가 노엘을 도구처럼 보고 있는 게 용서가 안 되는 것이리라.

그걸 지적당한 안제가, 약간이지만 당황하고 말았다.

본인에게도 자각이 있었던 듯하다.

"도구로 보고 있었던 건 사실이겠지. 이렇게 이득이 큰 이야기, 리온이 가지고 온 게 아니라면 의심했을 정도야. ──하지만, 알아 버린 이상은 어떻게 해서든 노엘을 왕국으로 데리고 갈 거다. 리온, 너도 거들어라."

안제가 내게 동의를 구하자, 리비아가 내 팔을 붙잡았다.

그, 그런 눈으로 보지 마.

"리온 씨, 안제를 멈춰 주세요. 이런 건 안 돼요. 노엘 씨를 도구 취급하면서까지 행복해지고 싶은 건가요?"

"그, 그게 말이지~."

시선을 이리저리 움직이고 있자, 안제가 내 반대편 손을 붙잡았다.

"리온, 너는 이미 호르파트 왕국의 백작이다. 백성을 지킬 의무가 있어. 네가 책임을 지고 싶지 않은 건 알지만, 이 건에서는 절대로 놓치지 않겠다."

개인을 보고 있는 리비아.

그리고 안제는 전체를 보고 있다.

리비아는 노엘의 행복을 바라고, 안제는 노엘을 희생해서 그 밖의 수많은 사람의 행복을 바라고 있다.

──잠깐 기다려 봐, 이거 내가 선택하는 거야? 이렇게 중요한 일을?!

난처해하고 있는 나를 도운 것은 루크시온이었다.

『마스터가 노엘을 받아들이면 전부 해결될 문제네요.』

이 인공지능, 정말로 불에 기름을 붓는 걸 좋아하는구만!

"감정을 무시하는 너의 그런 부분이 나는 싫다고."

『어라? 노엘의 감정을 외면하는 마스터한테 그런 말을 듣고 싶지는 않군요. 마스터가 노엘을 받아들이면 노엘은 행복해집니다. 그리고 호르파트 왕국도 성수를 손에 넣어 행복해집니다. 모든 것이 원만하게 수습되지요.』

어디가?! 거기에 내 행복은 있어?!

"내가 받아들이면 원만하게 해결된다니, 그런 건── 어, 어라? 안제, 왜 그래?"

안제가 고개를 숙이고, 이것저것 생각하고 있었다.

천천히 고개를 들더니, 내 눈동자를 쳐다봤다.

"루크시온이 한 이야기 말이다만, 나쁘지 않은 제안이다. 리온 ──노엘을 받아들여라."

안제의 말에 리비아가 고개를 가로저었다.

"안제, 어째서인가요! 리온 씨가 바람을 피우는 건 용서할 수 없다고 그만큼이나 말했으면서."

믿기지 않는다는 듯한 모습인 리비아를 보고, 안제는 고개를 돌렸다.

"──그만한 가치가 있기 때문이야. 리온, 나를 버려도 좋다. 그러니 너는 노엘을 받아들여라."

자신을 납득시키듯이 중얼거리는 안제를 본 나는── 이 자리에서 도망치기로 했다.

"시, 싫어!"

"리온?"

"죽어도 싫어! 안제와 헤어진다든가, 그런 건 싫다고!"

소리치면서 방에서 뛰쳐나가자, 리비아의 목소리가 들려왔다.

"리온 씨?!"

◇

『두 분을 남겨 두고 방을 나오다니, 최악의 행동이 아닐까요?』

집을 뛰쳐나온 나는 루크시온과 둘이서 마리에의 저택으로 향하고 있었다.

"시끄러워. 그리고, 네가 나를 배신했다는 사실에 변함은 없으니까 말이다. 아~아, 역시 인공지능은 인류를 배신하는 위험한 존재군."

『저는 인류를 배신하지 않습니다. 신인류는 대상 외이지만 말이죠.』

그건 배신하겠다고 말하는 거랑 같은 것 아닐까?

"이 배신자."

『노엘을 위하고자 하신다면, 곁에 둬야만 합니다.』

"그거랑 네 배신이 무슨 상관이야?"

안제와 리비아한테 바람을 의심받는다든가, 두 번 다시 경험하고 싶지 않다고.

그건 그렇고, 이 녀석이 이번에 취한 움직임은 너무 수상하다.

정말로 나를 배신할 생각일까?

"진지한 이야기를 할까. ——루크시온, 어째서 그 상황을 만들어 냈어? 일부러 크레아레까지 끌어들였지?"

『알아차리고 계셨던 겁니까? 마스터치고는 눈치가 좋군요.』

매번 그렇듯이 비아냥대는 녀석이다.

이번에는 대충 흘려듣고, 본론을 우선했다.

"얼버무리지 말라고."

『유감이지만, 노엘에게 평온한 장래 같은 건 찾아오지 않습니다. 그렇다면 그녀의 바람을 이루면서, 우리에게도 이익이 되는 방법을 선택해야만 하겠죠.』

"우리, 라……."

『마스터가 노엘을 받아들이면 왕국은 성수를 손에 넣을 수 있습니다. 아직은 공화국의 성수에 비하면 부족하지만, 장래에는 에너지 문제를 해결해 주겠지요. 그건 커다란 이익입니다.』

"미래의 일은 미래 사람이 어떻게든 하면 돼. 사실대로 말해."

『사실대로 말한 건데 말이죠. ──좀 더 말하자면, 노엘에게 이미 자유 따위는 없습니다. 그녀의 가치를 알면 왕국뿐만 아니라 타국까지 움직일 겁니다. 마스터, 노엘이 곁에 없으면 지킬 수 없습니다.』

이유를 술술 늘어놓는 루크시온이었지만, 어느 것이고 거짓말처럼 들린다.

"진심이 아니지?"

『아직도 의심하시는 겁니까? 그러면 분명하게 말씀드리죠. 만약 타국이 노엘을 확보했을 경우, 온갖 수단을 쓸 겁니다. 그거야말로, 마스터가 후회할 만한 결말을 맞이하게 되겠지요. 바라지 않는 결혼뿐만이라면 그나마 행운입니다. 최악에는 세뇌당하여 도구 취급당할 거라고요.』

성수의 묘목과 무녀인 노엘은 타국도 몹시 탐낼 터다.

그건 이해되지만, 그렇게까지 하는 건가.

"공화국은 노엘을 지키지 못하는 거냐? 자기네들 무녀라고."

『어라? 그만큼 민폐를 당해 왔는데, 아직도 공화국을 믿고 계신 겁니까?』

공화국에 오고 나서부터 나는 6대 귀족들한테 계속 시달렸다.

6대 귀족의 지위를 이용하여 오만방자하게 행동한 피에르.

노엘을 손에 넣기 위해 강제로 결혼하려 했던 로이크.

확실히 민폐인 녀석들이었다.

전부 힘으로 굴복시켜 왔지만, 내가 없어지면 어떻게 움직일까?

"무녀로 선택받았는데 행복해질 수 없다니 지독한 이야기군. 게임에서는 해피 엔딩이었는데."

나도 모르게 푸념하고 말았다.

그 여성향 게임에서는 무녀로 선택받은 노엘은 행복해질 수 있었을 터다.

좋아하는 남자와 맺어지고, 사라져 버린 가문을 다시 일으키고──.

그런데도, 지금의 노엘은 어떻지?

아무것도 손에 넣지 못했고, 행복하지도 않다.

"루크시온, 뭐가 잘못됐던 걸까?"

『노엘이 이야기대로 행복하지 않은 것이, 말입니까?』

"──우리가 한 행동 말이다. 아니, 내 탓인가?"

우리가 알제르 공화국에 와 버린 탓에, 노엘은 행복해지지 못한 것 아닐까? 그런 불안감이 있었다.

『여전히 자의식 과잉이군요. 마스터가 그렇게까지 세계에 영향을 주고 있다고 말하고 싶은 겁니까? 혹시 세상이 자신을 중심으로 돌아가고 있다고 생각하고 있지 않습니까?』

"너, 날 싫어하냐? 마음에 푹푹 꽂히는 말을 던져 놓고 아무것도 느끼는 게 없어? 나는 네 마스터지?"

『마스터의 마음은 강철처럼 단단하기에 괜찮습니다.』

"유리로 된 하트라고! 섬세하단 말이다! 좀 더 배려해!"

『섬세하다는 말을 사전에서 찾아봐야 하겠군요. 아무래도 마스터는 섬세라는 말을 다른 의미로 알고 있는 모양입니다.』

정말로 열 받는 녀석이다.

입은 험하고, 배신하고.

여성향 게임의 인공지능이 너무 지독해!

루크시온과 말다툼을 하며 마리에의 저택에 오자, 현관이 소란스러웠다.

"뭐지?"

들여다보니, 거기에는 머리를 감싸 쥐고 있는 마리에의 모습이 있었다.

곤란한 얼굴을 한 질크도 보인다.

루크시온이 대화를 확인하자, 경악할 만한 사실이 판명되었다.

『어라, 아무래도 질크가 사기 행위를 저지른 모양이군요. 대화 내용으로 추측건대, 마리에한테 쫓겨났을 때의 일인 듯합니다.』

"뭐?!"

질크가 사기를 쳐서 돈을 벌었다는 말을 듣고, 나는 놀라서 목소리를 내고 말았다.

그러자 현관 앞에서 머리를 감싸 쥐고 있던 마리에가 우리 쪽으로 달려왔다.

"오, 오쁘아아아아!"

울면서 내게 뛰어드는 마리에를 받아내려 했는데, 기세가 있었는지 복부에 강한 충격을 받았다.

"어헉?!"

마리에한테 태클을 당한 듯한 꼴이 된 나는 배를 누르며 무릎을 꿇었다.

마리에는 그런 나한테 안겨들어서는, 울면서 사정을 설명했다.

너, 너 말이다. 먼저 나한테 사과하라고.

"질크가—— 질크가!"

"그 음험한 자식이 뭘 어쨌는데?"

어찌어찌 일어섰을 때, 질크도 다가왔다.

"마리에 씨, 이야기를 들어 주세요!"

그 순간, 마리에의 얼굴이 귀신 같은 형상으로 변했다.

"이야기를 들으라고?! 너, 자기가 무슨 짓을 한 건지 알고 있는 거야! 누가 남한테 폐를 끼쳐서라도 돈을 벌라고 했어!"

배를 문지르며 이야기를 들어보니, 아무래도 질크는 고미술상으로 일하고 있을 때 사기를 친 듯하다.

"그런 게 아닙니다! 저, 저도 처음에는 진지하게 장사를 하려고 했습니다. 하지만 제가 고르는 물건을 아무도 사려고 하지 않아서……. 보는 눈이 없는 녀석들에게는 그에 걸맞은 물건을 준비해 주자는 생각에……. 그, 그랬더니 상품이 날개 돋친 듯이 팔린 겁니다."

"야 이 자식아아아아아!! 그걸 사기라고 하는 거야!"

마리에가 질크의 멱살을 붙잡고 앞뒤로 격렬하게 흔들었다.

흔들리고 있는 질크가 약간 기뻐 보이는 건 기분 탓이라고 생각하고 싶다.

그렇지만, 지금의 문제는 질크의 사기 행위에 관해서다.

"이 녀석, 전부터 웃어넘길 수 없는 쓰레기라고 생각했는데, 진짜 쓰레기였나."

『과거에 마스터와 결투할 때, 기체에 폭탄을 설치했으니 말이죠. 이 녀석은 다른 녀석들과 비교하면 확실히 쓰레기 수치는 가장 높다고 봅니다.』

다섯 바보는 이 녀석이고 저 녀석이고 쓰레기들뿐이지만, 다른 네 명은 그나마 웃어넘길 수 있는 쓰레기다.

하지만 질크만큼은 웃어넘길 수 없었다.

마리에가 숨을 헐떡이며 질크를 손에서 놓았다.

털썩 주저앉은 마리에는 양손으로 지면을 짚고 울었다.

그리고 소리쳤다.

"나는── 난 대체 얼마나 많은 사람한테 엎드려 빌어야만 하는 거냐구우우우우우!!"

울부짖는 마리에의 목소리가 주위에 울려 퍼졌다.

눈물을 흘리는 마리에를 보고, 아무리 나라도 조금 동정하고 말았다.

"어째서 이 녀석은 글러 먹은 남자들만 끌어당기는 거지?"

루크시온에게 묻자, 돌아온 대답은 신랄했다.

『글러 먹은 남자를 끌어당기고 있다기보다, 그녀 자신이 글러 먹은 남자로 만들고 있는 것 아닌지요? 뭐, 다섯 바보가 원래부터 글러 먹기도 했으니, 양쪽 다겠지요.』

"너는 용서가 없구나."

『그렇습니까?』

그러자 저택에 사는 사람들이 헐레벌떡 뛰쳐나왔다.

제일 먼저 뛰쳐나온 것은 율리우스였는데, 앞치마를 장착하고 수건을 꼬아 이마에 머리띠처럼 맨 모습이었다.

"마리에, 무슨 일이지?!"

마리에의 울음소리를 듣고 뛰쳐나온 모양인데, 전 왕태자——왕자님이 머리띠에 앞치마 차림이라니, 위화감이 상당했다.

율리우스가 마리에를 끌어안자, 마리에가 울면서 웃었다.

곧이어 저택에서 브래드가 그의 친구인 비둘기와 토끼를 안은 채로 뛰쳐나왔다.

"무슨 일이야? 어라? 발트파르트는 어째서 여기 있어? 아, 그런가. 내가 없어서 쓸쓸했던 거네."

"그럴 일은 없어."

나르시시스트인 브래드의 발언을 곧바로 부정하고 있자, 훈도시 차림에 청소용 솔을 든 크리스가 다가왔다.

"마리에가 소리 지르는 게 들렸다만, 무슨 일이 있었던 건가? 응? 발트파르트, 어째서 네가 여기 있지?"

설명하는 게 귀찮다.

그리고 이 녀석들은 최근에 와서 개성이 진해져 버렸다.

본인들은 즐거워하고 있는 것 같지만, 그걸로 괜찮은 거냐는 의문이 마구 든다.

다음으로 뛰쳐나온 것은 상의를 벗은 그렉이었다.

"마리에의 목소리가── 발트파르트, 어째서 네가 여기에 있는 거냐?"

다들 내가 여기 있는 게 신경 쓰이는 모양이다.

다만 지금은 그게 중요한 것이 아니기에, 내가 현재 상황에 관해 간단히 설명했다.

"질크가 사기를 친 모양이다. 그걸 알게 된 마리에는 이 꼴이지."

울면서 웃고 있는 마리에와 눈이 핑핑 돌아가며 쓰러져 있는 질크를 보는 네 사람.

질크를 보는 율리우스의 눈에는 경멸이 담겨 있었다.

"너라는 남자는, 나와 승부하고 싶다느니 이런저런 말을 해 놓고서 사기를 쳤단 말이냐?"

다른 세 명도 마찬가지다.

브래드는 비둘기와 토끼를 끌어안은 채로 차가운 시선을 질크에게 보냈다.

"말도 안 되지. 조금, 아니, 평범하게 잘못된 짓이야."

크리스는 안경을 수상쩍게 빛내고 있다.

"전부터 생각하고 있었다만, 이 남자는 수단을 가리지 않는 면이 있군."

그렉은 근육 트레이닝 중이었는지, 근육이 부풀어 있었다.

"비실비실한 몸 하고선, 근육을 단련하지 않으니까 성격이 비뚤어지는 거다."

그건 절대로 상관없다고 생각한다.

율리우스가 마리에를 내게 맡겼다.

"발트파르트, 마리에를 부탁한다."

"어? 너희는 어쩔 건데."

"질크는 어릴 때부터 나와 같은 젖을 먹고 큰 사이다. 형제나 다름없이 자라 왔지. ──그러니 내가 질크의 근성을 바로잡아 주겠다!"

네 사람한테 끌려가는 질크를 지켜보고 있자, 마리에가 제정신을 차렸다.

"헉?! 질크는?!"

"그 네 명한테 끌려갔다. 이제부터 설교 아니겠냐?"

마리에는 어깨를 크게 떨궜다.

양손으로 얼굴을 덮었다.

"어째서 사기 같은 걸 치는 거야. 이럴 바에야, 돈을 벌지 않고 돌아와 주는 게 그나마 나았어."

"너도 큰일이구만."

역하렘을 꿈꾸며 다섯 귀공자를 농락한 마리에는── 어째서 일까? 행복해 보이지 않았다.

◇

나와 마리에는 선물용 과자 상자를 들고 질크가 미술품 등을 팔았던 상가(商家)를 찾아갔다.

무척 커다란 저택이 세워진, 큰 상가였다.

이런 상대에게 사기를 친 질크는 정말이지 언짢은 재능을 가지고 태어난 남자군.

긴장한 마리에는 덜덜 떨고 있었다.

"오, 오오오, 오늘은 날씨도 참으로 좋아서."

사과를 위해 찾아간 것이지만, 마리에는 긴장해서 도움이 되지 않았다.

어쩔 수 없이── 정말로 어쩔 수 없이 내가 이렇게 같이 가줬다.

마리에 대신 내가 상가의 당주와 이야기를 했다.

"갑작스럽게 방문하여 죄송하게 되었습니다."

"──아니요, 언젠가 오실 것으로 생각하고 있었습니다."

구매한 상품이 위조품인 걸 알아차린 것일까?

다만, 마른 체격에 키가 큰 당주는 우리를 앞에 두고 어딘가 긴장한 것처럼 보였다.

"그게, 실은……."

"알고 있습니다."

"──예?"

당주가 집사로 보이는 인물에게 지시를 내리자, 미리 준비해 두었던 것인지 질크가 팔아치운 상품을 꺼냈다.

그나저나 무척 정성스럽게 다루고 있다.

일부러 장갑을 끼고 찻잔을 테이블 위에 살며시 내려놓았다.

위조품이라는 걸 몰랐다면 무척 고가인 물건으로 보였을 상품이다.

이거라면 나도 속았을지도 모른다.

하지만 여기서 생각지 못한 방향으로 이야기가 흘러갔다.

"이것이 질크에게서 사들인 상품입니까?"

"──예."

당주가 찻잔을 보는 눈은 정말이지 슬퍼 보였다.

주위에 있는 집사나 사용인들도 어딘가 긴장한 기색으로 우리를 보고 있다.

──뭔가가 이상하다.

질크에게 속았는데, 화를 내는 낌새가 없다.

아니, 어쩌면── 속았다는 사실을 알아차리지 못했나?

마리에도 주위 분위기에서 나와 같은 걸 눈치챈 모양이다.

마리에는 조금 고민했지만, 질크만큼 쓰레기는 아니었는지 위조품이라는 것을 알리기 위해 먼저 입을 열었다.

"저, 저기!"

"알고 있습니다! 이 물건을── 되찾으러 오신 것이지요? 이만한 물건입니다. 고작 그것밖에 안 되는 가격으로 손에 넣을 수 있으리라고는 생각지 않았습니다.”

“네, 네에. ──네?”

당주의 반응이 이상하다.

나는 슬쩍 떠보기로 했다.

“아니요, 되찾으려는 생각은 하고 있지 않습니다. 실은 지인이 고미술상을 하고 있다고 들어, 믿지 못하고 이야기를 들으러 온 겁니다.”

“무, 무슨! 그, 그랬던 것입니까?”

당주가 긴장에서 해방된 기색이 눈에 띄게 역력했다.

“저는 미술품에 밝지 않습니다만, 그 찻잔은 고가의 물건입니까?”

내가 찻잔을 보자, 당주가 눈을 휘둥그레 뜨고 장광설로 설명해 주었다.

“물론입니다! 이건 지금으로부터 5백 년이나 전에 제조법 전승이 끊긴 물건입니다. 저도 몇 개인가 갖고 있었습니다만, 완벽한 상태로 남아 있는 물건은 없었습니다. 그 시대의 최고 걸작이라고도 할 수 있는 물건으로, 이만큼 보존 상태가 완벽한 물건은 손에 꼽을 수 있을 정도밖에 없습니다! 전문가들에게도 보여줬습니다만, 모두가 팔아 줬으면 한다고 시끄러워서 큰일이었지 말입니다!”

매우 기뻐하며 자신의 컬렉션을 자랑하는 당주를 보고, 나는 “그렇습니까~”하고 미소 띤 얼굴로 끄덕였다.

마리에가 불안해 보이는 얼굴로 날 보고 있다.

그래서—— 작은 목소리로 루크시온에게 확인했다.

"진품이냐?"

『예.』

루크시온의 짧은 대답에, 나는 대체 무슨 일이 일어난 건지 이해가 되지 않아 곤혹스러워졌다.

표정에는 드러내지 않았다.

"아하하하, 그 녀석이 고미술상으로서 제대로 일하고 있어서 놀랐습니다. ——그런데, 질크가 거래한 상대를 달리 모르십니까?"

이건 우연일까?

다음 손님에 관해 물어보는 김에, 질크에 대해서도 이야기를 들었다.

"질크 경은 젊은데도 상당한 감정 실력을 가지고 있습니다. 아니, 그건 단순한 감정 실력이라고는 말할 수 없겠군요. 진품을 만나는 강한 운, 이라고나 말하면 될까요? 그는 천재입니다!"

보는 눈이 없는 질크가 절찬 받고 있다고?!

설마, 그 녀석은 정말로 재능이 있었던 걸까?

당주가 찻잔을 소중히 넣었다.

그리고 나를 앞에 두고 미소를 보였다.

"그건 그렇고, 호르파트 왕국의 백작님이 온다고 들었을 때는 어떻게 되려나 싶었습니다."

"저 말입니까?"

"예. 갖가지 소문이 퍼져 있어서, 개중에는 터무니없는 내용도 있었으니 말이죠. 제가 산 물건을 되찾으러 오는 게 아닐까 싶어 속으로는 초조해하고 있었습니다."

아니, 초조해하고 있다는 건 충분히 전해졌어.

그것보다도, 내 소문이라니 뭔데?

"저에 관한 소문이 신경 쓰이는군요."

"제 입으로는 도저히 말씀드리기가 어렵습니다. 하지만, 백작님은 젊으신데도 신사이시군요."

내가 신사? 확실히 스승님을 목표로 하고는 있지만, 미숙하다는 건 자각하고 있다.

그런 내가 신사로 보이는 건가? 뭐, 인사치레겠지.

그래도 기쁘기에 좋아해 뒀다.

"아부가 능숙하시군요."

"아뇨, 사실입니다."

당주의 얼굴이 진지하게 변했다.

"──왕국이 부럽습니다."

그 이상은 말하지 않았지만, 무언가 공화국 귀족에 대해 함축하는 내용이 있을 듯한 인상을 받았다.

◇

그 뒤에도 추적 조사를 했지만, 사과하러 돌아다닐 필요는 없었다.

다들 한결같이 입을 모아 말하는 것이다.

"질크 경은 천재입니다! 아니, 예술의 신에게 사랑받고 있어요!"

"쓰레기의 산에서 진짜 보물을 간파하여 구해내는 그 모습은 예술의 구세주입니다!"

"저, 질크 경이 공화국에서 태어나셨더라면 지원을 아끼지 않았을 거예요. 왕국이 부럽네요."

이해되었으려나?

사기를 쳤다고 생각하고 있는 건 질크뿐이었다.

저택에 돌아온 우리는 머리를 감싸 쥐게 되었다.

"대체 뭐가 어떻게 된 거야? 다들 전부 우리한테 질크의 심미안을 절찬할 거라고는 생각지 않았어."

결과적으로 사기 행위에 손을 대지 않았던 노릇이라, 안도한 것인지 마리에는 멍해져 있는 상태였다.

"그 녀석, 실은 보는 눈이 있었던 건가?"

저택에서 고민하고 있자, 얼굴에 얻어맞은 흔적이 있는 질크가 다가왔다.

애처로운 모습이면서도, 득의양양한 미소를 띠고 있었다.

"어라, 보는 눈이 없는 발트파르트 백작 아닙니까."

"너도 참 짜증 나는 녀석이구만."

"사실 아닌지? 그건 그렇고, 여러분이 헛다리를 짚는 것도 정말이지 난감한 일입니다. 저는 그들이 원하는 물건을 찾아내서

적정 가격으로 판 것뿐. 그걸 죄라고 말씀하시면, 난감합니다.”

입으로는 이렇게 말하고 있지만, 본인이 판 건—— 자기가 예술이라고 생각하지 않는 물건이다.

하지만 상품을 구매한 손님들은 모두가 납득하고 있었다.

루크시온도 확인했지만, 전부 진품이었다.

우연이라고는 할 수 없으리라.

질크가 나를 힐끔힐끔 쳐다봤다.

“어라? 사과하시지 않는 겁니까?”

“널 때린 건 율리우스랑 나머지 세 녀석이라고. 그리고, 결투에서 폭탄을 쓴 걸 용서해 준 것만으로도 고맙다고 생각해.”

“뭐, 그런 걸로 쳐 두지요.”

질크는 고개를 가로저으며, 납득하지 않은 기색을 보였다.

열 받는 음험한 자식이다.

하지만 여기서 마리에가 뭔가를 알아차린 모양이다.

“잠깐 기다려——! 즉, 질크는 타인이 바라는 물건을 마련했을 때는 진품을 준비할 수 있다는 거지?”

마리에가 눈을 반짝이는 걸 보고, 질크는 복잡해 보이는 표정을 띠었다.

“아뇨, 저기—— 마리에 씨? 저는 평소에도 진품을 꿰뚫어 보고 있습니다. 단지, 이번에 한해서는 보는 눈이 없는 그들에게 걸맞은 물건을 준비한 것뿐이고.”

“그거면 되는 거야! 질크, 어째서 지금까지 그걸 하지 않았어!”

"저, 저기······."

"진품을 판다면 사기가 아니야! 즉, 질크의 심미안에 기대면 앞으로의 생활은 안정적이라는 말이잖아!"

확실히, 성공하면 큰돈을 벌 수 있으리라.

실제로 질크는 단기간에 거금을 벌었다.

복잡해 보이는 표정을 짓고 있는 질크였으나, 마리에한테 부탁받아서야 거절할 수 없는 모양이다.

마리에의 제안을 받아들였다.

"아, 알겠습니다. 그렇다면 마리에 씨에게 어울리는 물건을 고르도록 하지요."

"기대하고 있을게, 질크!"

"맡겨 주십시오. 다른 네 사람과는 수준이 다르다는 것을 알려 드리겠습니다."

자연스럽게 다른 네 명보다 자신을 치켜세우고 있다.

역시 이 녀석은 성격이 나쁘네.

제02화 「세르주」

렐리아가 집으로 돌아온 것은 겨울방학이 중반에 접어들 무렵이었다.

약혼자인 에밀과 살고 있지만, 한동안 돌아오지 않은 것도 있어서 걱정을 끼치고 있었다.

"렐리아, 던전에 도전했다는 게 무슨 말이야?"

캐묻는 에밀이 성가셔서, 렐리아의 태도는 쌀쌀맞았다.

"그러니까, 겨울방학 전에 던전에 도전하겠다고 했었잖아."

"이렇게나 본격적이라고는 듣지 못했어!"

에밀로서는 좀 더 쉽게 끝날 줄 알고 있었던 모양이다.

하지만 본격적으로 던전에 도전했다는 말을 듣고, 참지 못하고 렐리아를 추궁했다.

"어째서 위험한 짓을 하는 거야? 그런 짓 하지 않아도 충분히 살아갈 수 있잖아."

"그러니까, 중요한 볼일이 있었어."

에밀한테는 자세한 사정을 이야기할 수 없다.

그 때문에 렐리아의 설명은 에밀로서는 납득할 수 없는 내용이었다.

그 모습을 보고 있던 이데알이 갑자기 형체를 드러냈다.

『처음 뵙겠습니다, 에밀 씨. 저는 이데알. 렐리아 씨를 모시는 우주선—— 어이쿠, 의미가 전해지지 않겠군요. 비행선입니다.』

형체를 나타낸 이데알을 앞에 두고, 에밀은 혼란스러워하고 있는 듯했다.

"비, 비행선? 이렇게나 작은데?"

『아, 본체는 따로 있습니다. 렐리아 씨와 세르주 씨가 주워 주셔서, 이렇게 바깥으로 나온 겁니다. 이야~, 정말로 살았습니다.』

"——뭐? 세르주도 같이 있었던 거야?"

술술 말하는 이데알을 보고, 렐리아는 순간적으로 양손을 뻗어 이데알을 붙잡았다.

"어, 어째서 나온 거야!"

『아뇨, 제가 설명하는 편이 오해도 풀리려나 싶어서.』

"바, 바보! 나오지 말라고 말했잖아!"

『예? 제가 들었던 지시로는, 잠시만 숨어 있어——가 아니었는지?』

지시 방식이 좋지 않았다는 걸 깨달은 렐리아는 에밀에게 시선을 향했다.

어떻게 설명할까 고민하고 있자, 에밀이 조금 전보다도 거친 태도로 캐물었다.

"렐리아, 어떻게 된 거야?! 어째서 세르주와 같이 있었던 거냐고!"

목소리가 커진 에밀을 보고 렐리아는 조금 놀랐다.

심약한 에밀이 이렇게까지 화내리라고는 생각지 않았다.

"뭐, 뭐야. 딱히 문제 될 것 없잖아! 던전 공략에 필요했으니까 도움을 받은 것뿐이야."

"남자랑 둘이서 간다는 말은 못 들었어! 렐리아, 우리는 약혼했다고?"

렐리아는 세르주의 유혹을 거절하고 에밀을 선택한 것을 떠올렸다.

그래서 자신을 믿지 못하는 에밀에게 괜히 더 화가 났다.

'나는 세르주의 유혹을 거절했는데, 바람을 의심하는 거야?'

렐리아는 에밀보다도 목소리를 크게 높였다.

"아무 일도 없었어! 그것보다 내가 뭔가를 할 때마다 그렇게 캐물을 셈이야? 단순한 남자 사람 친구한테 질투하지 마!"

"어떻게 질투하지 않겠어. 하필이면 세르주라고? 세르주가 너를 어떻게 생각하는지, 내가 모른다고 생각해?"

"——뭐? 날 못 믿겠다는 거야?"

눈을 가늘게 뜨고 낮은 목소리를 내자, 에밀이 어깨를 떨었다.

"아, 아니, 그런 의미가 아니라."

밀어붙이는 데 약한 에밀이다.

강하게 말하면 물러날 줄 알았는데, 오늘은 평소보다 저항이 셌다.

단지 그 정도의 일이라고 렐리아는 생각했다.

"이제 이 이야기는 하지 마. ——알겠지?"

"으, 응."

에밀의 문제가 정리되자, 렐리아는 이데알에게 시선을 향했다.

"너도야! 앞으로는 멋대로 남들 앞에 모습을 드러내지 마!"

『죄송합니다. 경솔했습니다. 반성하고 있습니다.』

시무룩해져서 갸륵한 태도를 보였기 때문에, 렐리아도 그 이상은 꾸짖을 수 없었다.

동시에, 자신의 지시가 좋지 않았던 것도 사실이다.

그러니 이 이야기는 이걸로 마무리 짓는다.

"나는 방에 돌아갈 테니까."

렐리아는 혼자서 자기 방으로 돌아갔다.

이 방에는 에밀과 이데알만이 남겨졌다.

◇

라우르트 가의 저택.

그곳에서는 집에 돌아온 세르주를 알베르크가 서재로 불러냈다.

라우르트 가의 당주인 알베르크는 방랑 기질이 있는 양자 세르주를 앞에 두고 어처구니없어하고 있었다.

"돌아왔으면 연락 정도는 하거라."

세르주는 소파에 앉아 천장을 올려다보고 있다.

손을 하늘하늘 흔들고 있었다.

"알고 있어."

"이해하지 못하고 있으니까 이렇게 내가 주의하는 거다. 조금 전에 돌아온 모양이다만, 요 한동안은 어디에 있었지?"

"뭐어, 이곳저곳."

대답하지 않는 아들을 보고, 알베르크는 씁쓸한 표정을 지었다.

세르주를 양자로 받아들인 건 라우르트 가의 후계자로 삼기 위해서다.

친아들인 【리온 사라 라우르트】가 죽고, 알베르크는 양자를 맞아들였다.

그것이 세르주다.

하지만 세르주는 모험가를 동경하여 최근에는 학원에조차 제대로 다니고 있지 않았다.

"세르주, 앞으로는 모험을 삼가도록 해라."

"뭐어?!"

"학원의 장기 방학 동안만큼은 용인하고 있었다만, 너는 그걸 무시하고 제멋대로 행동했다. 이걸로 인정받을 줄 알았느냐?"

알베르크로서는 당연한 말을 하고 있을 셈이었다.

하지만 세르주의 반응은 달랐다.

"──날 인정한 적 따위 없잖아."

"아직도 그 이야기냐? 나는 너를 아들로서 받아들이고 있다. 너도 조금은──!"

"그 녀석의 대용품이지?"

"아무도 그런 말은 하지 않았다."

"어쩌려나."

그 녀석—— 알베르크의 친아들인 리온을 말하는 것이었다.

세르주는 양자로 거두어지고 나서부터 리온과 비교당하는 것을 싫어했다.

'이래서는 리온 군을 소개하는 건 어렵겠군. 하지만, 언젠가는 알려주게 될 일이다.'

호르파트 왕국에 있던 리온이라는 이름의 청년.

친아들이었던 리온의 모습도 있어서, 공화국에서는 여러모로 화제가 끊이지 않는 존재다.

세르주에게 전하지 않는다는 건 무리인 이야기였다.

"——세르주, 신년제가 머지않았다. 너도 참가하거라."

"신년제? 단순한 축제잖아. 어린애도 아니고 일부러 참가하겠냐고."

"올해는 다른 의미도 있다. 반드시 참가해라. 그리고 너한테 소개하고 싶은 사람이 있다."

"누구?"

여기서 누군지를 말해 주면, 세르주는 신년제에 참가하지 않으리라.

알베르크는 리온에 관해 잠시 비밀에 부쳐 두기로 했다.

"그때가 되면 소개하마."

"쳇!"

세르주는 혀를 차고 소파에서 일어나더니 서재에서 나갔다.

그런 아들의 뒷모습을 지켜보는 알베르크는, 쓸쓸해 보이는 표정을 짓고 있었다.

◇

안제와 리비아가 체재하게 되어 우리는 마리에의 저택에 돌아가게 되었다.

이유? 코델리아 씨가 '안젤리카 님이 체재하시기엔 이 집은 너무 좁습니다!'라고 말했기 때문이다.

안제 쪽은 그런 걸 신경 쓸 겨를이 아닌지 딱히 아무 말도 하지 않았다.

나는 저택 식당에서 한숨을 내쉬었다.

"하아, 어째서 이렇게 된 거지?"

내가 고민하고 있자, 옆에 앉아 있는 율리우스가 팔꿈치로 날 찔렀다.

"어이, 발트파르트."

"뭔데?"

"뭔데? 가 아니다! 너는 이 상황을 앞에 두고 아무것도 하지 않을 생각이냐?"

작은 목소리로 말을 거는 율리우스 외에는, 식사를 앞에 두고 이 자리의 분위기를 견딜 수 없게 된 바보들이 날 책망하는 듯한 시선을 향했다.

모두의 눈이 말하고 있다.

'네가 어떻게든 해라'——라고.

내가 시선을 향한 곳에는 안제와 리비아가 나란히 앉아 있었다.

하지만 대화는 없었다.

노엘 건 이후로 줄곧 두 사람은 대화가 없는 상태였다.

그저, 둘 다 상대가 마음에 걸리는지 이따금 말을 걸고 싶어 하는 듯했다.

공화국풍 요리를 앞에 두고 분명 이것저것 이야기도 하고 싶은 것이리라.

다만 지금의 두 사람은 다툰 상태다.

그 때문에 대화를 하고 싶은데도 할 수 없는 미묘한 분위기가 생겨나 있었다.

내 뒤에 선 코델리아 씨가 부자연스러운 티가 나게 헛기침을 했다.

"——리온 님, 안젤리카 님과 올리비아 님께 요리를 설명해드리는 건 어떨지요? 두 분께는 드문 요리일 겁니다."

"어? 나도 자세히는 모르는데."

주위에서 낙담한 목소리가 들려왔다.

그러자 노엘이 눈치를 발휘하여 설명해 주었다.

"저, 저기, 이쪽은 공화국풍 수프예요. 갑각류로 우려낸 국물이 중요해서~."

무언의 식탁을 견디지 못해 설명해 주었지만, 그것도 이내 끝났다.

안제는 짧게 감사를 표했다.

"일부러 미안하군."

"아, 아뇨."

대화가 끊기고 말았다.

조금 전부터 이런 느낌이었다.

평소에는 소란스러울 정도인 식사 풍경이 쥐 죽은 듯 조용해져 식기 소리가 달칵달칵 들려오고 있다.

——이거, 어떻게 하면 좋은 건데?

◇

식사가 끝난 나는 안제와 리비아의 다툼에 관해 마리에한테 상담하기로 했다.

저택 안에서 루크시온을 더해 셋이서 이야기를 나눴다.

"안제와 리비아의 관계를 어떻게든 하고 싶다. 너희들, 지혜를 빌려줘."

『시원시원할 정도로 남의 힘에 의지하는군요.』

루크시온의 비아냥에 내 시선이 날카로워졌다.

"누구 때문이라고 생각하는 거냐?"

『마스터가 바람을 의심받은 것과 두 사람이 다투고 있는 건 별개 건입니다. 모든 걸 제 책임으로 하지 말아 주시겠습니까. 불쾌

합니다.』

"이, 이 자식……."

확실히 루크시온의 책임은 아니지만, 내 바람에 관한 화제를 계기로 두 사람의 다툼이 심각해진 것이나 다름없다.

이 녀석한테도 조금 정도는 책임이 있다고 생각한다.

서로 노려보고 있자, 마리에가 우리를 보고는 고개를 가로저었다.

이 녀석들 아무것도 모르네, 라는 표정을 짓고 있다.

"그 두 사람이 다툰 건 아무래도 좋아. 문제는 노엘이야. 오빠, 정말로 어떻게 할 거야? 노엘, 장래의 일로 고민하고 있다구."

──너, 안제와 리비아가 그렇게나 싫냐?

"아무래도 좋다니, 그게 무슨 말이야? 나한테는 큰 문제야. 노엘 건과 같은 정도로 진지하게 고민하고 있다고."

마리에가 매우 언짢은 듯한 표정을 지으며 내게서 거리를 벌렸다.

"진심으로 말하는 거야? 애들 싸움 같은 짓을 벌이고 있는 두 사람보다, 노엘을 걱정해야 하는 거 아니야? 오빠, 둔감한 것도 지나치면 죄야."

"나는 둔감하지 않아."

그렇게 말한 순간, 마리에는 "어?!" 하며 놀란 표정을 보였다.

루크시온은 『둔한 것에도 정도가 있지요』라며 어처구니가 없는지 외눈을 가로젓고 있었다.

두 명의 반응이 차갑다.

"뭐, 뭐냐고?"

"――이제 됐어. 그것보다, 노엘이 진지하게 고민하고 있어. 오빠도 좀 힘이 되어 줘. 불쌍하잖아."

"내가 이 말 저 말 해도 되는 거냐? 노엘 문제잖나. 게다가, 노엘은⋯⋯."

그 여성향 게임 2탄의 주인공이다.

그녀에게도 본래 있어야 할 행복한 미래가 있지 않았을까?

그걸 내가 비틀어 버려도 괜찮은 건가 하고, 어딘가에서 고민하고 만다.

루크시온과 마리에가 서로 얼굴을 마주 보고, 이 인간 귀찮구만! 같은 표정을 짓고 있었다.

"여기까지 와서 원작이 어떠니 하면서 이것저것 고민하는 거, 바보 아니야?"

『어라, 몰랐습니까? 마스터는 원래부터 바보입니다.』

이 자식들, 나한테 너무 용서가 없다.

"너희들이 너무 생각이 없는 거라고! 어, 어쨌든. 노엘 건은 어설프게 관여하지 않고 본인한테 판단시키겠어."

"오빠가 날 따라와, 라고 말하면 전부 해결될걸?"

마리에의 무책임한 발언에 나는 고개를 가로저었다.

"노엘의 인생이야. 나한테 선택권은 없어."

"――정말로 오빠, 사람이 너무하네."

너무해? 그건 잘못된 생각이다.

내가 데리고 돌아가면 결국 노엘을 기다리고 있는 건 성수의 무녀라는 취급이다.

왕국에 오지 않더라도, 이 나라에 남더라도 입장이나 취급은 같을지도 모른다.

단지—— 하다못해 본인의 의사를 존중하고 싶다.

"——그래서, 이야기를 되돌리겠는데, 문제는 안제와 리비아라고?"

"그러니까, 그 정도 다툼 같은 건 귀여운 수준이잖아. 내버려 둬도 화해할 테니까 노엘 걱정을 하란 말이야! 남자들은 하나같이 바보라니까!"

『사소한 것으로 고민하고, 큰 문제는 뒤로 미룬다——. 글러 먹은 마스터를 지니면, 헌신하는 보람이 있어 기쁠 따름이군요.』

루크시온은 여느 때처럼 비아냥이나 빈정거림이 많다.

정말로 주인이라고 생각하지 않는 것 아닐까? 그런 의문이 떠오르기 시작했다.

마리에는 내 앞에서 고개를 숙이고 있었다.

"오빠, 정말로 노엘한테 맡길 거야? 오빠가 말하면 노엘은 반드시——."

무슨 말을 하고 싶은 것인지 상상은 되지만, 그걸 하는 것은 망설여진다.

내가 노엘에게 왕국으로 오라고 말하면, 분명 와줄 것이다.

하지만 그것이 정말로 노엘의 행복이 될까?

"——그렇게 나한테 기대하지 말라고."

그렇게 말하자 마리에는 "그래도——!" 하고 아직도 뭔가 더 말하려 했다.

방에 노크 소리가 들려오더니, 문 너머에서 코델리아 씨의 목소리가 났다.

"리온 님, 손님이 찾아오셨습니다."

◇

"하~이, 잘 지내고 있었으려나?"

내게 찾아온 손님은 루이제 양이었다.

이름은 【루이제 사라 라우르트】. 그 여성향 게임 2탄의 악역 영애이자, 최종 보스인 【알베르크 사라 라우르트】의 딸이다.

게임에서는 주인공을 괴롭히는 나쁜 여자였지만, 내가 보기에는 남을 잘 돌봐 주는 누나일 뿐이었다.

만나고 나서 금방 나한테 '누나라고 불러줘'라는 말을 했던 사람이기도 하다.

평범하게 들으면 무서운 이야기지만, 끔찍한 친누나를 지닌 내게는—— '기꺼이!'라고 말하고 싶어질 정도로 다정한 여성이다.

아니, 진짜로 고를 수 있다면 이 사람을 골랐을 것이다.

어째서 이 사람이 내 누나가 아닌 걸까?

고향인 호르파트 왕국에 있는 친누나 제나의 모습을 떠올렸다.

조심스럽게 말해도 끔찍한 누나였다.

한번 본가로 돌아갔을 때 얼굴을 보고 '체인지!'라고 말했던 나는 잘못이 없을 것이다.

부드러운 느낌의 옐로 블론드 머리카락은 어깨까지 닿고, 보라색 눈동자의 다정해 보이는 눈.

학원에서는 상급생으로, 정말로 누나 같은 사람이다.

──이 사람이 정말로 내 누나였다면 얼마나 좋았을지.

여러모로 복잡한 감정을 품으면서도, 나는 미소로 대응했다.

"단기간에 배신과 수라장을 경험했지만, 저는 잘 지내고 있습니다."

루이제 양은 내 대답에 난처한 듯이 웃었지만, 어딘가 기뻐 보였다.

"농담을 할 수 있는 걸 보니 괜찮은 모양이네. 신경 쓰이는 이야기는 나중에 듣기로 하고, 오늘은 초대하러 온 거야."

"초대요?"

"6대 귀족의 신년제."

"신년제? 아~, 분명⋯⋯."

이전에 마리에한테서 들은 이야기 중에 그런 내용이 있었다.

2탄의 이벤트 가운데 하나다.

주인공인 노엘이 2학년일 때 발생하는 이벤트였을 터다.

여기까지 순조롭게 진행되었다면 공략 대상한테서 신년제에 초대받아 정식으로 교제를 선언한다던가 뭐라던가.

"어머, 알고 있었어? 1년에 한 번, 우리는 성수에 변함없는 충성을 맹세해. 하지만 지금은 약간의 축제처럼 되어 버렸지."

"축제라고요?"

"성수에는 나무뿌리가 만들어 낸 동굴이 있어서 말이야. 거기에 비석이 있어. 거기서 변함없는 충성을 맹세하는 건 우리 같은 젊은 세대뿐이야."

내 곁에 있던 루크시온이 대신 질문해 주었다.

『격식을 차린 식전이 아니라, 즐기기 위한 축제라는 말입니까? 그 축제에 마스터를 초대하러 왔다는 겁니까?』

"그래. 처음에는 엄숙하게 치러지지만, 그 뒤에는 파티 같은 거야."

그런 축제를 열고 있었나 하고 감탄하고 있자, 루이제 양이 내게 얼굴을 가까이 댔다.

"그러니까, 리온 군은 내 파트너로서 참가해 줬으면 해."

"아아, 파트너입니까. ——네?"

무슨 말을 들은 건지 처음에는 이해가 안 되어 납득한 것처럼 고개를 끄덕였던 나는 등줄기가 오싹해졌다.

루이제 양을 응대하고 있는 방에 발소리가 들려온다.

문이 열리자, 거기에는 코델리아 씨의 모습이 있었다.

입구에서 떨어져 안제를 들여보냈다.

"재미있는 이야기를 하고 있군. 리온, 나한테도 들려주겠나."

뒤이어서 방에 들어오는 건 안제와 다툰 상태일 터인 리비아였다.

"리온 씨, 아름다운 여성이 찾아왔다고 들었어요. 인기가 많으시네요."

미소를 짓고 있는 두 사람이었지만, 아무래도 내 바람을 의심하고 있다고 할지⋯⋯. 이거, 슬쩍 떠보러 온 건가?

코델리아 씨를 노려봤더니, 이쪽을 보지도 않았다. ──너도 내 적인 거냐?

"두, 둘 다 이건 그런 게 아니야. 이, 이 사람은⋯⋯."

루이제 양을 어떻게 소개할지 고민하고 있자, 본인이 기쁜 듯이 손을 맞댔다.

눈을 빛내며 안제와 리비아에게 다가가더니 악수를 했다.

"혹시, 당신이 안젤리카 양? 그리고, 그쪽 애가 올리비아 양이지?"

"으, 음. 그렇다만⋯⋯."

"저, 저기⋯⋯."

갑자기 호의적으로 접하는 루이제 양에게 두 사람은 곤혹스러워하고 있었다.

그런 두 사람을 내버려 두고 루이제 양이 즐거운 듯이 이야기를 계속했다.

"약혼자가 두 명이나 있다고 들어서 놀랐는데, 이렇게나 귀여운 애들이었다니 동성인 나라도 부러워. 리온 군은 행복한 사람이네. 아, 나는 루이제. 루이제 사라 라우르트야. 사이좋게 지내주면 기쁘겠어."

안제가 곤혹스러움에서 벗어나서는, 어이가 없다는 듯한 얼굴을 하면서도 표정을 누그러뜨렸다.

"라우르트 가문의 영애이지? 리온과는 제법 친하다는 것 같더군."

"친하게 지내고 있어. 물론, 남녀 사이는 아니야."

루이제 양의 말에 리비아가 안도한 표정을 보였다.

"의심해서 죄송해요."

"괜찮아. 오해받을 만한 일이 있었던 거지?"

루이제 양이 내 쪽으로 고개를 향하더니, 놀리는 듯한 미소를 지어 보였다.

"리온 군, 본국에 귀여운 약혼자가 있는데, 다른 여성과 놀고 있으면 안 되잖아."

"바, 반성하고 있습니다."

그리고 루이제 양은 안제와 리비아 쪽으로 얼굴을 향하고는 다시금 사정을 이야기했다.

"갑작스러운 일이라 실례지만, 잠시만 리온이 나랑 동행하는 걸 허락해 주었으면 해. ——둘에게 민폐는 끼치지 않을게."

안제가 고개를 갸웃했다.

"리온을?"

거기서부터, 루이제 양은 나를 초대한 이유를 이야기했다.

"옛날에, 동생과 약속했거든."

◇

루이제 양이 돌아가자, 리비아가 나를 불러세웠다.

"리온 씨!"

"뭐, 뭔데?"

리비아는 놀란 나한테 개의치 않고 말을 계속했다.

눈에는 눈물을 띠고 있었다.

"루이제 양의 소원을 이루어 주세요! 부탁드려요!"

"으, 응."

리비아가 울 것 같은 표정을 짓고 있는 건, 루이제 양이 나를 신년제에 초대한 이유에 있다.

루이제 양에게는 나와 같은 이름의 남동생이 있었다.

리온―― 분위기가 비슷하다는 이유로 나는 루이제 양의 마음에 든 것이다.

그 사람이 나를 동생처럼 귀여워하는 건 그게 이유다.

그리고, 리온―― 그러니까 '리온 군'은 10년도 전에 죽었다.

"죽은 동생과의 약속을 지키고 싶다는 그 소원을 이루어 주세요."

"내가 대역을 맡을 수 있다면 좋겠지만 말이야."

요컨대 나는 리온 군의 대역이다.

하지만 나로서는 알지도 못하는 동생의 대역 같은 건 솔직히 말해 짐이 무겁다.

받아들이기는 했지만, 지금은 그것보다도——.

"그보다, 리비아는 안제와 화해하지 않는 거야?"

어깨를 움찔 떤 리비아는 거북한 듯이, 그리고 창피한 듯이 내게서 시선을 돌려 비스듬히 아래를 봤다.

"사, 사과하고 싶어요. 저도 사과해서, 화해하고 싶어요. 하지만—— 노엘 씨에 대한 취급은 납득할 수 없어요. 리온 씨는 어떻게 생각하고 계신 거죠?"

"나? 노엘이 선택하면 된다고 생각하는데."

내 드라이한 대답에 리비아는 뺨을 부풀렸다.

"리온 씨는 심술궂어요!"

"어째서?"

"솔직히, 저와 안제를 생각해 주신다는 건 느껴지고, 기뻐요. 하지만 그것 때문에 노엘 씨가 불행해지는 건 싫어요. 게다가 저는 안제가 하는 말도 이해가 돼요."

"리비아?"

"노엘 씨는 저와는 다르게, 특별한 사람이라는 걸 이해는 하고 있어요."

고개를 숙인 리비아를 보고, 아니, 네가 더 대단한 사람이라는 것 같아! 라고 말할 수 있다면 좋겠지만, 지금 상황에서는 말해도 소용이 없다.

"내게는 리비아가 더 특별해."

리비아가 고개를 들더니, 귀까지 새빨개져서 입을 뻐끔뻐끔 했다.

그리고 가슴을 손으로 누르고, 호흡을 가다듬은 뒤 촉촉이 젖은 눈동자로 날 바라봤다.

"리온 씨, 공화국에 오고 나서 말주변이 좋아졌네요. 다른 사람한테도 그런 말을 하고 계신 것 아닌가요?"

"어라? 나는 그렇게나 신용이 없어?"

웃으며 얼버무리자, 리비아가 내 팔을 붙잡았다.

"안제는 고민하고 있어요. 리온 씨가 말을 걸어주세요. 분명 안제는 리온 씨를 기다리고 있을 테니까요."

자신도 여러 가지로 고민하는 듯한 표정을 지어 놓고선, 안제를 우선하라고 말하는 건가.

——정말로 두 사람은 사이가 좋네.

안제의 방을 찾아가자, 그녀는 침대에 앉아 있었다.

내 이야기를 듣더니, 그대로 상반신을 쓰러뜨려 침대에 누웠다.

내가 있는데도, 제법 무방비한 모습을 드러내고 있다.

"그런가. 리비아가 그런 말을 했나."

"화해하는 게 어때?"

내 말에 안제는 상반신을 벌떡 일으켰다.

그 찰나에 스커트 안이 보인 건 비밀이다.

"나, 나 역시 곧장 화해하고 싶다! 하, 하지만── 뭐라고 말하면 좋지? 나는 순수한 이익을 원해서 노엘을 너한테 떠넘기려고 했단 말이다. 나는 노엘 개인을 보고 있지 않았어. 그건 사실이다."

"누구든 성수가 손에 들어온다면 이익을 얻으려 할 거야."

눈앞에 거금이 굴러다니고 있다면, 누구라도 주울 것이다.

뭐, 실제로 몇천만이나 되는 돈이 길에 떨어져 있으면 무서워지겠지만 말이지.

소심하고 욕심 많은 나는 안제를 비난할 수 있을 만큼 됨됨이가 좋은 인간이 아니다.

"게다가 이익 중에는 수많은 사람에 대한 것도 포함되어 있었던 것 아니야? 노엘 개인은 보고 있지 않았지만, 왕국 사람들을 구하고 싶었던 거지?"

리비아건 안제건, 다른 사람을 위해 움직이고 있다.

나로서는 따라 할 수 없겠어.

"너는 다정하군. 확실히 왕국의 백성들 생각도 하긴 했지만, 내가 원한 건 나 자신의 이익이다."

"안제의 이익? 본가인 레드글레이브 가문을 크게 만든다든가?"

성수를 손에 넣으면 장래 왕국 내에서 커다란 권력을 얻을 수 있을 것이다.

그만한 힘을 내포하고 있는 것이 성수다.

귀족은 본가를 생각하는 법이기에, 안제가 레드글레이브 가문의 이익을 우선하는 것도 자연스럽다고 봤다.

나는 그런 식으로는 생각하지 않지만.

하지만 안제는 고개를 가로저었다.

"내가 제일로 생각한 건, 너다. 네가 장래 강한 힘을 지니면 분명 행복해질 수 있다고 생각했다. 다만, 너는 노엘을 불행하게 만들면서까지 힘을 갈구하지는 않겠지? 나중이 되어서야 그걸 깨달은 거다."

"나의 행복이라니……."

"이익에 눈이 멀었다. 용서해라."

"아, 아니, 난 딱히 괜찮은데―― 그러면, 리비아와 화해를."

"그, 그거랑 이건 다른 문제다! 나, 나는―― 뭐라 말하며 리비아한테 사과하면 좋다고 생각하지?"

조금 전까지 멋있는 안제였는데, 리비아 이야기가 되자 정말이지 미덥지 못한 귀여운 여자애가 되어 버렸다.

"평범하게 말하면 되잖아."

안제를 보며 웃고 있자, 안제는 일어나서는 나를 도닥도닥 때렸다.

"우, 웃지 마라! 나는 진지하게 고민하고 있다고!"

"괜찮대도. 둘이서 관광이라도 하러 나가면…… 아, 안 되겠네. 둘만 있게 하면 성가신 일에 휘말릴지도. 좋아! 내가 공화국을 안내할게."

"저, 정말이겠지?"

"약속할게."

안제가 나를 때리는 걸 멈추고는, 그대로 내 팔에 안겨들었다.

"확실하게 안내 부탁한다. 잊고 있었다만, 이번에는 관광도 기대하고 있었다. 게다가…… 아!"

안제가 무언가를 떠올린 모양이다.

잊고 있었다며 창피해하는 듯한 표정을 지었다.

"리온, 미안하다. 여러 일이 있어서 이야기하는 걸 잊고 있었어."

"응?"

제03화 「누나와 동생」

6대 귀족의 당주들이 모이는 회의장.

쓸쓸한 표정을 지은 사람들이 대부분이고, 알베르크도 지친 얼굴을 하고 있었다.

'왕국도 성가신 사람들을 골라 파견했군.'

연이어서 일어난 사건에 대한 배상 문제를 둘러싸고, 왕국에서 파견된 인물과 지금까지 교섭을 진행하고 있었다.

신년제를 앞두고, 당주들도 빨리 이 문제를 정리하고 싶었다.

여하간 내년 신년제에는 여태까지와는 다른 의미가 있다.

발리에르 가문의 적남이었던 로이크가 일으킨 사건 뒤, 공화국에서는 수많은 행사가 중지되었다.

외국이 보기에는 지금의 공화국은 한창 비상사태 중인 것처럼 보이리라.

그 인식을 불식하기 위해서라도, 신년제는 화려하게 치르기로 결정되어 있었다.

그리고 신년제 직전의 큰 일거리가 호르파트 왕국과의 교섭이었다.

그 교섭을 위해 파견된 인물이 무척 성가셔서 고생이 이만저만이 아니었기에 다들 녹초가 된 표정을 짓고 있었다.

입을 연 것은 페베르 가문의 당주인 랑베르였다.

　작은 몸집에 살이 조금 찐 체형으로, 머리숱이 적고 성격은 빈말로라도 좋다고는 할 수 없는 남자였다.

　그런 남자가 분노를 감추려고도 하지 않는다.

　"이 무슨 굴욕인가! 불패의 공화국이 왕국 같은 삼류 국가에 이렇게까지 저들 좋을 대로 당하다니, 전대미문이라고!"

　누구나가 화가 난 상태고, 랑베르의 의견에 동조도 하고 싶었다.

　하지만 현실은 다르다.

　발리에르 가문의 당주인 벨랑주가 랑베르를 앞에 두고 짜증을 드러냈다.

　"조금 전까지 다물고 있던 남자가 인제 와서 무슨 말을 하는 거지. 교섭 자리에서 당당히 발언하는 게 어떻나?"

　벨랑주가 비아냥대자, 랑베르가 바보 취급하는 듯한 미소를 띠고 벨랑주를 봤다.

　"누구 때문에 이런 일이 되었다고 생각하나? 그런데, 무녀님께서 상대해 주지 않았던 전 적남 경은 잘 지내는지?"

　"네놈!"

　벨랑주가 일어나자, 알베르크가 낮은 목소리를 내며 제지했다.

　"둘 다 거기까지다. 이것으로 해산한다."

　재빨리 회의장에서 나오려 하자, 거기에 부하 몇 명이 황급히 입실을 요청해 왔다.

　허가를 내렸더니, 부하들이 숨을 헐떡이며 보고했다.

"크, 큰일입니다! 성수가── 성수가!"

◇

어둑어둑해진 거리는 가로등 불빛으로 단장되어 있다.

숨을 내뱉으니 하얘져서, 공화국의 겨울도 춥다는 것을 실감하고 있었다.

"이걸로 눈이라도 내리면 화이트 크리스마스군."

내 말에 의문이 생긴 표정을 띤 것은 안제였다.

"화이트── 뭐라고?"

안제와 리비아는 나를 사이에 끼우는 듯한 포지션으로 서 있다.

두 사람 다 코트를 입었으며, 뺨이 약간 빨갛다.

"리온 씨, 때때로 이상한 말을 하죠."

이 세계에 크리스마스는 없단 말이지.

그걸 대신하는 이벤트 같은 건 있지만.

리비아가 하늘을 올려다봤다.

"그나저나 알제르 공화국은 신기한 나라네요. 거대한 성수를 처음 봤을 때는 산인 줄 알았어요."

"지나치게 크지."

나도 성수를 바라봤고, 그 거대함에 어처구니가 없어지고 말았다.

대체 얼마나 오랜 시간을 들이면 이렇게까지 거대해지는 걸까?

　안제 쪽은 주위를 흥미진진하게 보고 있었다.

　"비행선을 쓰지 않고 지면을 이동하는 탈것이 발달했군. 확실히 에너지를 마음껏 쓸 수 있다면 이쪽이 더 편리하겠어. 추락할 걱정도 없고."

　비행선을 쓰는 건 좋지만, 떨어지면 막대한 피해가 발생한다.

　노면전차를 보는 안제는 눈을 살짝 반짝이고 있었다.

　"이런 탈것은 욕심이 나는군. 하지만 연료를 마석으로 채우는 거라면 어렵겠어. 요금을 비싸게 설정하면 가능은 하겠지만, 그래서는 이용하는 손님이……."

　이것저것 생각하는 안제를 보고 나는 감탄했다.

　"노면전차 하나로 그런 것까지 생각하고 있었어? 안제는 대단하네."

　그러자 내 험담을 하는 걸 정말 좋아하는 루크시온이 대화에 끼어들었다.

　『마스터가 아무 생각이 없는 것 아닌지요? 타국의 높은 기술력을 보고 위기감조차 품지 않는다니 슬프군요.』

　"나 혼자가 힘내 봤자 의미가 있냐? 그리고 나라의 기술력 운운은 나보다 잘나신 사람들이 생각해야 할 문제라고 보는데. 뭐, 그래도 롤랜드 녀석은 일을 전혀 하지 않으니까 아무 생각도 없을지도 모르겠네."

　자기 나라의 국왕 폐하를 경칭 없이 이름으로 막 불러도 죄악

감이 손톱만큼도 솟아나지 않는다.

안제가 나를 보고는 이마에 손을 대고 있었다.

"폐하께 그런 태도를 보이고도 무사한 너는 정말 배짱이 두둑한 녀석이야."

"뭐어~? 롤랜드인데? 그 녀석이라고 불러도 용서될 거라고."

"이따금 너는 바보인지 호담(豪膽)한 건지 판단하기 어려울 때가 있다. 여차할 때는 의지가 된다는 건 알고 있지만, 평소에는 너무 마음을 놓고 있는 것 아니냐?"

실실 웃고 있는 나를 보고, 리비아가 대화에 끼어들었다.

"저는 평소의 리온 씨가 좋아요. 서툴지만 다정한 점이라든가, 귀엽잖아요."

귀, 귀여워? 이 내가?!

나보다 먼저 대답한 건 루크시온이었다.

『올리비아―― 정밀검사를 할까요? 뇌, 또는 눈에 중대한 문제가 발생했을 가능성이 있습니다.』

이, 이 자식, 내가 귀엽다는 말을 듣는 게 그렇게나 이상한 거냐!

"아, 저기, 전 괜찮아요."

『아뇨, 마스터가 귀엽게 보이는 건 이상이 있다는 증거입니다. 안젤리카도 마찬가지입니다.』

"나도 이상하다는 건가?"

『예. 마스터를 호담하다고 판단하는 건 잘못입니다. 평소 우유부단하여 중요한 상황에 고생하는 게 마스터입니다. 그리고 겁쟁이입니다.』

　인공지능한테 이런 말까지 듣는 난 대체. 뭔가 나쁜 짓이라도 했나?

　"너, 너 인마, 그렇게까지 말하기냐! 너는 언제나 그래. 나를 싫어한다고 해서, 나에 대한 근거 없는 헛소문을 퍼뜨리지 말라고!"

　『근거 없는 헛소문? 사실을 사실이라고 말하는데 뭔가 문제라도? 실례. 사실이니까 곤란한 것이로군요.』

　"──두고 봐라. 난 당하면 반드시 갚아 주는 남자라고."

　루크시온의 험담이 그치질 않는다.

　옥신각신하고 있자, 안제도 리비아도 우리를 보며 웃고 있었다.

　"뭐, 뭐야?"

　안제가 사과하면서도, 재미있는지 계속 웃고 있다.

　"용서해라. 평소대로인 너희들을 보고 안심했다. ──리온, 너는 유학 전과 변한 게 없어."

　리비아도 마찬가지다.

　나와 루크시온을 흐뭇하게 보고 있다.

　"여전히 둘은 사이가 좋네요. 게다가 리온 씨는 외국에 있어도 리온 씨였어요."

　"둘 다 내가 성장하지 않았다고 말하는 것처럼 들려."

　『그렇게 말하고 있는 겁니다. 다른 말로 들렸습니까?』

　"너하고는 한번 상하 관계에 관해 확실히 이야기해야겠어. 돌아가면 두고 보라고."

나를 대하는 루크시온의 태도가 너무하다.

나는 이 녀석한테 뭔가 잘못이라도 한 걸까?

루크시온은 시선을 나한테서 성수 꼭대기로 옮겼다.

"이번에는 무시냐? 너 그만 적당히——."

『마스터, 질문을 하나 해도 괜찮겠습니까?』

"——뭔데?"

『성수의 우듬지에 꽃이 피어 있습니다. 이런 현상이 일어난다는 말은 듣지 못했습니다만, 뭔가 알고 계십니까?』

올려다보니, 우리한테는 아무것도 보이지 않았다.

루크시온이 영상만을 우리 앞에 투영했다.

안제가 영상을 들여다보자, 거기에는 하얀 꽃이 피어 있었다.

"꽃잎이 수많이 있군. 국화처럼 생겼어."

『확실히 형상은 유사합니다만, 크기가 다릅니다.』

하얀 국화 같은 꽃이 성수 꼭대기에 피어 있었다.

안제가 입에 손을 대면서 영상을 들여다보고 있다.

"성수에도 꽃이 피는 건가? 하지만 위치상 아무래도 영 부자연스럽게 보이는군."

리비아도 같은 생각을 한 모양이지만, 이쪽은 한층 감정적인 말도 덧붙였다.

"확실히—— 마치 가져다 붙인 듯한 인상이네요. 게다가 어딘가 모조품 같은 느낌이 들어요. 그리고—— 조금 기분이 나빠요. 안 좋은 느낌이 들어요."

리비아가 기분 나쁘게 느낀 성수의 하얀 꽃.

이제부터 무슨 일이 일어나려는 것일까?

◇

마리에의 저택으로 돌아왔지만, 여느 때와 다름없는 분위기였다.

현관에 오니 마리에가 얼굴을 내밀고── 그리고 내가 손에 짐을 들고 있지 않은 걸 보고는 낙담한 표정을 지어 보였다.

선물을 기대하고 있었던 것이리라.

부엌에서 매콤달콤한 냄새가 풍겨 오는 것도 언제나 있는 일이다.

안제가 뭐라 말하기 힘든 표정을 짓고 있자, 율리우스가 현관에 얼굴을 내비쳤다.

"다들 돌아온 건가? 나 참, 온다면 미리 말해 달라고. 곧바로 꼬치구이를 준비할 테니 조금만 기다려다오."

오늘 저녁 당번은 율리우스다.

이 녀석, 저택에서 쫓겨나고 돌아온 뒤로부터는 정기적으로 저녁 담당을 맡게 되었다.

그건 좋다. 그건 괜찮다만── 이 녀석이 만드는 저녁은 꼬치구이밖에 없다.

율리우스는 우리가 먹을 꼬치구이를 준비하기 위해 가벼운 발

걸음으로 부엌에 돌아갔다.

안제가 양손으로 얼굴을 가린 것을 보고, 리비아가 위로했다.

"기운 차려 주세요, 안제."

"리비아── 나는 전하께 버림받은 것을 후회하지 않는다. 후회하지 않지만, 저 모습을 보고 있자니 아무런 말도 할 수 없게 되어 버리는구나."

자국의 왕자님이 꼬치구이에 매료되어 요리인을 목표로 하리라고는 아무도 상상하지 않았을 것이다. 나도 상상하지 못했다.

코넬리아 씨가 다가오더니 둘의 코트를 맡았다.

"어서 돌아오십시오. 저녁은 어쩌시겠습니까?"

안제가 한숨을 내쉬었다.

점심은 바깥에서 먹었지만, 비상사태라고 생각하여 저녁은 먹고 오지 않은 것이다.

"──먹겠다. 전하께서 손수 만드시는 것이지?"

"안젤리카 님, 제 쪽에서 다른 메뉴를 준비하도록 할까요?"

"그래서는 실례가 된다. 갈아입을 테니, 나와 리비아는 일단 방으로 돌아가겠다."

"네."

리비아가 내게 작게 손을 흔들고는 계단을 올라가 자기들 방으로 향했다.

나는 식당으로 갔고, 거기서 저녁을 먹고 있는 마리에를 비롯한 다른 애들을 봤다.

"저녁 준비를 안 해도 된다니, 최고인 거 같아!"

양손에 꼬치구이를 들고 입에 넣는 마리에. 그 근처에는 술도 준비되어 있었다.

저녁 식사라기보다도 집에서 반주하는 듯한 모습으로── 꼬치구이가 안주로 보였다.

카라── 마리에의 친구이자 마리에의 시중을 드는 여자도 기뻐 보였다.

"저녁 식사 후의 뒷정리도 율리우스 전하께서 해주시니까요."

어처구니없는 표정을 짓고 있는 건 마리에의 전속 사용인인 하프 엘프 카일이다.

"멋대로 도구를 만지면 화내니 말이죠. 전 딱히 괜찮지만, 왕자님한테 부엌에서 요리를 시켜도 되는 걸까요?"

마리에는 꼬치구이를 안주 삼아 단숨에 술을 다 마셨다.

마시는 모습에서 관록이 느껴졌다.

"푸하~. 괜찮아, 괜찮아! 율리우스도 좋아서 하는 거고. 게다가 돌아가면 어떻게 될지 모르니까 말이야."

겨울방학이 끝나면 3학기── 그리고 우리는 왕국으로 돌아가게 된다.

율리우스가 자유롭게 꼬치구이에 몰두할 수 있는 건 지금뿐일지도 모른다.

그걸 생각해서, 마리에는 율리우스를 자유롭게 내버려 두고 있었다.

내가 돌아온 걸 알고 노엘이 다가왔다.

"리온은 밖에서 먹고 왔어?"

"아니, 이제부터 먹으려고."

"그럼, 같이— 아, 미안."

안제와 리비아가 있는 걸 떠올린 노엘이 내게서 떨어져 자리에 앉고는 식사를 재개했다.

노엘이 신경을 쓰게 만들었다.

미묘한 분위기를 느끼고 있자, 다섯 바보 중 율리우스를 제외한 나머지가 시끄러웠다.

"있지, 들어봐. 율리우스가 내【로즈】와【마리】를 보는 눈이 때때로 무서워. 먹이 주는 걸 도와주는데, 더 크게 자라라—라고 말한다고?! 저기, 이상하지 않아?!"

브래드가 자신의 친구라 칭하는 비둘기와 토끼에게 로즈나 마리라는 이름을 붙였다는 사실이 더 놀라웠다.

"브래드 군, 비둘기와 토끼한테 그런 이름을 붙였던 겁니까?"

질크가 어이없어하고 있는데도, 브래드 쪽은 자신만만했다.

"귀여운 이름이지?"

"비둘기와 토끼가 친구라니, 브래드 군답군요."

"내 귀여운 친구야!"

비아냥이라는 걸 깨닫지 못한 걸까?

그리고 그렉과 크리스가 말다툼하는 소리가 들려왔다.

크리스가 그렉에게 말했다.

"그렉, 가슴 부위 고기와 닭가슴살만 먹지 마라. 그리고, 소금 간이 된 것밖에 안 먹고 있지 않나. 양념장이 뿌려진 것도 먹는 게 어떻지?"

"닭가슴살이 내 저스티스다. 그리고, 먹는다면 소금으로 간한 거지. 다른 건 네가 먹으라고."

무언가에 씐 것처럼 가슴 부위 고기와 닭가슴살만을 먹고 있다.

그리고 상식인처럼 들리는 크리스 말인데, 차림새가 끔찍하다.

훈도시에 핫피 스타일이다.

이 자식, 요즘엔 계속 이런 꼬락서니를 하고 있다.

춥지 않은 걸까?

마리에가 날 보고 고개를 갸웃했다.

"안 앉아?"

작년에는 이 자식들 때문에 실컷 고생했는데, 어째서 나는 이 자식들과 같이 이국에 유학 같은 걸 한 걸까?

때때로 이 상황에 고개를 갸우뚱하고 싶어진단 말이지.

그럴 때였다.

쨍그랑! 하는 소리가 들려와 부엌으로 향하니—— 유메리아 씨가 넘어져 있었다.

"어이, 괜찮아?!"

달려가니, 유메리아 씨가 울 것 같은 표정을 지었다.

"죄, 죄송해요. 도와드리려고 생각해서."

넘어져서 접시를 깨 버린 듯하다.

율리우스가 손으로 주우려 하는 유메리아 씨를 제지했다.

"다치니까 도구를 가지고 오지. 내가 가지고 오마."

포장마차에서 아르바이트를 하고 있었기에, 이 정도의 사고로는 동요하지 않는 모양이다.

단지, 나는 조금 감동하고 있었다.

"그, 그 율리우스가, 이렇게나 착실해졌다니!"

지금까지 단순히 세상 물정 모르는 도련님이라고 생각했는데, 성장한 모습에 기뻐지고 말았다.

감동한 뒤, 나는 유메리아 씨에게 상처가 없는지 확인했다.

"다친 데는 없는 것 같네."

"죄송해요. 저, 실수뿐이라."

침울해진 유메리아 씨가 엄청나게 귀엽습니다.

"신경 쓰지 않아도 돼."

다만, 부엌에 카일이 왔다.

유메리아 씨는 어려 보여도 카일의 어머니다.

하지만 착실한 건 카일 쪽이다.

"──또 접시를 깬 거예요? 이걸로 몇 장째인가요?"

"카일, 미, 미안해."

"제가 아니라 주인님한테 사과하세요. 지금은 여유가 있으니까 괜찮지만, 접시도 싸지 않다고요."

어머니한테 잔소리를 계속하는 카일을 보고, 나는 제지하고자 끼어들었다.

"그만 괜찮다니까. 너는 식사하러 돌아가."

"아뇨, 정리하는 걸 돕겠습니다. 애초에 사용인이 여러분과 같이 밥을 먹는 건 안 되는 일이고요. 지금까지는 여유가 없었기에 같이 먹고 있었지만, 이제부터는 따로따로 먹는 편이 좋다고 생각합니다."

이 지나치게 성실한 녀석이.

너는 좀 더 엄마한테 어리광을 부리는 편이 좋다고.

──나 같은 놈은 전생의 어머니를 마지막까지 슬프게 만들고 말았으니까 말이야.

"카일, 미안해."

유메리아 씨가 사과하고 있지만, 그걸 들은 카일의 태도는 차가웠다.

"그러니까, 저한테 사과하지 마세요. 주인님께 사과하세요. 아니면, 백작님께 사과하는 게 도리예요."

유메리아 씨가 황급히 날 향해 머리를 깊숙이 숙였다.

"저, 정말로 죄송합니다!"

"아니, 이제 됐다니까! 야, 카일! 넌 어머니한테 좀 따뜻하게……."

"저보다 연상이니까 정신 똑바로 차리세요."

카일이 부엌에서 나가며 그렇게 중얼거렸지만, 그 얼굴은 어딘가 슬퍼 보였다.

◇

그 무렵.

라우르트 가의 저택에는 성수의 이변이 전해졌다.

저택에 있는 집무실로 불려온 것은 루이제와 세르주다.

루이제는 팔짱을 낀 채 세르주의 얼굴을 보려고도 하지도 않았다.

세르주는 주머니에 손을 넣고는, 루이제에게서 고개를 돌리고 있다.

알베르크는 두 사람을 앞에 두고, 여전히 변함없는 둘의 태도에 어처구니없어했다.

다만, 지금은 그걸 따지고 있을 상황이 아니었다.

"성수가 꽃을 피웠다. 지금까지의 기록도 조사시키고 있지만, 최소한 요 300년 동안에는 한 번도 없었던 현상이다."

이 이야기를 들은 세르주는 웃어 보였다.

"그거 좋군. 그런 광경을 볼 수 있다니, 운이 좋은데."

태평한 세르주의 발언에 루이제는 짜증이 난 태도를 여실히 드러냈다.

"아무 생각도 안 하고 있네. 자기 입장을 좀 더 이해하는 게 어때?"

"뭐라고?"

서로 마주 노려본다.

알베르크는 둘에게 그만하라고 말한 뒤 앞으로 어떻게 할 것인지를 이야기했다.

"한동안은 상황을 지켜보겠다만, 신년제는 예정대로 행한다. 둘 다 반드시 참가하도록."

세르주는 머리를 난폭하게 긁적이고는 방에서 나가려 했다.

"신년제 따위, 애들 장난이라고. 내가 참가할 필요 없잖아."

"세르주!"

알베르크가 방을 나가려는 세르주를 불러세웠지만, 그대로 나가고 말았다.

루이제는 고개를 숙이고 이를 악물었다.

그런 딸의 모습을 보고 알베르크가 말을 건넸다.

"루이제, 용서해 주어라. 세르주는……."

"어째서 이렇게까지 신경 써야만 하는 거예요! 게다가 신년제 도―― 리온은 참가하고 싶어도 나갈 수 없었다고요. 그걸, 어린 애 장난이라고? 저는 용서할 생각 따위 없어요."

그건 리온이 다섯 살 무렵의 이야기다.

쇠약해져 가는 리온은 의사한테서 해를 넘기지 못할 거라는 진단을 받고 말았다.

그때 신년제에 나가고 싶다고 리온이 말했다.

결국, 그 소원은 이루어지지 않았다.

그래서―― 루이제는 동생 대신에 리온을 참가시키고 싶었다.

동생의 소원을 이뤄 주지 못했던 것에 대한 속죄의 의미도 있다.

그걸 알고 있기에, 알베르크도 일이 성가셔지리라는 걸 알면서도 리온의 참가를 허가했다.

리온을 만난 세르주가 불만을 품을 것을 알고 있으면서도.

"네가 세르주를 미워하는 마음도 이해하고 있다. 하지만, 양자로 거두어들였을 때부터 우리는 가족이야."

루이제는 고개를 들었다. 그 눈에는 증오가 담겨 있었다.

"저는 절대로 인정하지 않아요."

알베르크는 방에서 나가는 루이제에게 손을 뻗었다가, 말을 건네는 것을 단념했다.

◇

자신의 방으로 돌아온 루이제는 책상 서랍에서 작은 사진 한 장을 꺼냈다.

흑백 사진에 비친 건 리온이었다.

옛날에는 동생의 사진이나 그림이 성 곳곳에 장식되어 있었다.

하지만 지금은 하나도 없다.

이유는 세르주다.

후계자를 원하여 양자로 받아들인 세르주가── 동생의 사진이나 그림을 대부분 버리고 만 것이다.

그때 방에 있던 동생과의 소중한 추억이 담긴 물건도 불태워 버렸다.

그래서 루이제는 세르주가 증오스러웠다.

"어째서—— 그 녀석이 가족인 거야. 그 녀석은 가족이 아니야. 그렇지, 리온?"

사진에 말을 건네는 루이제는 세르주가 왔던 날의 일을 떠올렸다.

◇

동생이 죽고 3년이 지났을 무렵이다.

성안은 이전과 비교하면 활기가 사라진 상태였다.

소란스러웠던 동생이 없어져, 어딘가 불이 꺼진 듯한 분위기였다.

단지, 후계자 부재인 상황이 되자 분가나 라우르트 가의 가신들이 동요하기 시작했다.

곧바로 후계자를 준비해야 한다는 회의가 열렸고, 성에 세르주가 왔다.

세르주의 부모는 자기네 아이가 라우르트 가의 당주가 될 수 있다며 기뻐하고 있었다.

다만—— 세르주는 기뻐하는 부모 뒤에서 고개를 숙이고 있었다.

'우리한테 오고 싶지 않았던 걸까?'

어쩔 수 없는 일이지만, 루이제한테는 불쌍하게 느껴졌다.

둘만 있게 될 기회가 생겨, 그때 말을 걸었다.

"오늘부터 내가 네 누나야. 잘 부탁해, 세르주."

손을 내밀자, 세르주는 우물우물하며 뭔가 말하고 있었지만 잘 들리지 않았다.

"왜 그래?"

"——러워."

"어?"

"시, 시끄러워! 누가 사이좋게 지낼까 봐!"

세르주는 그대로 방을 뛰쳐나가고 말았다.

장난꾸러기지만 솔직했던 동생과 비슷한 반응이 돌아올 줄 알았던 루이제한테는 충격이었다.

자신이 뭔가 잘못한 것일까?

루이제는 세르주 일로 며칠이나 고민했다.

그 뒤로도 친하게 지내고자 말을 걸었지만, 세르주는 루이제와 눈도 마주치지 않았다.

그리고 세르주가 오고 수개월이 지났을 무렵이다.

"——싫어. 싫어어어어! 세르주, 그만해! 부탁이야, 그건 리온 한테서 받은 선물이야!"

귀가한 루이제가 본 것은 리온의 사진이나 그림—— 그리고 추억이 담긴 물건을 불 속에 내던지고 있는 세르주의 모습이었다.

루이제는 세르주한테 달라붙어 이를 멈추려 했지만, 세르주는 루이제를 떼쳤다.

세르주는 그대로 리온이 선물해 줬던 물건을 불 속에 내던졌다.

루이제가 불 속에 뛰어들려 했으나, 급히 달려온 사용인들에게 붙들렸다.

"그만둬! 부탁이야, 돌려줘!"

울면서 손을 뻗었지만, 리온이 선물한 것은 종이로 만든 반지였다.

어설프고 볼품없는 그 반지는 불꽃 속에서 곧바로 흔적도 없이 타버리고 말았다.

둘만의 추억이 담긴 물건이어서, 사용인들은 사정을 모른 채 곤혹스러워하고 있었다.

단지── 루이제는 그 반지에 관해 딱 한 번 세르주에게 이야기한 적이 있었다.

밖에 가지고 나갔을 때, 세르주가 흥미를 나타냈기에 알려준 것이다.

세르주는 그 반지가 불타는 걸 쭉 지켜보고 있었다.

루이제가 눈물을 흘리며 세르주를 향해 소리쳤다.

"너 같은 거 정말 싫어! ──절대로 용서하지 않을 거야!"

그러자 지금까지 루이제의 얼굴을 제대로 쳐다보지 않았던 세르주가, 처음으로 루이제의 얼굴을 응시했다.

◇

어느새인가 잠들어 버렸던 루이제는 어렸을 적의 불쾌한 일을 떠올려 상반신을 일으켰다.

옷을 갈아입지도 않고 침대에 누워 있었다.

"――최악의 꿈이었네."

그 사건이 있던 날―― 부모님은 세르주를 꾸짖었다.

다만 세르주의 마음도 생각하자며, 남아 있던 리온의 사진이나 그림은 일부를 남기고 치우게 되었다.

눈에 띄면 세르주가 부서뜨리거나 불태워 버리기 때문이다.

언제부터였을까?

세르주는 리온을 미워하고 있었다.

본래라면 입양 취소를 고려해 볼 상황이었을 것이다.

하지만 세르주는 알베르크의 양자가 되어 6대 귀족의 문장을 얻었다.

문장은 쉽게 없앨 수 있는 것이 아니고, 무엇보다도 경솔하게 변경할 수 있는 이야기가 아니었다.

분가, 가신, 국내 상황―― 그러한 이유도 있어서, 세르주는 라우르트 가문의 후계자로 결정된 것이다.

루이제는 동생의 사진을 보며 사랑스러운 듯이 말을 걸었다.

"리온―― 이제 곧 신년제야."

◇

"제기랄!"

방으로 돌아온 세르주는 짜증을 내며 의자를 걷어찼다.

침대에 앉아 천장을 올려다봤다.

"뭐가 신년제냐고. 연애 놀음에 정신이 팔린 녀석들이 기도하는 행사잖아."

한때는 귀족들이 성수에 감사를 표하고, 기도를 올리는 의식이었다.

의식이라고 해도 시작은 좀 더 소탈한 것이었다.

신년에 모여 술을 마시는 모임에서부터 시작되었고, 거기서부터 점차 엄숙하게 변했다.

그렇지만 그것도 이미 몇백 년이나 전의 이야기다.

지금은 식전 중 하나로 꼽히고 있다.

다만 내용에 그다지 의미는 없다.

처음에는 기도나 맹세를 올리지만, 그 뒤에 기다리고 있는 건 축제다.

그리고 젊은이들이 남녀로 동굴에 들어가 안에 있는 비석에 귀중품과 맹세를 바친다.

가족이나 연인 사이가 안에 들어가게 되어 있어, 세르주로서는 참가할 의미가 없었다. 단지, 문득 렐리아의 얼굴이 떠올랐다.

"——아니, 잠깐. 에밀과 약혼했다면 렐리아도 오는 건가?"

세르주는 신년제에 참가하기로 했다.

"돌아오면 렐리아가 에밀과 약혼하는 건가—— 그 녀석의 어디가 좋은 거냐고."

세르주는 렐리아를 좋아했다.

같이 지내기 편하다는 것이 좋아하는 이유였다.

귀족 여성처럼 지나치게 격식을 차리지 않고, 세르주의 취향에 맞는 정도로 다소 입이 험했다. 자기가 모험가를 동경하는 것에 대해서도 이해를 표시해 주었다.

일반적인 여성과는 6대 귀족이라는 이유만으로 소탈한 관계도 되지 못한다는 점을 생각하면, 세르주에게 렐리아는 대신할 사람이 없는 중요한 여성이었다.

그밖에는—— 자신과 마찬가지로 누이를 미워했다.

입 밖으로 내서 말하지는 않았지만, 노엘을 보는 렐리아의 시선에서 세르주는 친근감을 느끼고 있었다.

때때로, 뭐라 형언하기 힘든 애증이 뒤섞인 복잡한 시선을 노엘에게 보내고 있었다.

세르주는 그걸 보고 렐리아가 자신과 같다는 것을 알아차렸다.

거기서부터 렐리아한테 흥미를 느끼기 시작하여, 깨닫고 보니 좋아하게 되어 있었다.

거기까지 떠올려 내자, 세르주의 표정은 흐려졌다.

"첫사랑은 이뤄지지 않는다고 하던가. 하지만, 이번만큼은 양보할 생각은 없다고."

에밀한테는 미안하지만, 세르주는 렐리아를 포기할 생각은 없었다.

★제04확「그 날의 약속」

　10년 이상이나 전의 이야기다.

　나날이 쇠약해져 가는 동생 곁에 있던 루이제는 창밖을 보고 있는 리온에게 말을 건넸다.

　"리온, 춥지 않니?"

　"괜찮아. 누—— 콜록, 콜록!"

　기침하는 리온을 보고, 루이제가 곧바로 손을 꽉 잡았다.

　어째서 리온이 쇠약해져 가는지, 의사도 알 수 없었다.

　본래라면 성수의 가호—— 문장이 리온을 지켜 줄 터다.

　6대 귀족의 문장이라면 어떤 병도 물리칠 수 있다.

　그런데도 리온은 지켜 주지 않았다.

　"리온, 정신 차려!"

　루이제의 문장이 따뜻한 빛을 내뿜으며 리온을 치료하고자 했지만, 효과가 없다.

　다만, 리온은 미소를 띠며 고맙다는 말을 입에 담았다.

　"고마워, 누나. ——편해졌어."

　어린애지만, 루이제는 그것이 리온의 상냥한 거짓말임을 꿰뚫어 보고 있었다.

　"거, 건강해질 테니까. 꼭 좋아질 테니까. 성수가 반드시 리온을 지켜 줄 거야. 아버님도, 어머님도 리온을 위해서 온 힘을 다해 주고 계시니까."

수많은 의사를 모았다.

외국의 비약까지 사들였다.

그래도 리온이 회복되는 일은 없었다.

루이제가 리온의 손을 잡았다.

"리온, 건강해지면 뭘 하고 싶어?"

"음~── 아, 그렇지. 신년제!"

기침하면서도 신년제에 참가하고 싶다는 말을 꺼냈다.

"신년제?"

"그 왜, 저번 신년제 때는 위험하니까 안 된다는 말을 들었고."

저번에는 너무 어렸기 때문에 루이제도 리온도 참가하지 않았다.

"그, 그럼, 누나랑 동굴에 들어갈까?"

단지, 리온은 미소를 띠며 그걸 거부했다.

"어? 싫어."

"어, 어째서!"

"누나, 나 말이야── 약혼자가 있다구. 그러니까, 그 애랑 같이 동굴에 들어갈 거야. 아직 한 번도 만난 적 없지만. 나한테는 그 애가 제일 우선이야. 누나랑 같이 들어가면 그 애한테 미안하잖아."

깔깔 웃는 리온을 보고, 루이제가 눈물을 흘렸다.

"리온은 바보야!"

"우, 울지 마. 그, 그래. 누나하고도 동굴에 들어갈 거야. 두 번 들어가면 문제없겠지."

그런 말을 하는 리온을 보고, 루이제는 갓 배운 말을 썼다.

"리온은 바람둥이!"

울고 만 루이제를 위로하기 위해 리온은 누나의 등을 문질렀다.

"미안해. 꼭 좋아져서, 누나랑 신년제에 참가할게. 같이 동굴에 도 들어갈 테니까."

"꼭이야. 거짓말하면 용서하지 않을 거니까."

"──응."

동생의 연약한 미소를 보고, 루이제는 참을 수 없이 슬퍼졌다.

새해가 되고 곧바로 신년제가 열리게 되었다.

"상상했던 것과 다르군."

『대체 뭘 상상하고 계셨던 겁니까?』

"아니, 신년제라고 하니까── 정월 첫날의 참배 같은?"

정월 첫날에 참배하러 나가는 분위기로 외출했더니, 회장에는 이동식 유원지가 생겨나 있었다.

몸치장한 어른들이 미소 띤 얼굴로 이야기를 나누고, 어린애들 이 뛰어다닌다.

놀이기구를 타고 놀며, 노상 광대 앞에서 웃음을 짓고 있다.

해외 드라마에서 본 이동식 유원지의 분위기다.

나는 신사에 노점이 들어선 경치를 상상하고 있었는데, 아무래도 다른 모양이다.

『──마스터, 조심해 주십시오.』

"너 말이다. 내가 신나게 떠들다가 미아가 되기라도 할 거라는 거냐?"

루크시온이 내게 조심하라고 말했기에, 평소처럼 비아냥이나 빈정대는 것인가 싶었는데 그게 아니었다.

한 곳을 보고 있다.

루크시온의 렌즈가 보는 방향에서 다가온 건 화려하게 차려입은 렐리아였다.

드레스 위에 코트를 걸치고, 힐이 높은 구두를 신고 있다.

제법 몸치장을 하긴 했지만, 나는 그런 렐리아보다도 신경 쓰이는 존재를 보고 놀랐다.

렐리아 옆에 떠 있는 건── 파란 루크시온이었다.

"야, 이게 어떻게 된 거야? 네 가짜 버전이 있는데."

『불명입니다. 그렇긴 해도, 예상이라면 가능합니다만 말이죠. 마스터나 마리에가 말하는 그 여성향 게임 2탄에도 저와 비슷한 존재가 있어도 이상하지 않습니다. 저로서는 이 시대에서 동류와 조우할 수 있었던 것이 놀랍습니다.』

크레아레와의 만남은 카운트하지 않는 걸까?

파란 루크시온은 이쪽을 알아차렸다.

렐리아가 가까이 다가오더니 사이드 포니테일을 왼손으로 쳐서 등 쪽으로 넘겼다.

자신감으로 가득 찬 태도다. 겨울방학 전과는 완전히 딴 사람이군.

"오랜만이네."

"새해 복 많이 받아."

일본식 인사를 하려고 했더니, 렐리아는 놀림당했다고 생각했는지 얼굴이 시뻘게졌다.

"그렇게 나를 바보 취급하는 거야?"

"바보 취급한 거 아닌데. 오늘도 마리에와 일본식 인사를 나누고 왔다고. 아니, 정말로 눈물이 나올 것만 같더라. 전생해서, 새해 복 많이 받으라고 말할 수 있다니, 얼마나 좋냐. 잠깐 그리워졌어."

그 뒤, 마리에는 내게 세뱃돈을 요구해 왔지만 말이다!

내가 웃고 있자, 불만스러운 듯한 렐리아가 파란 녀석에게 얼굴을 향했다.

"이데알, 인사하도록 해."

이데알?

파란 녀석의 이름인가? 그 녀석은 우리 앞에—— 아니, 루크시온에게 다가갔다.

『처음 뵙겠습니다. 이데알이라 불러 주십시오. 이야~, 그건 그렇다 치고 놀랐습니다. 이야기로는 들었습니다만, 이 시대에서 루크시온과 만날 수 있었던 건 기적이군요. 앞으로도 사이좋게 지내지 않겠습니까?』

제법 프렌들리한 인공지능이었다.

다만, 루크시온의 반응은 차가웠다.

『──보급함이군요? 이쪽을 상당히 경계하고 있었던 깃처럼 보입니다만? 제 정보 수집에 걸리지 않을 정도의 성능을 가지고 있는 게 불가사의합니다.』

"보급함?"

렐리아를 보니, 팔짱을 끼고 어딘가 득의양양한 표정을 짓고 있다.

"이데알은 보급함이야. 너의 그 녀석은 이민선이었지만, 이쪽 이데알은 순수한 군함이라구. 어때, 굉장하지?"

군대에서 사용했던 수송함인가.

굉장한 거겠지만, 얼마나 굉장한 건지 나한테는 판단이 되질 않는군.

"루크시온, 이데알은 굉장한 거냐?"

『신인류와 싸웠던 군함입니다. 제 본체와 성능을 비교하면 우월한 점은 수없이 있겠지요.』

"오, 그건 대단한데."

루크시온이 지금까지 눈치채지 못한 것도 이 녀석의 성능이 있었기 때문인가? 하지만 루크시온은 그걸 수상쩍게 여기고 있었다.

뭔가 있는 걸까?

이데알이 내게 가까이 다가왔다.

『루크시온의 마스터인 리온 님이군요. 앞으로도 잘 부탁드립니다.』

"우리에 대해 이미 알고 있는 건가."

렐리아에게 시선을 향하자, 이쪽을 쳐다보지도 않는다.

"이데알, 인사는 거기까지만 해둬."

『알겠습니다.』

렐리아의 지시에 순순히 따르는 이데알을 보고, 나는 루크시온을 봤다.

뭔가 말하고 싶어 하는 나의 시선을 받고, 루크시온도 눈치챈 것이리라.

『하고 싶은 말이 있다면, 분명하게 말해 주셨으면 하는군요.』

"조금은 이데알을 본받아서 날 마스터로서 공경하는 게 어때?"

『전향적으로 선처하겠습니다.』

날 공경하는 게 그렇게 싫냐? 인공지능 주제에 너무 완고하다.

렐리아는 우리를 보고 살짝 바보 취급하는 것처럼 웃고 있었다.

"너희들, 정말로 사이가 나쁘네. 마스터로서 인정받지 못하고 있구나."

"어째서?"

"왜냐면 이데알은 나한테 대들지 않는걸. 융통성이 없는 면은 좀 있지만, 지시하면 똑바로 움직여 줘."

이데알을 보니 구체를 세로로 움직이며 끄덕거려 보였다.

『렐리아 님 덕분에 대기 명령에서 해제되었으니 말입니다. 이 정도는 당연합니다.』

둘의 관계를 부러워한 나는 루크시온에게 화제를 돌렸다.

"그렇다는데. 너도 나한테 감사하라고."

『지금까지 제가 얼마나 마스터의 뒤치다꺼리를 해 왔다고 생각하고 있는 겁니까? 마스터야말로 저한테 감사해 주십시오.』

이, 이 자식, 정말로 언젠가 배신할 것 같은 느낌이 들기 시작했다.

아니, 이미 나를 배신했으니까 배신자다.

렐리아가 회장에 있는 시계를 보고는 우리에게서 떨어졌다.

"오늘은 바쁘니까 이걸로 실례하겠어. 그리고—— 다음에 다시 대화를 나누자. 앞으로의 일에 관해 확실하게 이야기를 나눠야 할 테니까 말이야. 이데알, 가자."

『네, 렐리아 님.』

둘이 떠나가는 모습을 지켜보고, 나는 루크시온에게 말을 걸었다.

"루크시온, 잠깐 괜찮겠냐?"

멋진 주종관계로 보였지만, 나는 비뚤어져 있기에 의문이 떠올랐다.

『뭔가 눈치채셨습니까?』

"오, 너도? 기묘한 우연인데."

◇

렐리아와 이데알, 둘과 헤어진 나는 루이제 양과의 약속 장소로 향했다.

그곳에 있던 건 평소보다도 예쁘게 차려입은 루이제 양이었다.

"무척 아름답네요. ──제가 어울리는 상대가 되려나요?"

정장 위에 코트를 걸친 내게, 루이제 양이 자신의 팔을 감았다.

"괜찮아. 오히려 왕국의 영웅 씨가 상대라니, 황공하다고 생각하는걸."

영웅, 이라. 나는 영웅은 되고 싶지 않았어.

"제 쪽이 더 황공하지만 말입니다."

하지만 아무래도 영 신경 쓰이는 것이 있다.

"그보다, 들었던 이야기와 다르지 않습니까? 어린애가 수많이 있는데요."

그렇다. 루이제 양과 리온 군이 참가할 수 없었던 건 어렸기 때문이라고 들었다.

그런데도 회장에는 수많은 아이가 있었다.

"──아버님께서 아이들도 참가할 수 있도록 하신 거야."

알베르크 씨가?

"마음의 빚을 느끼고 있는 건 나뿐만이 아니었다는 이야기지. 자, 그럼 슬슬 시작될 테니까 이쪽으로 와줘."

내 팔을 잡아당기는 루이제 양을 따라 이동한 곳은, 다른 곳보

다도 웅장한 스테이지가 준비된 장소였다.

신성한 도구도 설치되어 있어서, 그곳만큼은 다른 곳과 분위기가 달랐다.

성수에 대한 감사와 기도, 그리고 맹세를 선언하기 위해 6대 귀족 당주들이 모여 있었다.

수많은 다른 귀족들도 모여 있다.

그런 가운데, 루이제 양은 눈에 띄도록 출입구가 만들어진 동굴을 가리켰다.

"저곳이 비석이 있는 동굴이야. 저 안에 둘이서 들어가게 되어 있어."

나무뿌리가 만들어 낸 동굴이라니, 신기한 존재다.

판타지 세계이기에 신경 써 봤자 소용없겠지만, 성수의 뿌리가 그곳만 피하고 있는 것처럼 보이기도 했다.

"정말 저로 괜찮겠습니까? 닮긴 했어도, 저는——."

진짜 리온 군이 아니다.

그렇게 말하려 했더니, 루이제 양이 내 팔에 강하게 매달렸다.

"인제 와서 도망치려 하다니 너무하네. 그게 아니면, 약혼자한테 미안하다고 느낀 거야? 유감스럽게 됐네요. 이 동굴에 들어가는 건 친한 상대야. 누나와 동생 사이라도 들어가거든. 부부, 부모와 자식—— 관계는 다양해."

단, 10대에 한해서는 연인과 같이 들어가는 게 일종의 스테이터스가 되어 있는 모양이다.

연인이 없다면 이 모임은 지옥일 것이다.

나라면 절대로 참가하지 않고 도망친다.

"상대가 없으면 오기 싫은 모임이군요."

"──그러네. 나도 동굴에 들어가는 건 오늘이 처음이야."

"예?"

"약속했거든. 동생이랑 같이 들어갈 거라고. 그러니까, 오늘까지 권유를 받아도 거절해왔어. 어쩐지 다른 누군가와 들어가면 약속을 깬 것 같잖아?"

첫 상대가 나로 괜찮은 걸까?

그러자, 의식(?)이 끝났는지 이제부터 동굴에 들어가 기도를 올리는 시간이라고 사회자가 말했다.

회장이 소란스러워졌다.

근처에 있던 젊은 남성이 여성에게 고백하고 있었다.

"제시카── 쭉 좋아했어. 나와 같이 동굴에 들어가 줘. 그리고 우리 둘의 장래를 성수에 기원하자."

무릎을 꿇고 여성의 손을 잡는 남자.

이런 장소에서 고백하다니, 제법 용기가 있다.

하지만 세상일이 그리 쉽지는──.

"기뻐. 잭, 난 계속 그 말을 기다리고 있었어."

──뭣이? 성공했다고?!

주위가 새롭게 탄생한 커플에게 박수를 보내고 있었다.

나도 그에 이끌려 짝짝, 하며 의욕 없는 박수를 보냈다.

그러자 이곳저곳에서 사랑 고백이 시작되었다.

"루이제 양, 이건 대체?"

"이럴 때 고백하는 건 비교적 평범한 일이야. 상당히 인기 있어."

흐뭇하다는 듯이 보고 있지만, 외국인인 나는 이해할 수 없었다.

은근히―― 왕국과 비교하면 여성들이 다정해서 이 나라 남자들이 부럽다.

사랑 고백을 했을 때 '거울 보고 다시 와'라는 말을 들었던 것을 떠올리고 말았다.

"공화국은 좋네요."

"그러니?"

루이제 양한테 왕국 사정을 자세히 이야기할까 생각했지만, 축제 분위기일 때에 할 이야기는 아니었다.

동굴 쪽을 보니 줄이 생겨나 있다.

"이거, 한동안 못 들어갈 것 같네요."

"그러네. 그럼, 조금 놀다 올래?"

루이제 양이 내 팔을 잡아당기며 유원지가 있는 장소로 향했다.

루이제 양은 드레스를 입은 어른 여성의 차림으로, 어린아이처럼 순수하게 웃고 있었다.

◇

이동식 유원지에 리온을 권한 루이제는 인파 속을 나아갔다.

리온과 팔짱을 끼고 있어서, 풋풋한 연인 사이로 보이리라.

망설이고 있는 리온을, 신나서 들뜬 루이제가 이리저리 데리고 다니고 있었다.

"다음은 저쪽이 좋겠어."

루이제가 노점을 가리키자, 리온은 의외라는 듯한 표정을 지었다.

"귀족 영애가 노점에 들르는 겁니까?"

"이럴 때는 즐겨야지."

평소에 노점 같은 건 그다지 이용하지 않지만, 이런 장소에서는 즐겨야 한다.

그것이 루이제의 생각이다.

이곳에 오지 못했던 동생 몫까지 즐길 생각이었다.

"리온 군은 이런 곳은 성미에 별로 안 맞으려나?"

'역시, 곤란하게 만들어 버렸네.'

루이제는 망설이고 있는 리온을 걱정했다.

자신의 고집에 같이 어울리게 해서, 미안하게 느끼고 있었다.

리온에게는 약혼자가 있어서, 자신의 행동으로 바람을 의심받게 되면 마음이 괴롭다.

의심받지 않도록 약혼자인 두 사람에게는 사정을 설명하고, 이해를 얻었지만—— 여성이 머리로는 이해해도 마음으로는 이해하지 못한다는 건 자신도 잘 알고 있다.

리온은 그런 부분이 둔감한지, 루이제는 괜히 더 걱정됐다.

"아니, 왕국에는 없는 분위기라 망설여지긴 했지만, 즐겁네요. 게다가 미녀 손에 이끌려서~ 라니, 남자로서는 최고인데요."

"리온 군은 조금만 더 여심을 배우는 편이 좋겠네. 언젠가 찔릴 거야."

"찔릴 만큼 사랑받아 보고 싶군요."

루이제의 말에 웃고 있는 리온은 자기는 그런 것과는 상관없다는 태도였다. 그것이 루이제에게는 불안하게 느껴졌다.

'호르파트 왕국에 돌아가기 전에, 확실히 가르쳐 두는 편이 좋을까?'

죽은 동생과 닮은 존재——루이제는 도저히 리온을 내버려 둘 수가 없었다.

◇

렐리아는 동굴에 들어가기 위해 순번을 기다리고 있었다.

동굴에 들어가는 순번 말인데, 고백이 성공한 커플들이 우선된다.

다음으로 들어가는 건 6대 귀족 관계자들이다.

6대 귀족들보다도 커플이 우선되는 건 부자연스럽기는 하지만, 여성향 게임 세계관이라면 납득가는 구석이 있었다.

연애 이벤트가 우선되는 것이 그 여성향 게임이니까.

렐리아도 슬슬 동굴에 들어가야만 하는데, 사람이 많아 에밀을 찾을 수가 없었다.

"이데알, 에밀은 찾지 못했어?"

『아무래도 대화에 열중하고 있어서 이쪽에 오지 못하는 모양입니다.』

"이런 때 약혼자를 방치해?! 이제 곧 우리가 들어갈 시간이 끝난다구?"

연인들의 기도가 끝나고, 지금은 6대 귀족 관계자가 우선되고 있다.

그 시간도 이제 조금밖에 남지 않았다.

『아무래도 중요한 상대인 것 같습니다. 진지한 대화 중이기에 방해하는 건 죄송한 마음이 드는군요.』

"인공지능이 마음, 이라니. 하아── 됐어."

업무와 관련된 인물일까?

에밀이 성실하다는 건 렐리아도 알고 있기에 잠시 기다리기로 했다.

그랬더니, 인파 속에서 누군가가 렐리아의 팔을 붙잡았다.

"어?"

놀라서 상대를 확인하자, 거기에 있던 건 정장 차림의 세르주였다.

"세르주?!"

하얀 이를 드러내 보이며 웃는 세르주였으나, 이내 진지한 표정으로 변했다.

"렐리아, 잠깐 와줘."

세르주가 억지로 렐리아의 팔을 잡아당기자, 렐리아는 당황하고 말았다.

"자, 잠깐 기다려! 어딜 가는 거야!"

세르주가 향하는 곳에는 동굴이 있었다.

◇

회장 내에 알림 소리가 흘렀다.

6대 귀족 관계자가 우선으로 사용할 수 있는 시간이 끝나려 하고 있어, 재촉하는 듯한 내용이었다.

나와 루이제 양은 시간을 잊고 즐겁게 놀아 버리는 바람에 알림을 듣고 황급히 동굴로 돌아왔다.

"미, 미안해. 아직 시간 괜찮아?"

루이제 양이 담당자에게 묻자, 그 사람은 조금 망설였다.

"괜찮습니다만, 실은……."

"그러면 우리가 들어갈게. 미안해."

루이제 양이 내 손을 잡아끌고 동굴에 들어가자, 수많은 랜턴이 연이어 매달려 있었다. 내부는 생각했던 것보다 밝다.

그것이 축젯날에 봤던 등롱을 떠올리게 했다.

"꽤 밝네요."

"그, 그러네. 하아~, 지쳤어."

전력으로 질주한 탓에 루이제 양은 숨을 헐떡이고 있었다.

루이제 양이 가슴에 손을 대고 있다.

"늦었다면 쭉 후회할 뻔했어."

"걱정하지 않아도, 늦으면 권력으로 끼어들 수 있을 겁니다."

"확실히 그렇지만, 그건 조금 싫단 말이지."

악역 영애인데, 권력을 마구 휘두르는 건 피하고 싶은 모양이다.

어째서 이 사람이 악역인 거지?

안제도 그렇지만, 악역 영애란 대체 뭘까?

"그러면 내년에는 제가 이쪽에 얼굴을 내비치죠."

"——리온 군은 자각이 없는 걸까? 난봉꾼이 될 수 있겠어."

"안심해 주세요. 오로지 약혼자 두 명만 한결같이 바라보고 있으니까요."

"두 명 있는 시점에서 오로지 한결같은 게 아닌데 말이야~."

둘이서 실없는 이야기를 하면서, 외길로 된 동굴을 나아갔다.

바닥 부분은 걷기 쉽게 만들어져 있었다.

다만, 벽이나 천장은 나무뿌리 그대로다.

만지니 울툭불툭한 감촉이 느껴졌고, 어딘가 축축했다.

이끼가 나고, 군데군데 작은 나뭇가지가 솟아 있다.

루이제 양이 내게 몸을 가까이 댔다.

"사실은 건강해진 동생이랑 여기 오고 싶었어. 약속했거든. 그런데, 리온은 그 해를 넘기지 못했으니까."

죽고 만 동생을 너무 오래 마음속에 두고 있는 것처럼 느껴지지만, 다른 사람인 내가 파고들어도 괜찮은 영역은 아니다.

이번에는 대역에 전념하도록 하자.

"그럼, 이걸로 약속을 지키게 된 거군요."

"──그래도 말이야, 그 애는 약속을 잔뜩 어겼으니까. 그 밖에도 많이 있어."

"──리온 군은 거짓말쟁이입니까?"

"아니야."

아니, 라는 부분에는 약간이지만 분노가 담겨 있었다.

하지만 루이제 양의 표정은 금방 누그러졌다.

"곤란할 때는 반드시 자기가 구해줄게, 라면서 말이지. 수호자의 문장을 얻을 터였으니까, 훌륭한 수호자가 되겠다고 말했었어."

어린애지만 대단한 아이군.

나라면 그런 대사는 절대로 나오지 않는다.

수호자라든가 귀찮을 것 같아~ 라든가 그런 말을 했을 것이다.

루이제 양이 입가에 손을 대고 웃기 시작했다.

"지금 와서 생각해 보면, 제법 조숙한 어린애였어. 누나도 아내로 삼아 줄게, 라면서 말이야. 그 무렵에는 진지하게 받아들였었지. 종이로 만든 반지 같은 걸 건네주면서──."

미소를 띤 얼굴이었지만, 마지막에는 뭔가를 떠올렸는지 슬픈 표정으로 변해 있었다.

"누나한테 고백입니까. 저한테는 죽어도 무리군요."

"그리고 보니, 리온 군한테도 누나가 있었네. 분명── 폭탄을 설치했다던가 그런 말을 했었지? 아무리 그래도 농담이지?"

"사실입니다. 저를 죽이려 했다고요."

질크라는 속이 시꺼멓고 음험한 자식이 원인이지만 말입니다!

아니, 진짜로 끔찍한 누나야.

"사, 살벌한 가족이네. ──우, 우리 집에 올래?"

"아하하하, 멋진 제안이네요. 마음이 동할 뻔했습니다. 아니, 정말로요. 진짜로 양자가 되어 버릴까 생각했지만 말입니다. 하지만 부모님이나, 형, 그리고 남동생도 있으니까 말이죠."

양자가 되겠습니다! 라는 선언을 할 수 있는 입장도 아니고, 여러 가지로 성가셔진다.

날 얽어매는 굴레만 없다면── 무리군.

부모님은 다정하고, 형이나 동생한테는 신세를 지고 있다.

누나는 문제아고, 여동생도 좀 어떤가 싶지만.

어라? 우리 가족은 누나랑 여동생만 없으면 완벽했던 것 아닐까?

전생에서도 마리에 때문에 고생해온 것을 생각하면, 내게 있어 여자 형제라는 건 실은 문제밖에 없는 것 아닌지?

"어머, 누나 말고 다른 사람하고는 사이가 좋은 거네."

"여동생과도 사이가 나빠요. 아니, 진짜로 여동생 같은 건 없는 거나 다름없어요."

이번 생도 전생도, 나는 여동생인 마리에 때문에 고생하고 있다.

◇

세르주한테 팔을 잡아끌린 렐리아는 동굴 안에 있었다.

"잠깐, 이런 곳에 데려와서 어쩔 셈이야! 나는 에밀하고──!"

본래라면 에밀과 같이 들어갈 터였지만, 세르주한테 억지로 끌려오고 말았다.

세르주가 손을 놓자, 렐리아는 벽까지 물러났다.

옆에 있던 이데알은 세르주의 행동을 부드럽게 나무라고 있었다.

『좋은 행동이라 보기 어렵군요. 여성을 억지로 끌고 올 만한 장소가 아닙니다.』

신년제 이벤트에 관해 해박한 렐리아는 이곳은 연인 사이가 오는 장소라고 알고 있었다.

바로 그렇기에, 렐리아가 세르주와 같이 이곳에 있는 건 곤란했다.

"입구에서 너랑 내가 같이 들어간 걸 보였잖아! 이런 거, 에밀한테 어떻게 변명하면 좋냔 말이야."

지금까지 입을 다물고 있던 세르주가 렐리아를 향해 진지한 태도를 보였다.

벽에 손을 짚고, 렐리아와 거리를 좁혔다.

세르주와 렐리아의 코가 서로 닿을 듯한 거리까지 가까워졌다.

"렐리아, 에밀 같은 건 신경 쓰지 마라. 너를 내버려 두고 다른 사람과 이야기에 열중하는 녀석이라고."

어째서 세르주가 그걸 알고 있는 것인가?

렐리아는 눈을 가늘게 떴다.

"설마, 너——!"

"조금 부탁해서 에밀을 떼어놓게끔 한 것뿐이야. 하지만, 억지로 붙들어 두지 않아도 된다고 말했다고. 그 녀석이 오지 않은 건 그 녀석의 의사다."

그 말을 듣고 렐리아는 눈을 내리깔았다.

'정말로 에밀은 여자 마음을 모른단 말이지. 성실한 사람을 골랐지만, 이렇게까지 재미없을 거라고는 생각지 않았어.'

렐리아는 전생에서 약혼했던 상대를 떠올렸다.

그 사람은 에밀과 달리 같이 있으면 즐거웠다.

하지만—— 파국을 맞이했다.

그걸 반성하여, 이번 생에서는 성실한 에밀을 연인으로 선택한 것이다.

하지만, 아무래도 부족했다.

그렇다고 해도 렐리아는 에밀을 배신할 생각은 없었다.

"——세르주, 그만해."

"어째서지? 내가 널 더 사랑하고 있어."

"말뿐이라면 얼마든지—— 으읏?!"

『어라, 대담하군요.』

이데알이 느긋하게 감탄하고 있지만, 렐리아는 불평을 말할 수 없었다.

세르주가 입을 막았기 때문이다.

렐리아의 입은 세르주의 입으로 막혀 있었다.

저항하려 했지만, 단련된 세르주에게서는 도망칠 수 없다.

단지, 그 저항도 진심은 아니었다.

몇 분 동안, 렐리아와 세르주는 그대로였다.

세르주가 겨우 놓아주자, 렐리아는 고개를 숙였다.

에밀에게는 없는 정열적인 세르주의 행동에, 마음이 흔들리고 있었다.

세르주는 렐리아의 빨개진 귓가에서 사랑을 속삭였다.

"난 진심이다. 진심으로 널 원해. 네가 에밀과 약혼했다는 걸 알았을 때는 정말로 놀랐어. 분해서, 눈앞이 깜깜해졌다고."

그 음색은 농담이라고는 생각되지 않았고, 세르주는 렐리아의 대답을 들을 때까지 놓아주지 않겠다는 태도를 보였다.

"렐리아—— 나는 너와 가족이 되고 싶어. 진짜 가족이."

"가족?"

분위기를 파악해서인지, 이데알은 잠자코 있었다.

둘 사이에 끼어들지 않는다.

"세르주, 나는—— 미안. 무리야."

렐리아가 대답하자, 세르주는 눈을 가늘게 뜨고는 슬퍼 보이는 표정을 지었다.

"──그렇군. 미안했다."

어색한 분위기가 흐르는 가운데, 이데알이 입구 쪽을 봤다.

『어이쿠, 억지로 끼어들다시피 들어온 게 좋지 못했군요. 후속 커플들이 따라잡고 말았습니다.』

거기에 있던 건── 루이제였다.

루이제가 렐리아와 세르주에게 달려왔다.

"너희들, 대체 무슨 생각을 하는 거야!"

세르주와의 키스를 목격당했는지, 루이제는 두 사람을 타박했다.

세르주는 불쾌한 얼굴이었으나, 루이제 뒤에서 오는 인물을 보고 놀란 표정을 띠었다.

낌새가 이상한 세르주를 보고, 렐리아가 말을 걸었다.

"세르주?"

단지, 렐리아 쪽에는 루이제가 바싹 다가왔다.

"렐리아, 너는 자기 의사로 여기에 온 거야?"

"아, 아니야! 그건──!"

세르주한테 억지로 끌려왔다.

그렇게 말하려 했더니── 세르주가 벽을 쳤다.

렐리아도 루이제도, 세르주 쪽으로 시선을 향했다.

세르주는 분노로 몸을 떨면서 루이제를 노려봤다.

"어떻게 된 거야, 루이제! 저 녀석은 누구지!"

루이제가 세르주한테서 한 걸음 물러서자, 가까이 다가온 남자가 둘 사이에 끼어들었다.

이데알이 성실하게 인사했다.

『제법 빠른 재회였군요.』

◇

——뭐지 이 녀석?

마지막 공략 대상인 남자와 조우했는데, 그의 낌새가 이상했다.

내게 향하는 적의가 엄청나다.

미움? 증오? 어째서?

확실히 공화국 내에서 날뛰긴 했지만, 이 녀석한테는 아무 짓도 하지 않았을 터다.

그런데도 날 이렇게까지 미워하는 법일까?

미간을 잔뜩 찌푸리며 날 노려보는 세르주. 벽을 친 세르주의 주먹에서 피가 흐르고 있다.

아픔을 느끼지 않을 만큼, 감정적으로 변해 있었다.

"어라? 우리 처음 보는 사이지?"

주위에 도움을 요청하는 시선을 보냈더니, 렐리아는 곤혹스러워하고 있었다.

다만, 루이제 양은 사정을 알고 있었던 모양이다.

"처음 보는 사이야. 세르주, 아버님이 너한테 소개하겠다고 말씀하신 건 바로 그야."

세르주가 내게 다가왔다.

"넌 누구지?"

당장이라도 때리고자 덤벼들 것 같은 태도에, 나는 또다시 성가신 녀석이 나왔구나 하는 생각이 들었다.

공략 대상 남자는 문제아밖에 없는 걸까?

걸핏하면 싸우려 드는 녀석이 나와도 '아~ 그런 녀석이네'하는 생각밖에 하지 않게 되었다.

"만나서 반갑습니다. 리온 포우 발트파르트입니다. 호르파트 왕국에서 유학── 커헉!"

인사하는 중에 갑자기 얻어맞았다.

뒤로 날아간 나는 엉덩방아를 찧었다.

루이제 양이 황급히 내게 달려와서는 안아 일으켜 주었다.

"리온 군! 세르주, 너 지금 무슨 짓을 한 건지 알고 있어?! 그는 외국의 귀족이야. 네가 손을 대면──!"

코를 누르며 세르주를 보니, 제법 콧김이 거칠었다.

렐리아 쪽은 갑작스러운 일에 당황하고 있는 모양이다.

"어, 어째서? 세르주, 왜 그러는 거야."

렐리아가 말을 걸자, 세르주는 루이제 양에게 시선을 향했다.

"리온이라고? 뭐야, 날 대신할 녀석을 찾아온 건가?"

"──무슨 착각을 한 건지 모르겠는데, 그에게 사과하도록 해. 너, 자기가 무슨 짓을 한 건지 이해 못 한 것 같네."

"그딴 건 아무래도 좋다고! 네 동생이랑 같은 이름, 똑같이 생긴 얼굴을 지닌 남자다. 그 녀석과 여기에 있다는 건, 그런 거잖냐!"

그런 거라니, 뭔데.

루이제 양은 리온 군과의 약속을 지키려 하고 있을 뿐이다.

뭐라 한마디 해 주려 했더니, 루크시온이 내게 다가왔다.

『또 성가신 문제군요. 마스터는 성가신 일을 끌어당기고 있는 것 같습니다.』

"좋아서 얻어맞은 게 아니라고."

『그렇습니까. 그러면 처분할까요?』

여느 때와 같은 과격한 발언에 나는 평소처럼 제동을 걸려다가 ──이데알한테 먼저 제지당하고 말았다.

『어라, 제법 과격한 주종관계군요. 루크시온, 그건 곤란하다고 생각합니다.』

『──먼저 공격해 온 것은 그쪽입니다만?』

『뭐든 제거해 버리면 된다는 사고방식은 위험합니다.』

상상했던 것 이상으로 정상적인 인공지능이었다.

루크시온도 그렇고 크레아레도 그렇고, 내가 뽑은 인공지능은 꽝들 뿐인 것 아닐까 하는 생각이 들기 시작했다.

말다툼하는 루이제 양과 세르주를 앞에 두고 나는 한숨을 내쉬었다.

"일단, 얼른 기도를 끝내고 밖으로 나갈까요. 거기 너! 밖으로 나가면 두고 보자."

나는 반드시 복수하는 남자다.

그걸 뼈저리게 깨닫게 해주마.

"아양? 뭣하면 여기서 해볼 테냐?"

손을 대려 하는 세르주에게, 렐리아가 안겨들어 제지했다.

"세르주, 기다려! 이 녀석 정말로 위험하단 말이야. 나중에 설명할 테니까, 일단 밖으로 나가자."

렐리아의 말을 듣고 세르주가 주먹을 내렸다.

"쳇! 렐리아, 얼른 안쪽으로 간다!"

루이제 양이 손수건을 꺼내 피가 난 내 코를 눌러 주었다.

"미안해. 저 애가 있다는 걸 몰라서. 정말로 미안해."

침울해진 루이제 양을 보니, 타박할 마음이 사라졌다.

"먼저 기도를 끝낼까요. 약속을 지키는 거지요?"

"──응."

세르주와 렐리아의 뒷모습을 쫓아가는 형태로, 우리는 안쪽에 있는 비석을 향해 나아갔다.

◇

"생각했던 것보다 작네."

성수가 지키는 비석이라는 말을 듣고 큰 물건을 상상했지만, 실물은 작았다.

단지, 성수가 그 돌만을 지키는 것처럼 뿌리를 뻗고 있다.

"그래서, 여기에 기도하면 되는 겁니까?"

루이제 양이 고개를 끄덕이고 내게 방법을 가르쳐 주었다.

"손을 맞잡아. ──그래, 그리고 눈을 감고 기도하는 거야. 기도나 소원이 성수에 전해지면, 응답해 준다고 전해지고 있어."

세르주가 짜증을 내며 루이제 양의 말을 비웃었다.

"어린애 속임수 같은 미신이군. 왜냐면 그렇잖아? 정말로 소원이 전해진다면, 네 동생은 죽지 않았을 거다. 아니지── 사실은, 동생에 대한 것 따위 바라지 않았던 것 아니냐?"

세르주의 말에 루이제 양이 자신을 꽉 부둥켜안았다.

아무리 그래도 곤란하다고 생각했는지, 렐리아가 세르주를 제지했다.

"세르주, 얼른 끝내고 돌아가자."

"뭐, 나는 목적이 달성되었으니 아무래도 좋지만 말이다."

나는 기도하려 하는 세르주를 향해 말을 건넸다.

"너, 최악이구만."

"아앙?"

잠자코 기도를 올리기 위해 눈을 감았다.

그러자── 지면이 흔들리는 것을 느꼈다.

당황하여 눈을 뜨니, 루이제 양이 빛을 발하고 있었다.

"어? 어, 어라?"

본인도 무슨 일이 일어나고 있는 건지 이해하지 못하고 있다.

그리고 루이제 양의 손등에 있는 문장이 반짝이고 있다.

"루크시온, 무슨 일이 일어난 거지?!"

『불명입니다.』

렐리아 쪽도 이데알에게 확인해보고 있었다.

"이데알, 무슨 일이 일어나고 있는 거야?"

『현재 조사 중입니다. 어라, 이건——.』

그러자, 동굴 내에 목소리가 울려 퍼졌다.

아니, 머릿속에 직접 말을 걸어 온다.

「우듬지에—— 핀—— 꽃에—— 치라」

"뭐지?"

오른손으로 머리를 누르며 주위를 둘러봤지만, 다른 기척이 없다.

루크시온이 천장을 올려다보고 있었다.

『성수가 메시지를 보내고 있는 모양입니다.』

"식물이?!"

『성수를 단순한 식물이라 생각하지 않는 편이 좋으리라 봅니다. 그것보다도, 해석이 완료되었습니다.』

루크시온이 성수의 목소리를 선명하게 재생했다.

그건, 너무나도 끔찍한 내용이었다.

「우듬지에 핀 꽃에—— 제물이 될 소녀를 바치라」

"제물?"

순간적으로, 조금 전에 빛을 내뿜은 루이제 양을 봤다.

힘이 빠진 듯 풀썩 주저앉아 자신을 꽉 부둥켜안고 있었다.

"루이제 양!"

그녀를 끌어안아 일으켜 세운 나는, 곧바로 이 자리에 있는 전원에게 강한 어조로 말했다.

공화국의 상황이나 지금 발생한 일로 생각해 봤을 때―― 좋지 않은 예감이 든다.

"알겠냐, 밖에 나가도 아무한테도 말하지 마라."

예상 밖이었는지, 렐리아도 안절부절못하고 있다.

"그, 그래도."

"됐으니까! 내가 어떻게든 하겠어. 그러니까, 절대로 말하지 마라."

루이제 양을 안고 밖으로 나가려 하자, 루이제 양이 뭔가를 중얼거렸다.

"목소리가 들렸어."

"괜찮습니다. 제물이 되게 두지 않을 겁니다. 잠자코 있으면 아무도 모를 거예요."

"아니야. 그게 아니야. ――리온의 목소리가 들렸어. 리온의 목소리가 들려와."

"――예?"

떨고 있는 루이제 양은 그렇게 말하고는 눈물을 흘렸다.

◇

리온한테 안겨 부축받은 루이제는 조금 전부터 목소리가 들리고 있었다.

　　그건 그리운 목소리다.

　　동생인 리온의 목소리.

　　하지만, 그 목소리는 괴로워하고 있었다.

　　「괴로워…… 누나…… 구해……줘.」

　　루이제는 귀를 막았지만, 머릿속에 목소리가 직접 울린다.

　　오른손 손등에 깃든 문장으로부터 리온의 목소리가 들려온다.

　　정말로 괴로워하는 듯했다.

　　「무서워…… 누나…… 나…… 외로워. 나…… 성수 안에서 외톨이야.」

　　루이제는 눈물을 흘렸다.

　　"미안. 미안해, 리온. 누나가 반드시 구해줄 테니까. 그러니까──조금만 더 참아 주렴."

　　성수 안에 갇혀 있는 어린 동생의 모습을 상상하고, 눈물이 멈추질 않았다.

　　"누나가── 곁으로 갈 테니까."

　　옛날에── 구하지 못했던 동생이, 자신을 부르고 있다.

　　보고 싶다고 바라고 있다.

　　루이제에게는 그것만으로도── 제물이 될 가치가 있었다.

　　눈물이 뚝뚝 흐르고 있을 때, 이데알이 말을 걸었다.

『괜찮습니까? 뭔가 들려오는 겁니까?』

"목소리가 나. 동생의 목소리가."

『그건 어떤 목소리입니까?』

"괴로워하는 것 같아. 구해야만 해── 리온을 구해야만──
이번에야말로 리온을."

『──자신의 몸을 희생해서라도?』

이데알의 말에 루이제가 고개를 끄덕이자 리온이 이데알을 손
으로 쳐냈다.

"무슨 생각이냐!"

『이거 실례했습니다. 아무래도 혼란스러워하고 있는 기색이었
기에 정보를 수집할까 하고. 어이쿠, 서둘러 밖으로 나가는 편이
좋겠군요.』

리온이 루이제를 밖으로 데리고 나가려 했다.

"루이제 양, 밖으로 나가도 아무 말도 하지 말아 주십시오. 알
겠지요?"

자신을 지키려 해주는 것이겠지만, 루이제에게는 방해였다.

'날 걱정해 주는 거네. 하지만── 미안해. 나는, 동생 곁으로
가겠어. 그게 내가 할 수 있는 속죄니까.'

전원이 분주하게 바깥을 향해 나아가는 와중에.

이데알만은 동굴 안쪽에 남아 비석을 바라보고 있었다.

한동안 그대로 떠 있었는데, 멀리서 렐리아가 부르는 소리가 났다.

"이데알, 어디 있어!"

그러자 천천히 움직이기 시작했다.

렐리아 일행을 따라잡더니, 평상시의 기색을 되찾았다.

『죄송합니다. 뒤처지고 말았습니다.』

"이럴 때 뭘 하는 거야!"

★제5화「제물」

밖으로 나가자 회장 안이 소란스러워져 있었다.

우리가 동굴을 나오자 모두의 시선이 우리한테 집중됐다.

"뭣?!"

루이제 양을 안고 있던 나는 이 상황을 곤란하다고 느꼈다.

실제로, 모여든 사람들의 눈이 말해 주고 있다.

그리고——.

"제물이 될 여자라는 게 설마……."

"성수의 목소리가 들렸어. 이건——."

"어, 어쩔 거야?"

——밖에 있던 사람들한테도 성수의 목소리가 들렸던 것이다.

나는 이를 악물고, 그러고 나서 루크시온에게 지시했다.

"루크시온, 최악의 경우에는."

『루이제를 피신시키는 것이지요? 그렇다면 빠른 편이 좋겠지요. 소형정을 준비하겠습니다. 그 뒤에는 아인호른이나 리코른으로 호르파트 왕국으로 피신시키겠습니다.』

곧바로 루이제 양을 대피시키려 했지만, 본인이 내게서 떨어졌다.

"고마워, 리온 군. 하지만, 이제 됐어."

"예?"

루이제 양은 달려오는 무장한 병사들에게 포위되었다.

렐리아 쪽에도 기사들이 접근했지만, 세르주가 그들에게 위협을 가하고 있었다.

"무슨 속셈이지?"

"세르주 님, 거기 있는 아가씨를 이쪽으로 인도해 주십사 합니다. 이쪽도 무슨 일이 일어나고 있는지 전혀 이해되지 않습니다만, 성수가 제물이 될 여성을 요구했습니다. 그 말이 들려온 순간, 동굴 안에서 눈 부신 빛이—— 둘 중 어느 한쪽 여성이 제물이라면……."

"렐리아한테 손대지 마라!"

세르주가 기사들을 쫓아내기 위해 싸우려는 것을, 루이제 양이 제지했다.

"기다려!"

멀리서 알베르크 씨가 달려오는 게 보였다.

하지만 이쪽에 달려오기 전에—— 루이제 양은 스스로 나섰다.

"제물로 선택된 건 나야. 그 애는 관계없어."

기사들이 루이제 양의 말을 듣고 서로 얼굴을 마주 봤다.

나는 루이제 양을 설득하기 위해 팔을 붙잡았다.

"무슨 말을 하는 겁니까!"

"괜찮아. 나한테는 들렸어. 성수 속에서 동생이—— 리온이 괴로워하고 있어."

"동생분이 괴로워하고 있다?"

그 장소에서 리온 군이 괴로워하는 소리가 들려왔다?

루크시온을 봤지만, 외눈을 가로저으며 부정했다.

『제게는 아무 목소리도 들리지 않았습니다.』

나는 기사들을 따라가려 하는 루이제 양의 팔을 강하게 붙잡았다.

대체 무슨 일이 일어나고 있는 것인지 나로서는 상상도 되지 않지만, 가게 해서는 안 된다고 내 안의 무언가가 외치고 있었다.

"뭔가 잘못된 겁니다. 이런 건 잘못되었다고요."

설득하려고 해도, 루이제 양은 각오를 굳힌 상태였다.

"이상한 일에 말려들게 해서 미안해. 하지만 말이야, 나는 리온 곁에 가고 싶어. 아무것도 해주지 못했지만, 마지막에 그 애를 만날 수 있다면 그걸로 충분해."

루이제 양이 내 손을 부드럽게 떼어내고 기사들과 같이 멀어져 갔다.

그리고 알베르크 씨가 루이제 양의 어깨를 붙잡았다.

"루이제, 무슨 일이 있었던 거냐! 네가 제물이라니, 그게 무슨 소리야!"

"그대로의 의미예요. 아버님, 사정은 나중에 이야기할게요."

나는 아무것도 하지 못한 채, 그 자리에 가만히 서 있었다.

세르주가 주머니에 손을 넣고 내 옆을 지나쳐 갔다.

"리온, 리온── 저 여자, 정말로 동생뿐이군. 그렇게나 죽은 동생이 소중한 건가? 나로서는 이해가 안 돼."

그리고 아연해하는 나를 보며 세르주가 코웃음을 쳤다.

"진짜가 있다면, 네 역할도 여기까지다. 얼른 돌아가."

조금 전까지의 증오가 느껴지지 않는 세르주는 렐리아에게 말을 걸었다.

"렐리아, 가자고."

"으, 응."

두 사람이 내게서 멀어져 간다.

세르주에 관한 건 아무래도 좋다.

하지만 어째서 성수가 제물을 요구하는 것인가?

그런 이야기는 마리에한테서 듣지 못했다.

렐리아도 예상 밖이었는지 당황한 기색을 보여 주고 있었다.

──뭔가가 이상하다.

시나리오대로 진행되지 않는 건 왕국에서도 마찬가지였지만, 정체 모를 답답함이 느껴진다.

"루크시온, 무슨 일이 일어난 건지 조사해 봐야겠다."

『마스터와 같이 있으면 질리지 않는군요.』

"뭔가가 수상해. 나는 곧바로 돌아가서 마리에한테서 이야기를 듣겠어."

『감입니까?』

"내 안 좋은 예감은 잘 들어맞는다고."

그렇게 감이 예리한 편은 아니지만 말이지.

하지만 안 좋은 예감에 한해서는 잘 들어맞는 법이다.

나는 소란스러운 회장을 뒤로하며, 마지막으로 성수를 올려다 봤다.

◇

렐리아와 세르주가 걷고 있자, 수많은 인파를 헤치고 에밀이 다가왔다.

정장이 흐트러져 있지만, 그걸 신경 쓰지 않고 다가왔다.

"에밀."

렐리아가 무언가를 말하기 전에 에밀은 세르주에게 덤벼들었다.

"세르주, 이게 어떻게 된 건지 설명해! 네가 렐리아를 억지로 동굴에 데리고 갔다고 들었어. 어째서 이런 짓을 하는 거야!"

에밀은 약혼자로서 당연한 분노를 품고 있었지만, 세르주는 그런 걸 신경 쓰고 있을 겨를이 아니었던 것이리라.

성가시다는 듯한 태도였다.

"시끄럽다고. 아버지가 부르고 있으니까 난 바쁘단 말이다."

루이제가 제물로 선택될 때, 세르주도 그 자리에 있었다.

알베르크는 이야기를 듣기 위해 세르주를 불러낸 것이다.

이후의 일을 생각하고 귀찮다고 느낀 세르주의 표정은 에밀에게는 바보 취급하는 것처럼 보였으리라.

"그렇게 해서 도망치는 거야?"

작은 몸으로 세르주의 멱살을 붙잡은 에밀이었지만, 체격 차이도 있어서 도리어 쉽게 나가떨어지고 말았다.

"우왓."

렐리아가 나뒹구는 에밀에게 달려갔다.

그 모습을 본 세르주는 화가 났는지 둘의 관계에 금이 갈 만한 말을 했다.

"렐리아, 그 한심한 남자가 싫어지면 언제든 오라고. 나는 환영이야. 너도 의지가 되는 내가 더 좋잖아? ——다음에는 내가 부를 테니까, 그때는 즐기자고."

그 말에 에밀이 렐리아를 봤다.

의심받고 있다고 느낀 렐리아였으나, 동굴 안에서 키스당한 것을 떠올렸다.

그 때문에 강하게 부정할 수 없었다.

세르주는 그대로 떠나갔지만, 남겨진 렐리아와 에밀은 달랐다.

에밀이 렐리아의 양어깨를 강하게 붙잡았다.

"렐리아, 사실대로 이야기해줘. 세르주와는 아무 일도 없었어?"

"어, 없었어."

"내 눈을 보고 이야기해. 나는—— 나는!"

에밀이 울음을 터뜨리기 시작했으나, 주위의 시선을 느끼고 렐리아가 주위를 봤다.

구경꾼들이 모여들고 있다.

"혹시, 플레벤 가의 에밀 님?"

"상대는 레스피나스 가의 딸이라고."

"어, 그럼 조금 전에 세르주 님과 한 대화는——."

주위에서 수군수군 이야기하자, 렐리아는 창피해져서 에밀의 손을 붙잡고 일어서더니 그대로 그 자리를 벗어났다.

다만, 에밀은 그런 걸 신경 쓸 겨를이 아니었다.

"렐리아, 제대로 대답해줘!"

렐리아는 그런 에밀이 성가셨다.

"그만 적당히 좀 해!"

"——렐리아?"

"에밀의 그런 면, 정말로 싫어. 항상 나약한 태도에, 그러면서도 날 의심하고. 아무 일도 없었으니까 나를 믿어 달란 말이야."

"하, 하지만, 동굴에 둘이서 들어가다니, 너무하잖아! 나와 같이 들어가 주겠다고 하지 않았어? 게다가 모두가 보고 있는 앞에서 그러다니, 용서할 수 없어. 이건 세르주가 날 바보 취급하고 있는 거랑 마찬가지야. 나 역시 6대 귀족의 체면이 있어. 이대로 물러날 수는 없다고!"

렐리아의 감상은 차갑게 식어 있었다.

'호들갑이 지나쳐. 애초에 귀족의 체면이라니 뭐야? 날 더 걱정하란 말이야. 정말로 눈치가 없어.'

에밀이 중시하는 귀족의 체면이라는 건 렐리아한테는 이해하기 어려운 것이었다.

전생의 경험도 있기에, 그러한 것에서 가치를 찾아낼 수가 없다.

그리고 에밀은 자기보다도 체면을 중요시하는 것처럼 보이고 말았다.

렐리아는 에밀한테 품고 있던 감정이 급속히 식어 가는 것을 느끼고 있었다.

'장래를 위해 에밀을 선택했지만—— 실패했을지도.'

"그래. 그렇게나 나보다 체면이 중요하구나."

"렐리아?"

"세르주와 싸우고 싶은 거라면 싸워. 하지만, 난 에밀을 경멸할 거야. 고작 이 정도의 일로, 바보 같아."

"그, 그렇지만!"

"'그렇지만' 같은 말 그만해! 짜증이 난단 말이야! 그런 변명은 하지 마."

하지만, 그렇지만. 그런 변명은 듣고 싶지 않았다.

자기가 평소 그런 말을 쓰고 있다는 사실은 잊고, 렐리아는 에밀을 내버려 둔 채 돌아가고 말았다.

에밀은 고개를 숙이고 있었고, 그 모습을 보니 한심스러워졌다.

'어째서 나는 에밀 같은 걸 선택한 걸까? 이럴 바에야 처음부터 세르주를 선택했으면 좋았을 걸 그랬어.'

◇

마리에의 저택에 돌아온 나는 신년제에서 일어난 일을 이야기했다.

루이제 양이 제물로 선택되고 말았다.

그리고 본인은 죽은 동생이 괴로워하는 목소리가 들렸다느니 하면서 제물이 될 각오를 굳혔다는 이야기도 했다.

마리에한테는 이해가 되지 않는 모양이다.

"어째서 죽은 동생이 괴로워하고 있으면 제물이 되고자 지원하는 거야? 의미를 알 수가 없는데?"

듣고 보니, 확실히 의미불명이군.

"내가 어떻게 알겠냐. 하지만 제물이 되는 걸 받아들인다니, 여간한 일이 아니잖냐. 그 이유가 죽은 동생한테 있다는 이야기라고."

사용하지 않는 방에서 루크시온과 크레아레도 더해 상의했다.

다른 녀석들에게는 들려줄 수 없는 이야기니까, 이렇게 밀회 같은 형태가 되었다.

"으음~―― 기다려 봐. 2탄에는 제물 이야기 같은 건 없었을 터야. 애초에 신년제에서 연인이 된 남자와 사귀고 있다고 주위에 나타내는 게 목적이고."

"루이제 양의 역할은? 그때 이야기에서는 어떤 식으로 등장했지? 이후의 예정은?"

쉴 새 없이 잇따라 질문했지만, 내 초조한 기색을 마리에도 느꼈는지 순순히 대답했다.

"그게 말이지. 남자한테 그런 여자로 괜찮은 거냐~ 라는 식의 말을 하면서 시비를 걸었었어. 상세한 대사까지는 기억 안 나지만, 루이제가 제물로 선택될 리가 없어. 왜냐면 최후에는 단죄되는걸."

단죄된다는 이야기는 제쳐 두고서라도, 마지막까지 역할——등장이 있는 루이제 양이 제물이 된다는 건 내용상으로 말이 안 된다.

그렇다면, 이건 완전히 비정상적인 상황이다.

"대체 무슨 일이 일어난 거지? 아니, 일어나려는 거지, 인가?"

내가 입가에 손을 대고 생각에 잠기자, 크레아레가 장난스럽게 말했다.

『마스터랑 루크시온이 연관되어서 또 이것저것 휘젓고 다닌 거 아니야? 그건 그렇고, 구할 거라면 빨리 구하자. 어차피 구할 거지?』

처음부터 구할 생각이다.

그 사람이 제물 따위가 되도록 내버려 둘까 보냐.

하지만 본인이 제물이 되는 것을 받아들이고 만 게 문제다.

설득은 어려우리라.

억지로 데려올 수밖에 없나?

"몰래 데려와서 상황을 지켜볼까. 루크시온, 곧바로 나간다.
——루크시온?"

평소보다 반응이 나쁘다.

루크시온의 태도가 평소와는 달랐다.

제법 경계하고 있다.

지금까지라면 신인류가 상대라면 언제든지 멸망시킬 수 있다며 여유를 내보이고 있었는데도.

『마스터, 유감스러운 소식이 있습니다.』

"유감?"

『루이제를 구출하는 것은 성공률이 낮으리라고 예상합니다.』

"——그게 무슨 말이야? 너라도 무리인 거냐?"

루크시온이라도 어렵다니, 무슨 의미지?

『비밀리에, 라는 조건을 클리어할 수 없습니다. 이유는 이데알입니다.』

"이데알? 그 녀석이 어쨌는데?"

『이데알이 제조한 방범 설비가 사용되어 있습니다. 또한, 방어 설비가 설치된 것도 확인했습니다.』

"야, 설마 렐리아가 적으로 돌아선 거냐!"

여기에 와서 렐리아가 배신했다?

아니, 그 녀석의 경우 입장상으로는 루이제 양과는 적대하고 있다.

루이제 양이 사라져 주는 편이 좋다고 생각한 건가?

하지만 그렇게까지 결단성이 과감한 녀석은 아니다.

좋은 의미에서건 나쁜 의미에서건, 나와 마찬가지로 전생을 질질 끌고 있다.

마리에가 이데알의 이름을 듣고 자세한 설명을 요구했다.

그 여성향 게임의 2탄── 마리에는 거기에 과금하지 않아 이데알에 관해 자세히 알지 못했다.

"이데알, 이라는 거 2탄의 치트 전함이지? 어떤 녀석이야?"

루크시온이 간단히 설명했지만, 아무래도 의문을 품고 있는 모양이다.

『구인류가 만들어 낸 수송함입니다. 다만 저보다도 높은 정보 수집 능력을 갖췄을 가능성이 생겨났습니다. ──이건 부자연스러운 일입니다.』

크레아레도 마찬가지 의문을 품고 있었다.

『수송함에 그런 성능이 필요해? 내 데이터로는 그렇지 않은데?』

『그래서 저도 당황하고 있습니다. 밖에 나온 건 최근이라고 했습니다만, 지금까지 저한테서 숨어 있었던 건 위협이라고밖에 말할 수 없습니다.』

이데알의 등장으로 인해, 우리는 지금까지 그래 왔던 것처럼 움직일 수 없게 되었다.

성가신 녀석이 나왔다고 생각하고 있었더니, 마리에가 내게 해결책을 요구했다.

"오빠, 이제부터 어떻게 할 거야? 데리고 오기도 어려워진 거지? 자칫 어설프게 데리고 왔다가는, 그거야말로 변명할 수 없는 국제문제 아니야?"

"여러모로 어려워졌지."

뭐가 문제냐고 하면, 알제르 공화국에서는 성수가 연관되면 신성한 일이 된다는 점이다.

산 제물이라고 할지라도, 성수가 원한다면 바치는 것이 공화국이다.

내가 루이제 양을 구하고자 해도, 틀림없이 방해해 올 것이다.

"아, 그렇지! 그럼 루크시온한테 성수의 꽃을 태워 달라고 하는 건 어때? 그렇게 하면 제물 이야기도 사라지는 거 아니야?"

"나도 그러고 싶다만……."

루크시온이 외눈을 가로저었다.

『이데알의 방어 설비가 설치되어 있습니다. 행동을 일으키면 성수를 공격했다는 것이 되어 왕국과 공화국 사이에 커다란 문제가 발생하겠지요.』

이데알이 방해하고 있다는 말을 듣고 마리에가 머리를 감싸 쥐었다.

"그럼 어쩌면 좋은 건데!"

나도 그걸 모르니까 난감한 것이다.

루크시온이 내게 의견을 구했다.

『마스터, 이제부터 어떻게 하시겠습니까? 이데알과 적대한다면, 지지는 않겠지만 저희도 손해가 발생합니다. 또한, 이데알의 성능에는 미지수인 부분이 있습니다.』

──즉, 루크시온을 지닌 나라도 위험할지도 모른다는 건가.

나는 최악의 사태를 생각했다.

그건 이데알과 적대하는 것이다.

렐리아와 적대하는 건 아무래도 상관없지만, 이데알만큼은 곤란하다.

그때를 대비해서 수중에 패를 하나 준비해 둘까.

"우선은 정보를 모으겠어. 그러고 나서—— 뒷공작이 안 된다면 정면으로 쳐들어가는 것뿐이다. 마리에, 너는 뭔가 떠올리면 내게 알려. 루크시온은 나랑 같이 와라. 그리고 크레아레."

『뭘까?』

"넌 왕국에 돌아가."

『——어?』

"잘 생각해 보니, 지금의 너는 도움이 안 되니까 말이지. 안제와 리비아가 돌아갈 때는 마중하러 오라고. 자, 그럼 잘 가라."

이번만큼은 루크시온도 내게 동의했다.

『확실히, 제가 있으면 충분하겠군요. 크레아레는 왕국에서 일하게끔 하지요.』

우리 둘한테서 돌아가라는 말을 들은 크레아레는 외로운지 저항해 보였다.

『자, 잠깐만! 나만 따돌리는 건 싫어!』

"시끄러워, 얼른 돌아가!"

『마스터는 바보야아아아!』

울면서 방을 나가는 크레아레한테 마리에가 손을 뻗었다.

"아, 기다려! 오, 오빠. 정말로 돌려보내도 괜찮아? 크레아레는 꽤 도움이 될 거라고 생각하는데?"

"──이걸로 된 거야. 루크시온, 간다."

『예, 마스터.』

◇

6대 귀족들이 긴급회의를 열고 있었다.

루이제가 제물로 선택된 건이 의제가 되었지만, 알베르크를 제외한 다섯 명의 의견은 일치한 상태다.

"내 딸을 제물로 삼겠다고?"

6대 귀족들의 결정은 성수가 바란다면 루이제를 바친다, 였다.

결정에 망설임 따위는 없었다.

6대 귀족에게, 아니, 공화국 사람에게 성수란 그만큼 신성한 것이었다.

랑베르가 알베르크의 동요한 모습을 즐거운 듯이 바라보고 있다.

"성수한테 선택받은 거라면 오히려 기꺼이 바쳐야 하는 것 아닌지? 이야~, 부러울 따름일세."

부럽다는 둥 마음에도 없는 대사의 이면에는 알베르크를 향한 비아냥이 보였다.

알베르크가 손이 아플 정도로 주먹을 꽉 쥐고 있는 사이에, 다른 당주들이 이후의 일에 관해 이야기하기 시작했다.

"하지만 이런 일은 지금까지 없었습니다. 이건 분명하게 기록

해 둬야만 할 일입니다."

"6대 귀족에서도 사람을 내보내지. 루이제 양의 호위도 필요하다. 본인은 제물이 될 생각이지만, 막판에 가서 마음이 변하면 곤란해."

"그러면 다른 가문에서 호위를 파견하자고."

알베르크는 자신을 방치하고 이야기가 진행되는 것에 분노를 느꼈다.

한때 아꼈던 페르낭은 솔선해서 회의에 가담하고 있었다.

알베르크한테 버림받아 새로운 관계를 쌓고자 필사적인 모양이다.

그리고 루이제를 제물로 삼기 위한 만전의 태세를 갖추려 하고 있다.

"여러분, 하나 더 중요한 것이 있습니다. ——왕국의 영웅 경입니다."

리온의 화제가 나오자, 고개를 갸웃하는 당주들이 있었다.

"어째서 녀석의 화제가 나오지? 이건 공화국의 문제다."

"그 귀축과는 상관없는 이야기다."

하지만 페르낭은 리온한테 쓴맛을 본 경험이 있어, 상당히 경계하고 있었다.

"그는 루이제와 개인적으로 아는 사이입니다."

"그게 어쨌다는 거지?"

다른 당주들은 여전히 의아하다는 듯한 표정을 짓고 있었다.

157

이유는, 그 정도의 일로 리온이 공화국에 손을 대면 큰 문제가 되기 때문이다.

보통의 귀족은 그 정도 이유로 루이제를 구출하거나 하지는 않는다.

하지만 페르낭에게 동조하는 당주도 있었다.

리온한테 호된 꼴을 당한 벨랑주다.

"페르낭의 말대로다."

지금까지 입을 다물고 있던 알베르크는 그들이 경계하는 것처럼 리온이 구해준다면, 하고 생각하며 마음속으로 쓴웃음을 지었다.

그렇기 때문이리라── 그다지 다른 당주들한테 경계시키고 싶지 않았다.

"그가 움직일 거라고는 생각되지 않는군."

알베르크가 그렇게 말하자 벨랑주가 노려봤다.

"그렇게 방심하다가 그 녀석한테 몇 번이나 호된 꼴을 당했단 말이다!"

하지만 리온한테 호되게 당한 적이 없는 당주들은 냉담한 표정이었다.

"그건 네 이야기 아닌가?"

"녀석이 움직일쏘냐."

만약 리온이 움직인다면 알베르크에게 이 흐름은 나쁘지 않다. 게다가 루이제를 억지로 데리고 돌아오는 것도 가능하다.

'좋아, 이 흐름으로──.'

하지만 리온한테 실컷 당해 왔던 랑베르나 페르낭, 그리고 벨랑주 세 사람이 강하게 주장했다.

"그 녀석은 정상이 아니라고! 무슨 짓을 할지 모른다!"

랑베르한테 정상이 아니라는 말을 듣다니, 리온도 불쌍하다고 주위는 생각했다.

하지만 페르낭이 동조했다.

"무슨 일이 있고 나서는 늦습니다. 대비가 필요합니다."

벨랑주는 알베르크에게 시선을 향했다.

"그렇군. 딸을 아끼는 마음에 방해하는 녀석 역시 있을지도 모른다. 의장 대리가 그런 짓을 할 거라고는 생각되지 않지만── 만일의 사태에 대비하여 충분히 신경을 써 두어야만 하겠지."

알베르크는 속으로 혀를 찼다.

'아들을 쉽사리 저버릴 수 있는 남자는 모르겠지만 말이다.'

이 자리에 있는 귀족들한테 루이제를 소중히 여기는 마음을 이해받지 못하리라는 걸 알베르크는 알고 있다.

자기 쪽이 귀족으로서는 더 비정상이기 때문이다.

단지, 리온이 움직이리라 생각지 않는 당주도 있어서, 군비(軍備)에 관해서는 어중간한 형태로 이야기가 정리되고 말았다.

페르낭이나 벨랑주는 씁쓸한 표정을 지었고, 알베르크도 이 결과가 어떻게 될지를 걱정했다.

'루이제, 나는 무슨 일이 있어도 너를······.'

◇

　라우르트 가의 본거지에 있는 성에서는 루이제가 침대에 누워
있었다.

　신년제에서 돌아오고 며칠이 지났지만, 제대로 쉬지 못했는지
핼쑥해져 있었다.

　침대 옆에 앉아 있는 건 알베르크와 그의 아내── 부모였다.

　모친이 눈물을 닦고 있다.

　"어째서── 어째서니! 리온에 이어서, 어째서 루이제까지 빼
앗는 거야! 어째서, 내 아이들만!"

　루이제는 울고 있는 모친의 손을 잡고, 미소를 보였다.

　"괜찮아요, 어머님. 리온이 기다리고 있으니까요."

　'그 애도, 이런 광경을 보고 있었던 거구나.'

　동생인 리온이 병을 앓아 침대에서 일어나지 못하게 되었을 때
의 광경을 상상했다.

　그것만으로도 가슴이 아파진다.

　괴로워하면서도, 주위에 마음을 쓰는 착한 아이였다.

　그런 동생을── 루이제는 구할 수가 없었다.

　그것이 계속 무거운 짐이자, 루이제의 후회였다.

　오히려 6대 귀족으로서 성수의 커다란 힘을 다룰 수 있기에,
아무것도 하지 못한 자신에게 무력감을 느낀 것이다.

알베르크가 양손을 깍지 끼고 빠득거리는 소리를 내고 있었다.

"──성수가 꽃을 피운 적도 없거니와, 제물을 요구한 기록도 없다. 루이제, 너를 제물 따위가 되게 두지는 않겠다."

"아버님── 무리인 거죠? 그 뒤에 곧바로 회의가 열렸다고 들었어요. 우리 성에 다른 가문에서 기사들이 파견된 건 저를 감시하기 위해서죠?"

라우르트 가문의 성에는 다른 다섯 가문에서 기사나 병사들이 루이제의 호위로서 파견되어 있었다.

표면상으로는 호위지만, 실제로는 감시다.

알베르크는 자신의 무력함에 고개를 떨궜다.

"나 이외에는 전원이 찬성했다. 다수결에 의해 너를 제물로 삼는 것이 결정된 건 사실이다."

"여보! 루이제를 이대로 죽게 내버려 두실 거예요?!"

모친이 눈물을 흘리며 호소하자, 알베르크가 천천히 일어섰다.

그 표정에는 결의가 있었다.

"아버님, 안 돼요. 저는 제물이 되겠어요. 리온이 기다리고 있으니까요."

"──설령, 리온이 혼자서 외롭게 성수에 사로잡혀 있다고 하더라도, 너를 제물로 삼는 건 있을 수 없는 일이다. 다른 다섯 가문과 싸워서라도 반드시 멈춰 주마."

알베르크가 방을 나가고자 문을 여니, 집사가 다가왔다.

"알베르크 님! 리오── 발트파르트 백작께서 찾아오셨습니다."

"뭣이?"

면회 예정은 없어서 본래라면 만날 필요도 없었지만―― 알베르크는 리온을 만나기로 했다.

"알았다. 내 방으로 안내하도록."

◇

알베르크 씨의 집무실로 안내받았다.

소파에 앉은 나는 대체적인 사정을 들었다.

――딸을 위해 전쟁을 일으키려고 생각하고 있다든가, 정말로 악역인지 의심하고 싶다.

뭐, 그런 이유로 전쟁을 일으키면 백성한테는 민폐가 될 것이다.

한 명의 희생으로 원만하게 수습된다면 보고도 못 본 체하는 게 인간이다.

하지만 나는 싫어하지 않는다.

"전쟁입니까. 온건하지 못하군요."

"――자네도 부모가 되면 이해할 수 있을 걸세. 아니, 귀족이라면 내 판단이 잘못되었다고 지적하는 게 맞겠지. 확실히, 나는 잘못 판단하고 있네."

그렇다 할지라도 전쟁을 하려 하고 있다.

"한 명의 딸을 위해 전쟁입니까――. 전 싫지 않습니다."

"의외로군. 귀축 기사라 불리고 있는 자네라면 딸 한 명의 희생으로 끝내라고 말하려나 싶었다네."

유감인데.

귀축이니까, 한 명을 선택하고 수많은 사람을 희생하는 것이다.

"모르는 타인보다도, 아는 사람을 우선하는 인간이니 말입니다. 자, 귀축 맞지요?"

"흐하하하! 그런가. 그것이 자네가 살아가는 방식인가. 확실히 귀축이군. ——나도 싫지 않아. 하지만, 나라를 맡은 사람으로서는, 나는 실격일세."

"그런데도 전쟁을 하시겠다고요?"

솔직히 제물을 바쳐도 어떤 메리트가 있는지는 미지수다.

그리고 바치지 않았을 경우의 디메리트도 모르는 상황이다.

하지만 공화국 입장에서 보면 성수의 기분이 상하여 지금까지 얻었던 이익을 잃을 가능성이 있다고 생각하는 것만으로도 공포일 것이다.

무난하게 제물을 바쳐 두려고 하는 판단은 꼭 잘못된 것은 아니다.

그래도 나는 마음에 들지 않는다.

"나는 아들을 잃었을 때 아무것도 해주지 못했네. 하지만 지금은 달라. 딸을 위해서라면 전쟁을 일으켜서라도 지켜 보일 걸세."

"1대 5군요. 수로는 질 겁니다."

"그렇겠지. 하지만 내 안의 천칭은 나라와 딸을 저울에 달아 보고—— 딸 쪽으로 기울었네. 그것뿐이야."

예리한 안광을 앞에 두고, 무슨 말을 해도 무의미하다는 것을 깨달았다.

허울 좋은 말을 늘어놓아 봤자 헛일이리라.

백성이 괴로워합니다! 라고 말하면 '그게 어쨌다는 거지!'라는 대답이 돌아올 것 같다.

나는 어깨를 으쓱해 보였다.

"그러면, 전쟁하지 않고 그칠 방법이 있다면 어떻습니까?"

알베르크 씨는 내가 무슨 생각을 하고 있는지 눈치챈 모양이다.

"자네가 루이제를 데려가기라도 하겠다는 건가? 잘 해낼 수 있을까? 실패하면, 자네는 수배자가 될 걸세."

"안심해 주십시오. 전 실은 이런 게 특기라서 말입니다."

"그렇겠지."

내 수완을 걱정하려나 싶었는데, 묘하게 신뢰받고 있는 모양이다.

──어쩐지 복잡한 기분인걸.

설나 날 뒤에서 살금살금 움직이는 게 특기인 비겁자라고 생각하는 건 아니겠지?

"그래서, 어떻게 할 건가?"

"그전에 제게 하나 협력해 주시지 않겠습니까?"

"협력? 가능한 일이라면야."

"감사합니다. 그러면 아드님의── 리온 군의 일화를 알려주실 수 있겠습니까?"

◇

　리온이 알베르크의 방을 떠나자, 집사가 들어왔다.

　"알베르크 님, 발트파르트 백작이 루이제 님의 방으로 가셨습니다."

　"──그런가."

　창밖을 바라보는 알베르크는 집사의 물음에 대답했다.

　"전쟁도 불사하겠다는 의사에는 변함이 없으신 것이로군요."

　"그래. 미안하다고는 생각하지만── 이젠 멈출 수 없다."

　"발트파르트 백작이라도, 설득은 불가능했던 것입니까."

　리온이 알베르크를 설득해 주지 않을까?

　집사는 그런 식으로 생각하고 있었던 모양이다.

　알베르크가 살짝── 웃었다.

　"알베르크 님?"

　"전쟁 준비는 계속 진행한다. 하지만 그 이후로는 백작이 하기 나름이다."

　"뭔가 있는 것입니까?"

　"지금은 말하지 않겠다. ──그건 그렇고, 그는 정말로 귀축이군."

　리온의 제안을 들은 알베르크는 어째서 리온이 귀축이라 불리고 있는지를 알아차리고 말았다. 그런 리온에게 기대는 자신을 한심하게 느꼈다.

"귀축입니까? 하지만, 발트파르트 백작은 귀축처럼은 보이지 않습니다만?"

"금방 알게 될 것이야."

'어째서 내 아이들만이 희생되는 것인가.'

'우리는 성수에 저주받은 것일까?'

'레스피나스 가문을 멸문시킨 죄인가?'

알베르크는 그런 생각이 들고 말았다.

◇

루이제는 리온이 방을 찾아오자 놀랐다.

"──리온 군? 어째서 여기에?"

"병문안하러 왔습니다. 꽤 핼쑥해지셨네요."

리온이 침대 근처에 있는 의자에 앉아 선물인 과일을 테이블에 올려놓았다.

루이제는 미소를 띤 얼굴로 응대했다.

"야위어도 미인이지?"

"저는 건강한 미인이 좋네요. ──잠들지 못하고 계시는군요?"

자신의 몸 상태를 그 자리에서 꿰뚫어 본 리온을 앞에 두고, 루이제는 고개를 숙였다.

표정이 어두웠다.

"매일 밤 꿈을 꿔. 성수 속에 갇힌 리온이 구해 달라고 외치고 있는데, 나는 어쩌지도 못하는 거야."

양손으로 얼굴을 덮은 루이제는 동생이 죽었을 때의 일을 떠올렸다.

"나는 괴로워하는 동생을 앞에 두고 아무것도 해주지 못했어. 게다가 10년 이상이나 성수 속에 있으면서 괴로워하고 있다는 걸 알아차리지 못해서—— 리온은 줄곧 혼자서 외롭다고 울고 있었던 거야."

리온은 잠자코 루이제의 이야기를 듣고 있다.

루이제가 오열하자, 그녀의 등을 부드럽게 어루만졌다.

"괴로우셨군요. 잠들 때마다 꿈을 꾸는 겁니까?"

고개를 끄덕인 루이제는 꿈속에서 괴로워하는 동생을 보고 있을 수 없다고 말했다.

"이쪽으로 오라고 리온이 소리쳐. 하다못해, 내가 곁에 있어 주지 않으면—— 왜냐면 불쌍하잖아."

"——정말로 동생분을 좋아하셨던 거군요."

"응, 좋아해. 솔직히 처음 널 봤을 때는 정말로 놀랐어. 만약 리온이 살아 있었더라면 이렇게 되었으려나, 하고 생각할 정도로 닮았는걸."

어렸을 적 모습밖에 모르지만, 성장하면 리온과 똑같았으리라고 왠지 모르게 느꼈다.

그건 루이제뿐만 아니라 양친도 같은 의견이었다.

"신기하지. 지금에 와서 네가 나타나고, 리온이 내게 도움을 요청하다니 말이야."

루이제는 무언가 운명적인 것을 느끼고 있었다.

리온은 그걸 바보 취급하지 않고 들었다.

"그렇게나 닮았으려나요? 하지만, 이야기를 듣는 한에서는 저하고는 닮지 않았네요. 전 어렸을 적에는 소극적인 착한 애였다고요. 낯을 가리고, 내향적인 애였죠."

리온이 말하는 방식을 듣고, 루이제는 그리워졌다.

"그 돌려 말하는 버릇이나, 거짓말을 하는 방식이 정말로 쏙 빼닮았어. 그래도, 그러네――. 리온은 좀 더 눈에 띄고 싶어 하는 성격이었으려나? 어머, 나름 리온 군이랑 똑같지 않나? 왜냐면 너는 공화국에 와서 1년도 채 되지 않아 유명인이 되었는걸."

"주위가 절 가만히 내버려 두지 않는단 말입니다."

역시 동생과 닮았다.

루이제는 리온과의 대화로 그걸 실감하고 있었다.

'수호자의 문장을 깃들이고, 로이크한테서 노엘을 구하고――리온이 살아 있었다면 분명 너와 같은 일을 했겠지.'

루이제는 리온의 얼굴에 손을 뻗어 뺨을 만졌다.

리온은 그걸 가만히 받아들였다.

"동생분의 이야기, 들려주시지 않겠습니까?"

"좋아. 잠드는 게 무서우니까, 리온의 즐거운 이야기를 잔뜩 알려줄게. 그러네, 우선은 그 애가――."

◇

 침대에 누운 루이제 양이 잠결에 숨소리를 색색 내고 있다.

 루크시온이 내 옆에 모습을 나타냈다.

『마스터, 루이제에게 수면제를 사용했습니다. 꿈도 꾸지 않고 잠들 수 있을 겁니다.』

 "정말로 편리하구만. ──그래서? 방해꾼은 어땠어?"

 내가 루이제 양의 이야기를 듣고 있는 동안에, 루크시온은 성 안을 탐색하고 있었다.

『이데알의 방어 설비가 배치되어 있어, 여기서 데리고 나가는 건 쉽지는 않겠군요.』

 "어라, 설마 너보다 이데알 쪽이 더 우수한 거냐?"

『──특정 분야에서는 뒤처지고 있습니다만, 종합적으로는 제가 더 우월합니다. 일부분만을 보고 우열을 판단하는 건 잘못입니다.』

 아무래도 신경 쓰고 있는 모양이다.

 그나저나 곤란하게 됐군.

 이 말투로 보자면 루크시온은 이데알에게 특정 분야에서 뒤처지고 있다는 게 된다.

 종합 능력은 루크시온이 위라고 하더라도, 이데알의 전력은 현 시점에서 미지수다.

루크시온이 뒤처질 가능성도 있다.

"이데알은 어째서 여기에 방어 설비를 배치한 거지?"

소박한 의문을 중얼거렸더니, 루크시온은 의아하다는 듯한 태도였다.

『렐리아가 명령했기 때문이 아닐는지? 또는, 루이제 건과는 무관할 가능성이 있군요.』

"그쪽도 확인해야겠군. 좋아, 슬슬 갈까. 바깥은 벌써 어두컴컴하네."

이야기를 듣는 것만으로도 밤이 되어 버렸지만, 덕분에 여러 가지를 알 수 있었다.

내가 이제부터 무엇을 할지 알고 있는 루크시온은 정말 이대로 계속할 거냐고 물어봤다.

『마스터, 괜찮겠습니까? 루이제한테 원망을 받게 될 겁니다.』

그렇게 되겠지.

"완전 괜찮아! 그걸로 저 사람이 살아남는다면, 문제없는 거야."

『마스터는 정말로 서투른 사람이군요.』

서투른 인공지능한테 그런 말을 듣고 싶지는 않다.

리온이 성을 나간 뒤.

세르주는 자기 방에 있는 침대에 누워 있었다.

"——쳇, 어떻게 할까나."

신년제 건으로 루이제가 제물이 되는 건 거의 결정되었다.

세르주는 성수에 제물을 바치는 이야기에 그다지 흥미가 없었다. 다만, 루이제가 신경 쓰였다.

천장을 올려다보면서 떠올리는 건 루이제를 처음으로 봤던 그날의 일이다.

지금도 기억하고 있다.

"구해주면, 나도 인정받을 수 있는 건가?"

루이제를 구하면 가족으로서 인정받을 수 있을까?

그런 마음을 품고 있는 자신을 알아차리고, 세르주는 일어나서 난폭하게 머리를 긁적였다.

"뭘 인제 와서 새삼스럽게. 그 녀석들이 원하는 건 죽은 리온을 대신할 녀석뿐이라고. 그래, 항상 리온, 리온 하면서 말이지."

어릴 적에 루이제는 즐겁게 리온의 이야기를 했다.

그리고 리온이 없는 것을 슬퍼하며, 성안의 분위기도 어딘가 어두웠다.

세르주는 자신이 리온을 대신할 존재로 이곳에 오게 됐다고 생각했었다.

그건 사실이기도 하다.

후계자를 원한 라우트르 가문이 분가 출신인 세르주를 양자로 맞아들였다.

——리온 대신에.

"인제 와서 가족 따위—— 될 수 있겠냐."

가족으로서 인정받고 싶다고 어딘가에서 생각하면서도 마음의 정리가 되지 않고 있다.

그런 세르주에게 이데알이 모습을 드러내 보였다.

『안녕하십니까.』

"너냐? 뭐 하러 왔어?"

『그게, 재미있는 정보를 입수하였기에 보고하러 왔습니다.』

"재미있는? 미안하지만 지금은 즐거운 이야기 따위 들을 수 있는 상황이 아니라고."

다시 침대에 누운 세르주에게 이데알이 가까이 다가갔다.

『어라? 첫사랑 상대인 루이제가 제물로 선택된 것이 그렇게나 슬픈 겁니까?』

그 순간, 세르주는 이데알을 한 손으로 붙잡았다.

빠각빠각하는 소리가 들려올 정도로 꽉 쥐고 있다.

핏발이 선 눈에, 이마에 튀어나온 혈관.

흥분한 세르주는 당장이라도 이데알을 있는 힘껏 파괴해 버리고 말 것만 같았다.

"——지금, 뭐라고 했냐?"

『부속기관을 파괴해도 의미는 없습니다. 부숴도 곧바로 예비기가 기동합니다. 그건 그렇고, 이걸 봐주십시오.』

빨간 렌즈가 빛을 발하자, 벽에 영상이 비추어졌다.

거기에는 리온과 이야기하는 알베르크의 모습이 비치고 있었다.

제법 즐거운 듯이 대화하고 있다.

"이, 이건?"

『수 시간 전의 영상입니다.』

"──뭐라고? 난 아무것도 듣지 못했어!"

『성에 있는 사람들이 알리지 않았던 것이겠지요. 그는 죽은 알베르크 경의 아들과 닮았으니까 말입니다. 게다가 세르주 님과 옥신각신했었다는 것도 알려져 있었습니다.』

자기도 모르는 사이에 리온이 와서 알베르크와 무언가 이야기를 하고 있었다.

그 광경에 세르주는 묘하게 분이 치밀었다.

'나한테는 이런 표정을 보여 준 적도 없는데.'

평소에 보는 알베르크의 표정이라고 하면, 화를 내고 있거나 난처해하는 듯한 표정이다.

어딘가 서먹서먹함을 느끼고 있었다.

그랬던 것이, 리온을 향한 표정은 어떤가? 경계심이 느껴지지 않는다.

어금니를 꽉 깨물고 있자, 영상이 전환되었다.

『이쪽은 루이제 양의 방 영상입니다. 꽤 즐거워 보이는군요.』

루이제가 리온에게 보이는 미소는 그 날── 어렸을 적에 본 미소였다.

자신이 마음을 빼앗겼던 미소다.

하지만 지금은 자신에게 그 미소가 향하지 않게 되었다.

173

세르주는 눈동자에서 광채가 사라지고, 힘이 쭉 빠진 채 영상을 봤다.

　"──그렇게나, 동생을 닮은 남자가 좋은 거냐고."

　이데알은 다음으로 두 사람의 대화 내용에 관해 보고했다.

　『이쪽은 두 사람의 음성입니다.』

　루이제와 리온의 대화가 재생되었다.

　「마치 진짜로 동생이랑 대화하고 있는 것 같아. 즐거웠어, 리온 군.」

　「저도 즐거웠습니다.」

　「정말로── 네가 더── 동생이랑」

　거기서 음성이 끊어지고 말았다.

　『어라, 음성 데이터에 노이즈가 들어가 있군요. 개량이 필요할 것 같습니다.』

　어느샌가 세르주는 이데알을 놓아준 상태였다.

　그리고 천장을 올려다보며 웃기 시작했다.

　"아하하하!"

　『세르주 님?』

　"아니, 미안. 잘 보고해 줬다. 확실히 이건 재미있는 정보였어. 역시 이 집에서 나는 단순한 대역이었던 거군──. 망할!"

　웃고 있던 세르주가 일어나서 근처에 있는 가구를 걸어찼다.

　마구 날뛰며, 방을 어지럽히기 시작했다.

　그 모습을 본 이데알은── 세르주에게 말을 건넸다.

『재미있는 부분은 여기가 아니었지만 말입니다. 실은, 리온한테는 저와 마찬가지로 로스트 아이템 부류가 존재합니다. 보세요, 이 부분입니다. 이 부분.』

"——무슨 말이지?"

『리온이 공화국에서 날뛰었던 원인입니다. 저로서는 동료이기에 사이좋게 지내고 싶지만 말이지요. 하지만 저와 같은 부류를 데리고 다니며 공화국에 싸움을 걸다니 대단한 사람입니다.』

세르주는 리온에 관해 그다지 몰랐다.

유학생이고, 조금 눈에 띄는 짓을 했다는 정도의 인식이다.

그건 성의 사람들이 세르주에게 리온 이야기를 애써 하지 않았던 것이 원인이다.

"공화국에 싸움을 걸었다?"

『정말로 몰랐던 겁니까? 그는 공화국에 유학 오고 나서, 페베르 가문의 피에르 그리고 발리에르 가문의 로이크, 두 사람을 로스트 아이템의 힘으로 때려눕혔습니다. 상당히 과격한 분이군요.』

세르주는 돌아온 자신이 아무것도 몰랐다는 사실을 새삼 깨달았다.

"어째서 아무도 내게 알려주지 않았던 거지!"

『아뇨, 이쪽도 모를 거라고는 생각지 않았습니다. 게다가 렐리아 님도 세르주 님이 알고 계시리라 생각하고 계셨던 것 아니었을는지? 공화국에서는 널리 알려져 있습니다. 왕국에서 온 '귀축 기사'라고 말이지요.』

"귀축? 어이, 그럼 아버지— 아니, 알베르크는 그런 녀석과 즐겁게 대화하고 있었던 건가? 거의 공화국의 적이잖냐!"

『예. 아드님의 모습이 남아 있다고 하니, 공화국에 해를 끼치는 존재라 할지라도 차마 미워할 수 없겠지요.』

세르주는 모든 것이 넌덜머리가 났다.

"뭐냐고— 그게."

'양자인 나보다, 적이라도 아들과 닮았으면 가족들 모두가 받아들이는 거냐고. 나를— 날 받아들이지 않았던 주제에!'

세르주는 한 가지 각오를 굳혔다.

"어이, 이데알. 네 힘을 빌려줘라."

『알겠습니다.』

세르주는 벽에 비친 리온의 모습을 봤다.

"로스트 아이템으로 우쭐거리고 있을 뿐인 녀석한테는, 벌이 필요하겠지?"

신년제에서 간단히 날려 버린 상대다.

세르주는 맨몸이라면 리온 따위 어떻게든 된다고 생각하고 있었다.

제06장 「보급함 이데알」

신년제로부터 며칠이 지났을 무렵.

슬슬 왕국으로 돌아가야만 하는 리비아는 어색한 분위기 속에서 안제와 서로 마주 보고 있었다.

방에는 둘밖에 없었고, 코델리아가 신경을 써 줘서 당분간은 아무도 들어오지 않는다.

리비아가 머뭇머뭇하면서도 안제를 앞에 두고 용기를 쥐어짜내서 말을 걸었다.

"저, 저기!"

"리비아, 나는──!"

하지만 두 사람이 동시에 말을 걸고 말아, 또다시 틈이 생기고 말았다.

서투른 두 사람이 서로에게 난감하다는 표정을 지었다.

그러자, 그 얼굴이 우스웠다.

동시에 서로에게 화해하고 싶다는 마음이 통했다.

두 사람이 미소를 짓고, 안제 쪽에서 먼저 말을 걸었다.

"폐를 끼쳤군. ──노엘 건은 네 말대로다. 나는 노엘의 마음을 무시하고 있었어. 반성하고 있다."

안제의 사과에 리비아는 고개를 가로저었다.

"제가 나빴던 거예요. 안제의 입장도 생각하지 않고, 그런 말을 해 버려서. 게다가, 안제가 여러 가지로 생각하고 있다는 건 알고 있었는데."

노엘 건으로 대립했던 두 사람은 이걸로 화해하게 되었다.

다만, 안제의 방침은 변하지 않는다.

"미안했다. 하지만 나는 지금도 노엘은 데리고 돌아가야만 한다고 생각하고 있어."

"나라를 위해서지요?"

"그것도 있다."

"그것도?"

리비아가 고개를 갸웃했기에, 안제는 노엘의 장래에 관해 이야기했다.

성수의 묘목이라는 터무니없는 보물을 지니고, 그것의 무녀로 선택된 노엘은 각국이 보기에 무슨 일이 있어도 갖고 싶은 존재가 되고 말았다.

"노엘은 앞으로 평생 쫓기며 노려지는 인생이 기다리고 있을 거다. 그만한 가치가 있는 존재가 되어 버렸으니까 말이지."

"그건 알고 있어요."

"아니, 리비아는 정확히 이해하지 못하고 있어."

안제는 리비아의 인식이 아직 무르다고 생각하는 모양이다.

"──사람은 한없이 잔혹해질 수 있는 생물이다. 하물며 막대한 이익이 눈앞에 매달려 있으면, 뭐든 하게 되지."

"안제?"

안제가 고개를 가로저었다.

"나도 자세한 이야기는 하고 싶지 않다. 하지만 최악의 경우, 노엘을 기다리고 있는 건 지옥이야. 그건 노엘 본인에게도 바람직한 미래가 아니지만, 가령 다른 나라에 빼앗겨 불행해지면 어떻게 될 것 같나?"

"그, 그건——."

리비아도 그다지 생각하고 싶지 않지만, 노엘은 불행해지리라.

단지, 안제가 신경 쓰고 있던 건 그 이후였다.

"노엘이 불행해지면, 리온은 그걸 마음에 두고 끙끙 앓을 거다. 리온은 그런 남자야. ——나는 리온이 고뇌하는 모습을 보고 싶지는 않아."

안제가 리온을 생각하고 있다는 걸 알고, 리비아는 부끄러워졌다.

"죄송해요. 저는 안제가 거기까지 생각하고 있을 줄은 몰라서."

"유감이지만, 이런 식으로 생각하게 된 건 최근이다. 처음에는 거기까지 주의가 미치지 않았어. 피차일반이구나."

리비아가 고개를 숙이자, 안제가 리비아를 끌어안았다.

리비아도 안제의 등에 손을 둘렀다.

안제가 리비아의 귓가에서 속삭였다.

"솔직히 나도 리온 옆에 다른 여자를 두고 싶지는 않다. 하지만, 그 녀석은 성가신 일을 끌어들이고 마니까 말이지. 나 개인으로서도, 노엘을 불행하게 만들고 싶지는 않아. 그리고 귀족으로서도 노엘을 방치할 수는 없어."

"——저도 안제와 같은 마음이에요."

"용서해라. 네가 싫어한다는 걸 알고 있어도, 나는 노엘을 리온 곁에 둘 수밖에 없어. 호르파트 왕국에 데리고 돌아가도 왕궁에는 넘기지 않을 거니까 말이다."

리비아가 고개를 끄덕이자, 안제의 얼굴이 가까이 다가왔다.

그대로 두 사람의 입술이 포개졌다.

◇

저택 현관을 청소하고 있던 유메리아는 화창한 날씨에 고개를 들었다.

"오늘도 좋은 날씨네~."

포근한 날씨에 기분이 좋아진 유메리아는 이대로 낮잠을 자고 싶은 느낌이 들었다.

하지만 고개를 가로젓고 의식을 일에 향했다.

"안 되지. 열심히 안 하면, 또 카일한테 혼나고 말 거야. 좋아, 힘내야지!"

청소 작업으로 돌아가자, 한 여성이 문을 지나 다가왔다.

근처에는 파란 구체의 모습도 있다.

"어라? 루크시온 씨?"

곤혹스러워하고 있자, 렐리아가 말을 걸었다.

"저기, 리온이랑 마리에는 있어?"

질문을 받고 퍼뜩 정신이 든 유메리아는 몇 번이나 고개를 끄덕였다.

"이, 있어요. 아뇨, 계세요!"

"그래, 그럼 불러와. 렐리아가 왔다고 말하면 되니까."

"네, 넵!"

헐레벌떡 저택으로 돌아가려 한 유메리아는 뒤돌아보더니 발이 미끄러져 넘어지고 말았다.

"히끅!"

"자, 잠깐, 괜찮아?!"

"죄, 죄송해요. 저, 맹꽁이 같아서."

"너, 유메리아였지? 서두르지 말고 천천히 해도 되니까 일단 그 녀석들을 불러 줄래?"

"──네."

유메리아가 일어나서 스커트를 손으로 털더니, 서두르지 말라고 했는데도 서두르려고 했다.

"얘, 얘, 서두르지 말라니까! ──이데알, 왜 그래?"

『──아뇨, 아무것도 아닙니다. 조금 전의 엘프 여성은 유메리아라고 하는 겁니까?』

유메리아가 저택 안으로 들어가자, 둘의 대화는 들려오지 않게 되었다.

◇

"어쩐지, 내가 모르는 곳에서 이야기가 진행되어 가네."

계단에 앉은 노엘은 묘목이 든 케이스를 품에 안고 있었다.

그런 노엘 곁에 있는 건 친구가 된 마리에였다.

사정을 아는 마리에는 노엘을 여러모로 뒷받침해주고 있었다.

"리온한테 맡겨 두면 괜찮아. 그것보다, 노엘은 앞으로 어떻게 할 생각이야?"

케이스를 끌어안은 노엘은 아직 결정하지 못하고 있는 모양이다.

"뭐라고 해야 하나, 리온한테 신세 지는 것도 좀 아닌 듯한 느낌이 든단 말이지. 그도 그럴 것이 약혼자가 두 명이나 있는데, 내가 신세를 져도 괜찮다고 생각해?"

"노엘의 결혼식을 엉망진창으로 만들어 버렸잖아. 리온한테 기대서 아주 그냥 착취해 버려."

"그건 좀⋯⋯."

마리에의 과격한 발언에 동조하지 않는 노엘은 아직 리온을 마음에 두고 있는 기색이었다.

"뭐, 느긋하게 생각해. 시간은 아직 있어."

그렇게 말하면서도, 마리에는 내심 초조해하고 있었다.

'노엘을 방치할 수도 없는 노릇인데 오빠는 본인한테 맡긴다고

말하지, 정말로 어쩌면 좋은 거야! 아~, 진짜! 예정대로 안 흘러 간다니까!'

마리에가 어떻게 하면 원만하게 해결될지 생각하고 있자, 유메리아가 헐레벌떡 뛰어왔다.

"아, 마리에 님! 소, 손님이에요!"

"나한테?"

"아뇨, 리온 님도 불러 줬으면 한다고 하셔서, 이제부터 방에 찾아뵐 거예요. 그, 그럼── 앗!"

서두르고 있던 유메리아가 계단에서 발이 걸려 넘어져, 무릎을 부딪치고는 아파했다.

노엘이 유메리아를 안아 일으켰다.

"잠깐, 괜찮아?"

"괘, 괜찮아요. 손님이 서둘러 주면 좋겠다고 하셨기에, 저는 서둘러 가볼게요."

마리에는 딱히 손님 정도는 기다리게 해도 괜찮은데, 라고 생각하고 있었다.

여하간 자신과 리온을 불러낸다는 건── 상대는 누군지 뻔히 정해져 있으니까.

현관으로 서슴없이 들어오는 건 팔짱을 낀 렐리아였다.

그 옆에는 이야기로 들었던 이데알의 모습이 있다.

유메리아가 리온의 방으로 향하자, 노엘이 계단을 내려가 렐리아에게 다가갔다.

"렐리아, 뭐 하러 온 거야? 어라? 어째서 루크시온이랑 똑같은 애가 여기 있어?"

이상하게 여기는 듯한 태도인 노엘에게 이데알이 친근하게 말을 걸었다.

『처음 뵙겠습니다, 노엘 님. 저는 이데알. 루크시온과는—— 뭐어, 동류군요. 앞으로 잘 부탁드립니다.』

"어, 아, 네."

노엘이 당황한 건, 어째서 루크시온의 동류를 렐리아가 소지하고 있는 것인가 하는 점 때문이었다.

마리에는 의아하게 여기지 않지만, 노엘 입장에서 보면 의문밖에 없으리라.

"항상 갑작스럽게 오네."

마리에가 언짢은 듯한 표정을 짓자, 렐리아는 머리카락을 손으로 쳐서 등 쪽으로 넘겼다.

"전에 리온한테 할 이야기가 있다고 전했을 터야. 그보다, 대체 어떻게 되어 가고 있는 건데?"

노엘이 있으면 이야기를 할 수 없기에, 마리에는 안쪽 방에서 기다리도록 재촉했다.

"응접실에서 기다리고 있어. 리온도 금방 올 테니까."

"그래. 그럼 기다리도록 하겠어. 아, 그렇지. 그동안 언니랑 이야기 좀 할게."

렐리아는 그렇게 말하고는 노엘의 손을 잡아끌고는 안쪽 방으로 향했다.

마리에는 그 태도에 화가 났다.

"──쟤, 노엘을 뭐라고 생각하는 거야."

◇

응접실로 온 노엘은 렐리아의 이야기를 듣고 아연해하고 있었다.

"공화국에 남아라, 라고?"

남아줬으면 한다, 가 아니다.

남아라── 명령이었다.

"그래. 언니가 외국에 가서 잘 해낼 거라고는 생각되지 않고, 애초에 공화국에 있는 편이 안전해. 내가 지켜 줄게."

지켜 준다. 그 태도에 노엘은 얕보이고 있는 느낌이 들었다.

"뭐야. 아무리 에밀과 약혼했다고 해서."

"에밀이 아니야. 내가 지키는 거야."

"무슨 의미야? 우리를 지켜 주는 건 에밀이잖아? 그 정도는 나도 이해할 수 있어."

노엘은 렐리아가 드센 태도를 보이는 건 에밀과 약혼했기 때문이라고 예상했다.

하지만 렐리아는 에밀에게 의지하는 낌새가 없다.

"이제 에밀 같은 건 관계없어."

"에밀이 관계없다니 무슨 의미야? 너, 설마 싸우기라도 했어?"

자매로서의 직감인지, 노엘은 렐리아의 낌새를 보아 에밀과 싸웠다고 생각했다.

그건 보기 좋게 들어맞았던 모양이다.

"언니하고는 상관없어."

"있는 게 당연하잖아. 무슨 일이 있었는지 모르지만, 그 에밀이 무슨 짓을 했을 거라고는 생각되지 않아. ──너, 뭔가 저지른 거야?"

정곡이었는지, 렐리아의 표정이 흐려졌다.

노엘은 렐리아가 자기한테서 시선을 돌린 것을 보고 확신했다.

"역시."

"언니하고는 상관없어! 게다가 이제 에밀 같은 건 필요 없다구."

"필요 없다니 무슨 의미야! 너, 그렇게나 에밀과──!"

자매끼리 말다툼이 시작되자, 문을 노크하는 소리가 들렸다.

두 사람의 시선이 그쪽으로 향하니, 루크시온을 대동한 리온의 모습이 있다.

"자, 거기까지~. 자매 싸움은 그만하자고."

그 뒤에는 마리에도 있었다.

"어느 입으로 그런 말을 하는 거야. 싸움만 하는 인간이 말할 대사가 아니네."

"나는 평화주의자다. 싸움은 싫어한다고."

"그러네. 싸움은 특기일 뿐이지!"

리온과 마리에가 미소를 띤 채 서로 노려보는 것을 보고, 노엘도 렐리아도 어처구니가 없어져 말다툼을 그만뒀다.

렐리아가 팔짱을 끼더니 노엘에게 방에서 나가도록 말했다.

"리온하고 마리에랑 이야기할 테니까, 언니는 나가."

"어째서야! 어째서 항상 나만 빼놓고 이야기하는 건데!"

"됐으니까 나가!"

노엘은 렐리아한테 방에서 쫓겨나고 말았다.

◇

"언니한테 거참 너무한 태도구만."

노엘을 억지로 쫓아낸 렐리아를 보고 나는 어이가 없어졌다.

지금의 렐리아는 커다란 힘을 얻어 오만해진 상태다.

"힘을 얻었다고 우쭐거리는 건 그만두는 편이 좋다고."

내 조언을 듣고 언짢아 보이는 표정을 짓는 렐리아――가 아니라 루크시온이 놀라워했다.

『마스터, 그만큼이나 거울을 보고 발언하라고 말하지 않았습니까.』

마리에도 마찬가지다.

"오빠, 어째서 그렇게 자기한테도 들어맞는 말을 상대한테 할 수 있는 거야? 창피하지 않아? 난 여동생으로서 부끄러워."

어째서 마리에한테 이런 말까지 들어야만 하는 거지?

"너, 나한테 그런 말을 할 수 있는 입장이냐?! ——뭐, 그건 됐어."

렐리아가 "잠깐!"하고 말하며 내 태도를 문제 삼으려 했다.

하지만 이런 이야기를 해 봤자 의미가 없기에 얼른 본론으로 들어갔다.

"렐리아, 어째서 라우르트 가문에 이데알의 방어 설비를 배치했지?"

내가 질문하자, 렐리아는 고개를 갸웃했다.

"무슨 말이야?"

마리에가 왼손을 허리에 대고, 오른손으로 렐리아나 이데알을 가리켰다.

"너희들이 쓸데없는 짓을 해주는 바람에 루이제를 구할 수 없단 말이야! 됐으니까, 얼른 그 방어 설비를 해제해."

렐리아는 정말로 모르는 건지, 마리에한테 싸울 듯이 덤벼드는 태도를 보였다.

"모른다니까! 내 탓으로 돌리지 마. 게다가 루이제 건은 나도 몰랐고, 이제부터 상담하려고 생각해서 찾아온 거잖아."

나도 마리에도, 이건 예상 밖이었다.

『그렇게 되면, 범인은 좁힐 수 있겠군요.』

루크시온의 빨간 눈동자가 이데알에게 향했다.

그러자 이데알이——

『죄, 죄송했습니다아아아!』

──갑자기 사과하여, 렐리아가 놀랐다.

"잠깐, 어떻게 된 거야!"

『시, 실은 방어 설비를 준비한 건 세르주 님의 명령이었습니다.』

"세르주의? 아니, 네 마스터는 나잖아!"

렐리아도 파악하지 못하고 있었던 모양이다.

단지, 이데알도 곤혹스러워하고 있다.

『예? 아, 아뇨, 그때 저는 두 분을 마스터로 등록했습니다. 그렇기에 제게 명령할 수 있는 건 렐리아 님과 세르주 님 두 분입니다.』

"──말도 안 돼."

렐리아도 처음 알았다는 듯이 아연해하고 있었다.

치트 전함을 손에 넣었더니, 다른 녀석도 명령권을 가지고 있었다──는 건 아무리 그래도 예상 밖이었던 것이리라.

그나저나 난처하게 됐는데.

"하필이면 세르주냐. 가장 힘을 넘기면 안 되는 녀석이잖아."

갑자기 남을 때리러 달려드는 녀석이다. 나는 싫다.

마리에는 그렇다면 이야기는 간단하다며 기분이 좋아졌다.

"그래도 이걸로 해결이네. 렐리아, 얼른 방어 설비를 철거하도록 명령해."

"아, 알았다구. 이데알, 부탁해."

『무리입니다.』

"어?"

이데알 쪽이 당연하다는 듯이 거부했다.

『유감이지만 제 안에서 렐리아 님과 세르주 님은 동격입니다. 한쪽의 명령을 이유 없이 취소하는 것은 불가능합니다.』

나는 루크시온에게 시선을 향했다.

"이렇게 말하고 있다만?"

『군대의 인공지능은 저와는 명령 계통이 다릅니다. 독자 규격이라도 있는 것 아닐는지? 그보다도, 이거라면 방어 설비만을 파괴하면 루이제를 확보하는 건 가능하겠군요.』

이데알과 싸우는 건 피할 수 있을 것 같군.

"문제는 세르주군. 그 녀석, 가족과 관계가 안 좋다고 들었는데?"

렐리아를 보니 짐작 가는 데가 있는지 내게서 시선을 피하고 있었다.

"그 녀석, 양자로 라우르트 가에 거두어졌거든. 라우르트 가에 정들지 못해서, 진짜 가족을 동경하고 있다고는 들었어."

"──내가 보기에는 부러운 가족이었는데 말이지."

가족을 비교해도 어쩔 수 없지만, 누나라는 입장에 한해서는 틀림없이 라우르트 가의 압승이다.

젠장── 루이제 양이 누나라면 얼마나 좋았을지.

다만, 렐리아 입장에서 보면 최종 보스의 가족은 적이다.

좋은 감정을 품고 있지는 않았다.

"어디가. 세르주가 말했었어. 자기만 가족이라 인정받지 못하고 있다고 말이야. 어차피 후계자가 필요해서 받아들인 것뿐이야. 자기 자식이 죽었다는 이유로. 정말 제멋대로인 인간들이지."

내가 보기엔 마음 따뜻한 사람들이었지만 말이다.

딸을 위해서 전쟁까지 일으키려 했던 알베르크 씨를 떠올렸다.

"──뭐, 네 감상은 아무래도 상관없어. 여하튼 세르주는 이 건에서 적대하게 된다는 거지? 이데알, 너는 어느 쪽 편을 들 거냐?"

세르주는 적으로 돌아설 가능성이 크다.

그렇다면── 이데알은 위험하군.

내 시선의 의미를 알아차렸는지, 이데알은 별수 없다는 듯 외눈을 가로저었다.

이런 부분은 루크시온과 똑같구만.

『본래라면 어느 한쪽을 우선하는 행위는 피하고 싶습니다만, 사정이 사정이니 말입니다. 제 쪽에서 이 이상의 전력(戰力)을 공급하지는 않겠습니다. ──단, 이것이 타협할 수 있는 선입니다. 세르주 님이 가지고 있는 전력을 빼앗을 수는 없습니다.』

"그것만 약속해 준다면 문제없어. 이 문제는 우리끼리 어떻게든 하지."

문제가 하나 해결됐군.

나머지는── 어떻게 루이제 양을 데리고 돌아올지, 그것뿐이다.

루이제 양 문제가 정리되었다고 생각했는지, 렐리아는 다른 화제를 꺼냈다.

"그럼, 언니 이야기를 하자구. 분명히 말하겠어. 이데알이 있는 지금, 나는 언니를 지킬 힘이 있어. 너희들한테 의지할 필요는 없어."

마리에가 뺨을 씰룩거렸다.

"너 인마, 우쭐대지 마. 오빠가 진심을 발휘하면 너희는 묵사발이 날 거니까 말이야."

이 녀석은 어째서 나를 과대평가하는 걸까?

나는 이데알과는 싸우고 싶지 않다고.

다만, 렐리아는 이데알을 얻어 자신감이 붙었는지, 이전 같은 망설임은 보이지 않는다.

"어머, 해볼 테야? 이데알은 군함이라구. 그쪽의 루크시온은 이민선이지? 과연 싸움이 될까?"

그러자 지금까지 잠자코 있던 루크시온이 빠른 어조로 쉴 새 없이 말했다.

『어라? 렐리아가 우리의 전력을 분석할 수 있다니 놀랍군요. 애초에, 제 본래 성능을 알고 있기는 합니까? 모르면서 마치 이긴 듯이 득의양양하다니, 상당한 자신감이군요. 게다가 이데알은 군함이라도 보급함입니다. 당신이 알기 쉽도록 설명하자면, 앞으로 나서서 싸우는 타입이 아닙니다. 후방에서 그 성능을 발휘하는 타입이지요. 전투 전문으로 설계된 게 아닙니다만, 몰랐던 겁니까?』

"어? 아, 저기?"

렐리아가 도움을 요청하는 것처럼 이데알에게 시선을 향했고, 선수가 교체되었다.

『루크시온, 렐리아 님을 너무 괴롭히지 말아 주십시오. 그리고, 저는 이래 보여도 실전 경험이 풍부합니다. 실제로 싸우면 어느 쪽이 이길지는 알 수 없습니다. 제 말이 틀립니까?』

『──그렇겠지요.』

루크시온이 반드시 이길 수 있다, 고 단언하지 않았다.

불확정 요소가 있는 건가?

"의외인데. 네가 이긴다고 단언하지 않는 거냐?"

『저희는 신인류와 싸우기 위해 만들어진 것이어서, 인류끼리의 전쟁에는 나가지 않았습니다. 즉, 전함끼리 싸운 데이터가 없는 겁니다.』

해보지 않으면 모른다, 라.

아~, 그런 거네. 이 녀석도 자신이 없는 거군. 나중에 놀려 줘야지.

그건 그렇고, 이데알에 관해 여러 가지로 들을 수 있었던 건 좋았다.

"너, 신인류와 싸웠던 거냐?"

『예. 그 싸움은 정말로 참혹했습니다. 저는 정비를 하기 위해 기지로 돌아가 있었고, 새로운 마스터가 오기를 기다리고 있었습니다. 하지만 기지에 마장이 침입하는 것을 허용하고 말아, 반파 상태에 내몰렸던 겁니다. 다행히 저만은 대기 명령으로 움직이지 못해서 살아남았습니다.』

렐리아도 처음 들은 모양이다.

"어, 그랬던 거야? 아, 혹시 그때 본 갑옷이 마장이라든가?"

『예.』

여기서, 루크시온이 과잉 반응을 나타냈다──. 여느 때의 그 거다.

『ㅃㅁ@ㅈㄴㄸ#ㅇㅆ%ㄹㅎ^ㅗㅕ&ㅑ*(ㅣㅔ;!!!!』

그 반응에 놀란 렐리아는 벽 쪽까지 도망쳤다.

"뭐, 뭐야!"

"미안. 이 녀석, 마장을 엄청나게 싫어하거든."

이데알도 고개를 끄덕이고 있었다.

『이해합니다. 저도 싫습니다.』

그런 것치고는 이쪽은 제법 침착하다.

루크시온의 빨간 눈동자가 기분 나쁘게 빛나고 있었다.

『어디입니까? 마장은 어디에 있습니까? 파괴해야── 티끌 하나 남기지 않고 파괴해야──. 신인류의 유산은 전부 파괴 대상입니다.』

"넌 항상 그 말이냐."

기뻐 보이는 이데알이 흥분한 루크시온을 진정시켰다.

『침착해 주십시오, 루크시온. 마장은 제가 파괴해 두었습니다. 이제 남아 있지 않습니다.』

『──그렇습니까.』

루크시온이 침착해지자, 나는 벽에 달라붙어 있던 렐리아한테 노엘의 앞날에 관한 생각을 말했다.

"렐리아, 노엘의 장래는 노엘이 결정하게끔 하는 편이 좋아."

"어, 어째서야! 이쪽은 언니랑 묘목이 필요하단 말이야!"

"그렇게 되면, 그때 생각하면 되잖냐. 게다가 지금은 성수가 폭주할 거라고는 생각하기 어려우니까 말이지."

"하, 하지만."

지금의 알베르크 씨가 최종 보스가 되리라는 생각은 들지 않는다.

보스가 된다고 하면── 루이제 양을 잃고 말았을 때려나?

딸을 잃고, 자포자기 상태가 되어서. ──있을 법하군.

즉, 루이제 양을 구하는 것은── 세계의 붕괴를 막는 것으로 이어진다는 거다.

아~, 나란 녀석은 또 세계를 구해 버리는 건가~. 괴롭네~, 또 세계를 구하고 말아~.

──뭐, 농담은 여기까지로 해 두자.

"노엘은 네가 생각하는 것보다 다부지다고. 그러니까──."

그렇게 말해줬더니, 렐리아는 고개를 숙이고── 방을 나가 버렸다.

『아, 렐리아 님! 여러분, 이만 실례하겠습니다. 렐리아 님~!』

렐리아와 이데알이 떠나가자, 나와 루크시온 그리고 마리에가 남겨졌다.

마리에는 불만스러워 보였다.

"쟤, 이데알을 손에 넣어서 우쭐해져 있는 거야. 오빠, 좀 더 평소처럼 으름장을 놓으라구."

"싫어. 게다가 평소처럼이라니, 뭔데?"

마리에는 시선을 바닥에 향하고 있었다.

"──렐리아 녀석, 노엘을 물건인지 뭔지로 생각하고 있어. 렐리아한테 맡겨도 노엘이 불행해질 뿐이야."

쌍둥이 자매라고는 해도, 렐리아는 전생자다.

어쩌면 자매라는 감각조차 희박할지 모른다.

"어떻게 할까나? 루크시온, 뭔가 좋은 방법은 있냐?"

『난처해지면 다른 사람한테 기댄다. 정말로 마스터는 스스로 생각해서 해결하려고 하질 않는군요.』

"난 요령이 없으니까 말이지."

『자기 좋을 때만 요령 없는 척을 하는군요. 평소에는 요령껏 살아가고 있다고 했었습니다만?』

"인간이란 자기 형편에 좋게 행동하는 생물이야. ──그래서, 너는 어떻게 생각해?"

『커다란 힘을 얻게 되면, 마스터가 아니라도 오만해지는 법입니다. 인간다워서 저는 좋아하지만 말이죠. 한번 따끔한 경험을 하는 게 좋겠습니다만, 이데알이 옆에 있으면 그것도 어려울 겁니다. ──단.』

"단?"

『아뇨, 아무것도 아닙니다.』

"신경 쓰이니까 끝까지 말하라고."

『마스터가 혼란스러워할 테니 증거가 확실하게 잡히면 이야기하겠습니다. 그것보다도 루이제 구출 준비를 해야 하는 것 아닌지?』

어이쿠, 그랬지.

"그랬네. 나도 준비할까. 아, 마리에. 다섯 바보를 불러와."

"그건 괜찮은데, 이번에는 뭘 시킬 생각이야?"

"──즐거운 일."

최고의 미소로 그렇게 말해 주자, 마리에가 완전히 질색한 표정을 지었다.

◇

마리에의 저택을 뛰쳐나온 렐리아는 이데알이 준비한 차 뒷좌석에서 고개를 숙이고 있었다.

자동으로 운전되는 차는 자택을 향해 달리고 있다.

운전석에 있는 이데알이 렐리아를 위로했다.

『렐리아 님, 너무 신경 쓰시면 안 됩니다. 렐리아 님이 얼마나 노엘 님을 생각하고 있는지, 그들은 모르는 겁니다.』

이데알의 말을 듣고, 렐리아도 그에 동의했다.

"그래. 아무도 모르고 있어. 내가 얼마나── 언니를 걱정해 왔다고 생각하는 거야."

렐리아는 전생을 떠올렸다.

◇

렐리아에게는 전생에서도 언니가 있었다.

자기보다도 뛰어났던 언니는 자랑스러운 언니——가 아니라, 항상 비교당하는 존재였다.

"어째서 네 언니처럼 하지 못하는 거냐?"

"정말로 못난 애네. 네 언니는 너만 할 때는 이 정도는 할 수 있었어."

항상 부모님한테 비교당해 왔다.

학교에서도 마찬가지다.

좋아하게 된 남자한테 고백했을 때는 거절당한 끝에 "아, 다음에 언니를 소개해 주지 않을래?"라는 말을 들었다.

전생에서 렐리아한테는 언니라는 존재가 방해였다.

그런 렐리아가 어른이 되어 약혼자가 생겼다.

가족이 회사를 경영하고 있어서, 차기 사장이 될 청년이었다.

성실하다고는 할 수 없었지만, 그래도 용모가 빼어나고 재미있는 사람이었다.

그리고 전생의 렐리아에게는 자랑거리였다.

'언니한테 이길 수 있어. 나는 언니한테 이겼어!'

당시 언니가 사귀고 있던 남자친구와 비교해도 명백히 자신의 약혼자가 더 우월하다며 들떠 있었다.

그리고 지금까지의 울분을 푸는 것처럼 본가에 약혼자를 데리고 갔을 때였다.

처음에는 가족들도 '이런 딸로 괜찮다면' 하고 기뻐했다.

하지만—— 몇 달 뒤에는 자기 약혼자가 언니와 사귀고 있었다.

전생의 렐리아는 무슨 일이 일어난 건지 이해할 수 없었다.

약혼자에게 이유를 추궁하자, 주눅 드는 기색도 보이지 않았다.

"미안. 그래도, 네 언니랑 마음이 잘 맞아서 말이지."

그리고 언니의 대답은 더욱 잔혹했다.

"미안해. 하지만 너한테는 더 좋은 사람이 나타날 거라고 생각해. 그러니까 우리를 축복해 줄 거지?"

사과하면서도, 자신을 비웃는 언니의 모습을 렐리아는 지금도 잘 기억하고 있다.

언니가 증오스러웠다.

가족에게도 항의했지만, 부모님은 두 분 모두——.

"너한테는 어울리지 않았던 거다."

"네 언니가 더 잘 어울려. 너는 다른 사람을 찾으렴."

——상대도 해주지 않았다.

그때부터 전생의 렐리아는 가족과 인연을 끊었다.

그 경험도 있어, 렐리아는 언니라는 존재가 미워서 견딜 수가 없었다.

◇

뒷좌석에서 전생의 언니를 떠올리고, 그 후 이번 생의 언니——노엘과 겹쳐 봤다.

렐리아는 언니라는 존재가 싫었다.

자신은 어디까지나 언니의 덤 취급이다.

"──양보해 줬는데. 나는 수수하고 별 볼 일 없는 애를 선택해서 참아 줬는데, 어째서 생각한 대로 흘러가지 않는 거야."

렐리아는 생각대로 되지 않는 노엘에게 화가 났다.

자신은 인내하고 에밀을 선택했는데, 노엘은 다른 공략 대상 남자들에게 눈길도 주지 않았다.

하필이면 렐리아와 같은 전생자인 리온을 선택했다.

"전생의 언니도── 노엘 언니도 마찬가지야. 나한테서 전부 다 빼앗아 가. 무녀로 선택받은 것도 노엘 언니였어. 나는 같은 레스피나스 가문에서 태어나도── 자격조차 주어지지 않았어."

렐리아는 이 세계의 주인공인 노엘이 부러웠다.

쌍둥이 여동생으로 전생했으니, 어쩌면 자신한테도── 그런 희미한 기대를 품고 있었다.

하지만 그 기대는 금방 산산이 조각났다.

이번 생의 부모님한테서 들은 것이다.

너한테 무녀의 자격은 없다, 라고.

그때 렐리아는 깨달았다.

'어디까지나 난 언니의 덤이야. 그래서 이번에는 조용하게 살아가려고 생각했는데. 어째서 방해하는 거야.'

자기 뜻대로 되지 않는 노엘에게 화가 났고, 그런 노엘을 도와주는 리온 일행에게도 화가 났다.

그들은 같은 전생자이면서도 자기가 아닌 노엘을 도왔다.

　"결국, 다들 언니를 선택하는 거네. 어차피 나는── 언니의 덤이야. 하지만, 나한테도 오기가 있어."

　뒷좌석에서 고개를 숙인 렐리아를 백미러 너머로 쳐다보는 이데알의 빨간 렌즈가 요사스러운 빛을 내뿜고 있었다.

제17화 「암약하는 자」

"루이제 양을 구출한다. 그러니까 너희들도 도와라."

식당에 모은 다섯 바보를 앞에 두고, 나는 당당히 선언했다.

앞치마를 착용한 율리우스는 내 이야기를 듣고 이마에 손을 댔다.

"발트파르트, 노엘 때와는 상황이 다르다고. 뭔가 생각이라도 있는 건가?"

"구하는 것뿐이라면."

"──너, 설마 그 이외에는 아무것도 생각하지 않은 거냐?"

날 보고 놀라는 율리우스는 당황하고 있는 모양이다.

그런 율리우스를 대신하여 설명하는 건 태도가 거만해진 질크였다.

나를 바보 취급하는 듯한 말투였다.

"발트파르트 백작, 실례입니다만 구하면 그걸로 끝이라고 생각하고 있지 않습니까? 전하가 염려하고 계시는 것은 루이제 양을 구출한 후의 이야기라고요. 구하면 끝, 이 아닙니다. 요전에는 국제문제라며 소란을 피워 놓고서는, 이번에는 그 문제를 무시하는 겁니까?"

얼마 전에 로이크와 강제로 결혼 당할 뻔했던 노엘을 구했다.

그때 나는 국제문제가 무서워서 생각한 대로 움직일 수 없었다.

하지만 깨달은 것이다.

평소에는 아주 글러 먹은 다섯 바보지만, 제대로 된 교육을 받은 귀공자들이라는 것을.

국가 문제가 되면 그 나름대로 도움이 되는 녀석들이다.

"사후처리가 성가시니까, 너희들한테 의지하는 거잖냐. 그 왜, 요전번 때처럼 공화국의 프라이드를 꺾을 수 있을 만한 작전을 생각해 줘."

내가 말해 놓고서도, 무리한 요구에도 정도가 있다는 생각이 든다.

하지만 전생자인 나와는 다르게 이 녀석들은 현지에서 자랐다.

나는 생각할 수 없는 방법을 떠올릴 가능성도—— 전혀 없지는 않다.

브래드가 비둘기와 토끼를 품에 안은 채 크리스와 이야기하고 있었다.

"공화국 기사나 군인들의 프라이드를 짓뭉갠 건 발트파르트의 제멋대로인 행동이지? 우리는 좀 더 온건한 작전을 제안하지 않았어?"

"그래. 솔직히 발트파르트를 상대하는 로이크가 불쌍하게 느껴졌을 정도다. 남을 지근덕지근덕 괴롭히는 일을 시킨다면, 발트파르트는 그 방면에서는 천재지."

훈도시 차림으로 진지한 척하는 크리스의 발언을 무시하고,

나는 테이블에 양손을 올려놓았다.

"자, 먹여 살려 주고 있으니까 조금은 지혜를 빌려달라고."

불만스러워 보이는 그렉이 협력에는 마지못해 동의했다.

"아니, 도우라고 한다면야 도울 거다. 실제로 너한테는 신세를 지고 있고. 그래도 뭘 해야 할지 모르면 도울 빙도가 없다고 할지 ──애초에 너한테 루이제는 뭐냐?"

도울 가치가 있는 거냐? 그런 당연한 것을 물어보는 그렉이었는데, 트레이닝 중이었는지 근육이 빵빵하게 부풀어 올라 있다.

그리고, 탱크톱에 반바지 차림이다.

아무리 그래도 팬티 한 장은 추웠나 보다.

응, 옷을 입고 있기에 아무 문제 없다.

"으음~── 누나려나?"

내 발언을 듣고, 다섯 바보가 완전히 질색한 표정을 지었다.

율리우스는 고개를 가로젓고 있다.

"이것이 시스콘이라는 건가."

"너희들한테만은 그런 표정으로 쳐다보아지고 싶지 않다고."

다섯 바보가 아무 방안도 떠올리지 못하고 있자, 식당에 안제와 리비아가 들어왔다.

아무래도 우리가 하는 이야기를 듣고 있었던 모양이다.

안제는 나 원 참, 이라는 느낌으로 나를 보고 있었다.

"좀 더 신중하게 말을 골랐어야지."

리비아 쪽은 살짝 화내고 있다. 효과음이 붙는다면 '뾰로통'이라고 표시될 것 같다.

"진지하게 임해 주세요, 리온 씨! ——루이제 씨를 구하는 거지요? 농담도 정도껏 해주세요."

어라, 다들 뭔가 착각하고 있는 모양이다.

"걱정할 거 없어. 구하는 것까지는 문제없다고. 문제는 구해낸 뒤야."

나의 자신감에 안제는 팔짱을 꼈다.

"네가 그만큼 말한다면 구하는 건 가능하겠지. 하지만 그렇게 되면 정말로 구해낸 뒤가 문제다. ——자칫 잘못하면 이번에 매듭지어진 교섭이 전부 백지로 돌아갈 거라고."

왕국과 공화국 사이에서 배상에 관한 이야기가 매듭지어졌다.

내가 여기서 잘못 행동하면 그 이야기가 없던 일이 되고 만다.

왕국이 보기에는 분개할 일이리라.

아주 약간—— 그 롤랜드가 괴로워한다면 그것도 괜찮으려나 싶었지만, 다른 사람들한테도 민폐가 되기에 그만두기로 했다.

"라우르트 가문은 확실하게 이쪽으로 포섭할 수 있어. 어떻게든 되지 않으려나?"

안제에게 도움을 요청하자, 율리우스가 대화에 가세했다.

"공화국은 성수가 관련되면 신경질적이게 된다. 실제로 우리는 이곳에 와서 그걸 여지없이 봐 왔다. 구하는 건 좋다만, 공화국은 절대로 가만히 있지 않을 거다. 라우르트 가문이 아군이 된다고 해도 너무 불리한 상황이라고."

6대 귀족 중 다섯 가문이 적으로 돌아선다는 건 왕국으로서는 큰 문제다.

안제도 복잡한 표정을 짓고 있다.

"노엘에게는 이익도 있지만, 루이제한테는 그게 없다. 네가 구하고 싶은 마음도 이해는 하지만, 손을 대면 전쟁이 일어날 수도 있어."

성수가 원한 제물을 우리가 가로채는 것이다.

공화국 역시 항의할 테고, 어쩌면 왕국과의 사이에서 전쟁도 일어날 수 있다.

그리고 왕국은 왕국대로 내 문제 행동을 책망할 것이다.

구하고 싶지만 구할 수 없다.

정말이지 답답한 상황이다.

이러니까 지위를 지니면 성가신 것이다.

리비아도 걱정스러워하는 듯했다.

"게다가 루이제 씨 본인이 그걸 바라지 않는 것도 문제예요. 리온 씨, 그래도 구하실 건가요? 성수에는 동생분의 영혼이 갇혀 있는 거죠?"

──분명 루이제 양은 날 원망할 것이다.

하지만 그게 어쨌다는 거지?

"죽은 사람한테 끌려다녀선 안 되잖아. 미안하지만 리온 군은 조금만 더 기다려 줘야겠어. 그리고 난 그 이야기를 의심하고 있단 말이지."

유감스럽게도 나는 성격이 삐뚤어져 있기에 남이 하는 이야기를 순순히 믿을 수가 없다.

어렸을 적 같은 순수한 마음을 되찾고 싶네.

안제가 날 보는 눈은 슬퍼 보였다.

"구해도 원망받을 거다."

"이미 수많은 사람한테 원망받고 있으니까, 한 명 정도 늘어도 괜찮아. 게다가 원망받는 데에는 익숙하니까 말이지. ──안 그러냐, 너희들!"

날 원망하는 다섯 바보한테 미소를 지어 주자, 매우 언짢아 보이는 표정을 짓고 있었다.

율리우스는 뺨을 씰룩거리고 있다.

"그렇지."

질크는 웃고 있지만, 눈은 웃고 있지 않았다.

"남의 원한을 신경 쓰지 않는 성격이 부럽군요."

브래드는 눈썹이 움찔움찔 떨리고 있다.

"너한테 너덜너덜하게 얻어맞았을 때의 일은 잊지 않으니까 말이야."

크리스는 날 보며 어이없어하고 있었다.

"발트파르트, 그런 점이란 말이다. 그런 점이 귀축인 거다."

그렉은 이마에 핏대가 떠올라 있다.

"너는 정말로 좋은 성격을 하고 있구만. ──그래서? 결국, 구출 후의 문제는 해결되지 않은 건데, 어떻게 할 거냐?"

나는 한숨을 내쉬었다.

"정말 그렇단 말이지. 너희들이 좀 더 도움이 되려나 싶었는데. 진짜로 쓸모가 없어."

내 솔직한 감상에 다섯 바보의 시선이 한층 날카로워졌다.

율리우스가 날 손가락으로 가리켰다.

"너, 너라는 녀석은! 자기도 좋은 방안을 못 떠올리고 있지 않나!"

"나는 목표를 정해서 실행하는 사람. 너희는 작전을 생각해서 돕는 사람. 그러니까 나는 잘못 없어."

시끄럽게 떠들어 대며 소란을 피우고 있자, 코델리아 씨가 다가왔다.

"리온 님, 손님이 찾아오셨습니다."

"나한테 손님?"

◇

공화국의 대형 비행선.

전장 600m인 전 호화 여객선이지만, 이번을 위해 무장이 설치되었다.

성수 우듬지로 향하는 그 배에는 수많은 호위함이 붙어 있다.

성수가 제물을 요구한 기록은 없고, 공화국으로서도 처음 있는 일이었다.

그 때문에 무슨 일이 일어날지 알 수 없다.

어떤 일에든 대처할 수 있도록── 6대 귀족에서 대표자를 내보내게 되었다.

대형 비행선에 승선하는 사람은 차대를 짊어지게 될 젊은이들이다.

그리고 대형 비행선에 올라탈 사람으로── 라우르트 가문의 세르주가 지원했다.

"제법 화려하군. 평범한 군함 쪽이 좋을 텐데 말이지."

드루이유 가문에서는 위그가 형인 페르낭을 대신하여 지원했다.

"너는 바보냐? 싸우기 위해 가는 게 아니라고."

플레벤 가문에서는 에밀이 지원했다.

"그만해. 다투고 있을 상황이 아니야."

그리고 최연장자는 그랑주 가문의 나르시스── 전 학원 교사다.

"그래. 이건 어느 의미로 역사적인 순간이다. ──루이제를 희생양으로 삼는 이상, 모든 것을 기록하여 후세에 남겨야만 해."

학자 기질인 나르시스는 자기 학생이었던 루이제를 희생시키는 것에 마음속으로는 반대하고 있는 모양이었다.

하지만 6대 귀족의 당주들은 결정에 거스를 수 없다.

반대로 전 약혼자였던 위그 쪽은 어딘가 안도한 표정을 짓고 있다.

"그건 그렇고, 페베르 가문이 사퇴하다니 믿기질 않는군. 형은 함대를 이끌고 호위로 따라오는데 말이지."

여섯 가문의 젊은이들을 태우고, 이번 일을 그 눈으로 확인시킨다.

동시에, 불측의 사태가 일어났을 때는 희생이 될 인원들이기도 했다.

그런 와중에 페베르 가문에서는 지원자가 없어서, 대신하여 기사나 병사가 파견되었다.

세르주는 호화로운 방 한구석에 앉아 있는 남자에게 시선을 향했다.

"로이크, 가호가 없는 네가 발리에르 가의 대표냐? 발리에르 가도 한물갔군."

도발했지만, 로이크의 반응은 둔했다.

"──그럴지도 모르겠다."

폐적되어 가호를 잃은 로이크에게는 귀족으로서의 가치가 없다.

그런 로이크가 이 자리에 있는 건 루이제를 제물로 바칠 때의 감시역으로 선정되었기 때문이다.

가장 가까이에서 무슨 일이 일어나는지를 보게 되는 것이고, 자칫 잘못하면 말려드는 역할이다.

의자에 앉은 채 세르주를 상대하지 않으려 하는 로이크에게, 위그가 날카로운 시선을 향했다.

저번 노엘과의 결혼식 때는 위그도 로이크의 편을 들고 있었다.

그 탓에 드루이유 가문의 입장은 나빠지고 말았다.

"네 탓에 나도 형도 지독한 꼴을 당했어. 목숨을 걸고 속죄할 수 있는 만큼, 고마운 일이라 여기라고."

로이크를 향한 주위의 차가운 시선에, 에밀이 어떻게든 하려고 했다.

"이제 그만해. 그리고 위그, 너한테도 책임이 있을 거야. 로이크 한 명의 탓으로 돌리는 건 잘못이야."

"하! 에밀, 너한테 설교받을 거라고는 생각지 않았는데."

사이가 좋다고는 할 수 없는 다섯 명.

나르시스가 한숨을 내쉬었다.

"너희들, 가장 괴로운 건 루이제라는 걸 알고 있나? 그렇다면, 그녀의 최후의 한때를 방해하는 짓은 삼가도록 해."

나르시스가 타이르자, 위그가 부루퉁해져서는 소파에 앉았다.

세르주 쪽은 창밖을 보고 있었다.

"너희들, 준비해 둬라. ──왕국의 귀축 기사가 온다고."

미소를 띠며 그런 말을 하는 세르주에게 다른 네 사람도 반응을 보였다.

위그도 그걸 불안하게 보고 있다.

"정말로 오는 건가? 루이제 한 명을 위해서 국가를 상대하는 거냐고?"

리온의 힘을 가까이서 봤던 위그는 떨고 있다.

입으로는 오지 않을 거라고 말했지만, 실은 올 가능성에 겁을 먹은 것이다.

그걸 본 세르주가 위그를 놀렸다.

"무섭냐? 저 정도의 녀석이?"

"저 정도라고? 넌 저 녀석의 힘을 모르는 거냐? 잘난 척 지껄일 거면, 저 녀석을 쓰러뜨리고 나서 하라고!"

"아~, 그래. 쓰러뜨려 주마."

세르주의 자신 있는 모습을 보고, 로이크가 입을 열었다.

"──세르주, 너는 저 녀석한테 이길 수 있다고 진심으로 생각하는 거냐?"

"기분 나쁜 목줄 자식은 입 다물고 있어. 너희가 이기지 못하니까 나도 못 이긴다고 생각하지 말라고. 너희와는 단련해 온 게 다르단 말이다."

나르시스 쪽은 속이 쓰린지 손으로 배를 문지르고 있다.

"리온 군이 오는 건가. 가능하면 싸우고 싶지 않네. 그는 맨손으로 갑옷을 쓰러뜨렸어."

세르주는 그 이야기도 알고 있지만, 그래도 자신감을 내보였다.

"속임수가 있었던 거겠지. 피에르가 바보였으니까 진 거다."

그런 세르주에게 평소와는 달리 차가운 시선을 향하는 에밀이 제지하러 끼어들었다.

"거기까지 해주지 않겠어? 우리는 네 자랑 이야기를 듣고자 이곳에 모인 게 아니야."

"──쳇."

일어선 세르주는 창을 들고 방을 나갔다.

◇

　제물이 될 루이제는 비행선에 타기 전에 가족과 작별을 나누고 있었다.

　"——다녀올게요."

　어머니는 흐느껴 울며 주저앉았고, 주위 사람들의 부축을 받았다.

　알베르크는 루이제에게 마지막으로 확인했다.

　"정말로 가 버리는 거냐? 지금이라면 아직——."

　"안 돼요. 리온이 기다리고 있어요."

　루이제는 꽤 야위어 있었다.

　매일 밤 리온이 괴로워하는 악몽에 시달렸기 때문이다.

　"루이제, 너는 못된 아이구나. 부모보다 먼저 죽다니, 용서받지 못할 일이야."

　"죄송해요. 하지만, 저는 리온을 만나고 싶어요. ——아무것도 해주지 못했지만, 하다못해 곁에 있고 싶어요. 그리고 성수 속에 갇히게 되면, 리온과 둘이서 아버님과 어머님을 지켜볼게요."

　알베르크가 무언가를 말하려다가, 말을 집어삼켰다.

　다른 가문의 기사나 병사들이 주위에서 감시하고 있어, 경솔한 말은 입 밖에 낼 수 없다.

　루이제의 호위 함대 지휘관에는 페르낭이 선발되었다.

　"의장 대리, 아가씨는 제가 책임을 지고——."

그 뒤를 말하기 전에, 알베르크가 차가운 시선을 향했다.

"책임을 지고? 책임을 지고 죽이는 건가?"

"의장 대리! 이야기를 나누어 결정한 것 아닙니까! 성수가 원한다면 그건 오히려 영광인 일이라고! 아가씨의 각오는 확고합니다. 의장 대리가 여기서 말려도 헛일입니다."

알베르크는 고개를 숙였다.

'영광? 딸을 희생으로 삼고서, 영광이라고? 결국, 우리는 끝까지 성수에 속박당한 채 살아가고 있구나.'

성수가 원하면 뭐든 바친다.

그것이 공화국이다.

루이제가 어머니와 서로 끌어안고 있었다.

"어머님, 다녀올게요."

"루이제, 어째서 너까지— 리온뿐만 아니라, 너까지 잃어야만 하는 거니."

울고 있는 어머니를 위로한 루이제가 알베르크 앞에 다가왔다.

"아버님."

"——너는 내 자랑스러운 딸이다."

"고마워요."

그리고 루이제가 시선을 주위로 향해 누군가를 찾고 있었다.

알베르크는 그것이 누구인지 금방 알아차렸다.

"그라면 오지 않았다. 대신에 전할 말이 있다. '미안합니다'라더구나."

"미안합니다?"

어째서 미안하다는 걸까? 루이제가 난감한 표정을 짓고 있었기에, 알베르크가 자세히 설명했다.

"널 구할 수가 없었기에, 볼 낯이 없는 거겠지."

"──마지막으로 얼굴을 보고 싶었는데 말이에요."

"그에게 뭔가 전해 둘 말은 있느냐?"

"그러네요──. 그럼, 이렇게 말해 주세요. 즐거웠어, 라고. 그와 만난 덕분에 리온을 떠올릴 수 있었어요."

알베르크가 보기에도 놀랄 정도로 닮은 부분이 많았다.

타인이라고는 생각되지 않을 만큼.

아들이 성장하면 이런 느낌이었을까? 그런 생각이 들었을 정도다.

"전해 두마."

페르낭이 루이제한테 출항 시간이 가까워졌음을 알렸다.

"가실까요."

루이제는 비행선에 올라탔다.

알베르크는 울고 있는 아내를 끌어안고, 떠나가는 루이제의 모습을 보며 중얼거렸다.

"미안하구나, 루이제. 나를 용서해다오."

그건 딸을 제물로 삼아야만 하는 아버지의 후회── 같은 게 아니었다.

제08장 「공적 깃발」

루이제가 대형 비행선에 탑승하자, 세르주가 그녀를 맞이했다.

세르주는 뚫어지게 루이제의 모습을 쳐다봤다.

"제물이 되는 것뿐인데, 제법 기합이 들어간 의상이군."

루이제의 의상은 신성한 성수에 바치는 공물로서 순백색 드레스가 마련되었다.

보기에 따라서는 웨딩드레스처럼 보이기도 했다.

"——어째서 네가 여기 있는 거야?"

루이제가 놀란 건 세르주가 자신을 맞이해서가 아니었다.

세르주가 대형 비행선에 탑승하고 있다는 점이었다.

자칫 잘못하면 말려들 가능성도 있기에, 후계자인 세르주가 이곳에 있는 건 이상한 이야기였다.

창을 든 세르주는 이제부터 전장에라도 향할 것 같은 차림새를 하고 있다.

"네가 도망치지 않는지 감시하기 위해서다."

"정말로 짜증 나는 녀석이네. 내가 여기까지 와서 도망치기라도 한다는 거야?"

"사랑하는 동생을 만날 수 있기 때문인가?"

바보 취급하는 태도를 보인 세르주에게 루이제가 오른손을 번

쩍 치켜들자, 페르낭이 제지하기 위해 팔을 붙잡았다.

"둘 다 그만두지 않겠나. ——세르주 군도 실례다."

페르낭의 중재로 루이제는 세르주를 무시하고 걸어갔다.

호위들이 뒤따르고 있어 페르낭은 그걸 보고 안도했다.

"나도 후방에서 지켜보고 있지. 무슨 일이 있으면 재빨리 가겠다."

그렇게 말하며 떠나가는 페르낭에게, 세르주는 의미심장한 말을 던졌다.

"싸울 준비를 하고 있으라고. 페르낭—— 왕국 녀석들이 올 거다."

페르낭이 멈춰 서서 뒤돌아봤다.

"——너도 그가 오리라 생각하는 모양이군."

"그래. 그 녀석은 쳐들어올 거다."

그 말만 하고 세르주도 이동했다.

그리고 혼잣말을 중얼거렸다.

"자, 언제든 와라. 네 약점은 이미 알고 있다고."

◇

대형 비행선이 출발하자, 주위에는 군의 비행 전함이 호위로 따라붙었다.

후방에는 페르낭이 이끄는 함대의 모습이 보였다.

성수의 정상—— 우듬지를 향해 상승하는 비행선들.

루이제가 대기하는 방 근처에는 여섯 가문의 대표들, 즉 세르주를 비롯한 젊은이들이 대기하고 있었다.

의자에 앉아 있는 세르주는 무기를 확인하고 있다.

그것들은 이데알이 준비한 무기였다.

위그가 흥미롭다는 듯이 들여다봤다.

"보기 드문 무기인데. 모험 중에 찾아낸 거냐?"

세르주가 모험가로 활동하고 있다는 건 이곳에 있는 모두가 알고 있었다.

그렇기에 로스트 아이템이라도 발견한 건가 하고 가볍게 생각하고 있다.

나르시스도 다가와 테이블 위에 놓인 무기를 봤다.

세르주한테 허가를 받아 창을 들어 봤다.

"가벼워?! 이만한 크기에 이 무게인 건가?"

"가볍지만 튼튼해."

창날 끝은 베는 것도 가능한 형상을 하고 있었고, 세르주가 들고 있는 권총의 형태도 보기 드문 모양이다.

그것들은 이데알로 하여금 마련시킨 무기였다.

"너희들 몫도 준비해 뒀다. 마음대로 써."

위그는 권총 중 하나를 손에 들었으나, 리온에 대한 공포는 사라지지 않았다.

"이런 무기로 정말 쓰러뜨릴 수 있는 건가? 젠장! 어째서 그 녀석이 오는 거야. 보통은 안 올 텐데!"

귀족인 위그 입장에서는 리온이 무리해서까지 루이제를 구출할 이유가 없기에 정말로 이해하지 못하고 있었다.

나르시스는 무기를 손에 들지 않았다.

"나는 그들과 한 번 던전에 들어갔는데, 터무니없는 애들이었어. 무슨 짓을 저지를지 모르는 공포가 있었지. 아니, 정말로 야만적이었어."

이전에 리온과 같이 탐험한 적이 있는 나르시스는 그때의 일을 떠올리자 마음이 무거워졌다.

"그들은 우수하다고 생각해. 모험가로서도, 전사로서도 말이지."

그 말을 들은 위그는 겁을 먹으면서도 강한 척해 보였다.

"하지만 성수의 가호 앞에서는 무력하다고. 조심해야 하는 건 발트파르트 백작만이면 돼. 너도 그렇게 생각하지 않냐, 로이크? 네가 가장 잘 알고 있을 테니까 말이야."

위그는 리온한테 패배한 로이크를 비꼬고는, 권총을 홀스터에 넣었다.

본가에서 가져온 검을 든 로이크는 세르주가 준비한 무기에 손을 대지 않았다.

"그러게나 말이다."

리온한테만 조심하면 된다고 생각하는 네 명에게, 에밀이 정신을 바싹 다잡기 위해 주의를 촉구했다.

"그 발트파르트 백작은 수호자의 문장을 가지고 있어. 다들 방심하는 건 좋지 않아. 다른 사람들한테도 조심해야 해."

나르시스도 그 의견에 찬동하여 연장자로서 이 자리를 정리했다.

"그래. 하지만 그들이 올 거라고는 생각하기 어려워. 어쨌든 루이제를 구출해 봤자, 그들에게 메리트는 없으니까 말이다."

주위의 시선이 세르주에게 모였다.

등받이에 등을 기댄 세르주는 반드시 올 거라고 단언했다.

"그 녀석은 온다. 그때 내가 상대해 주지."

세르주의 단언에 위그가 한층 불안해했다.

"안 오는 편이 좋은데 말이지. 젠장, 어째서 그 녀석은 쓸데없는 일에 끼어드는 거냐고. 루이제는 그 녀석하고 아무 상관없잖아."

리온의 무서움을 아는 위그한테, 세르주는 여유를 보이며 안도시켰다.

"무서워할 필요는 없어. 그 녀석이 강한 건 비행선과 갑옷뿐이다. 맨몸은 평범한 정도잖아? 나는 이중의 누구보다도 강하다고. 안 그러냐, 로이크?"

로이크는 리온한테 졌지만, 세르주는 리온한테 이길 자신이 있었다.

그건 평소부터 단련하고 있다는 것도 이유이지만, 세르주한테도 자부심이 있기 때문이다.

옛날에 죽은 리온과 비교당하는 것이 싫어서 자신이 할 수 있는 걸 열심히 해 왔다.

하지만 그걸 아무도 인정해 주지 않아서, 고집스러워진 지금도 모험가를 계속하고 있다.

피를 토하면서도 단련하고, 죽을 것 같아도 던전에 계속 도전했다.

아무리 리온이 모험가의 본고장 출신이라 해도, 질 생각은 없었다.

'루이제가 있는 방은 창문이 없다. 어디에 있는지 특정할 수 없다면, 맨몸으로 들어와 찾을 수밖에 없겠지? ──자, 여기까지 와 보라고.'

이데알로부터 손에 넣은 방어 설비가 루크시온을 방해하여 루이제가 있는 장소를 특정하지 못하게 만들고 있었다.

까닭에 리온 일행이 루이제를 구하기 위해서는 대형 비행선에 올라탈 수밖에 없다.

그렇게 되면 갑옷은 쓸 수 없다.

맨몸으로 싸울 수 있다.

'이름도 외모도 같은 존재인가──. 쳐 죽여 버리기에는, 딱 좋은 녀석이 나타났군.'

어두운 미소를 띤 세르주를 위그가 겁먹은 눈으로 보고 있었다.

그런 세르주에게 에밀이 고언을 건넸다.

"맨몸으로 싸우면 이길 수 있으리라고 생각하는 모양인데, 그들을 너무 얕보고 있어."

"뭐라고?"

"피에르 때도, 로이크 때도 다들 그를 깔봤다가 큰일이 났지.

세르주, 너만은 다르다고 말할 수 있어?"

"아무것도 못 하는 조무래기 주제에, 잘난 체하지 말란 말이다!"

일어선 세르주가 에밀을 밀쳐냈고, 에밀은 바닥에 쓰러졌다.

나르시스가 제지하고자 끼어들어 세르주의 행동을 나무랐다.

"세르주, 그만 적당히 해라!"

"그 자식을 보고 있으면 짜증이 치솟는다고. 비실비실해 빠져서 말이야. ──렐리아도, 너 같은 게 행복하게 만들어 줄 수 있겠냐. 얼른 헤어지는 편이 좋다고."

렐리아의 이름이 나오자, 에밀은 이를 악물고 고개를 숙이고 있었다.

세르주가 한층 도발하려 했더니── 사이렌이 울려 퍼졌다.

「저, 적습! 적습! 상공으로부터 공적 비행선이 온다! 전원, 배치 장소에──!」

함교에서 분주한 목소리가 들려왔고, 이내 비행선이 흔들렸다.

나르시스나 위그는 넘어졌고, 세르주는 몸을 굽히고 있었다.

로이크가 창밖을 봤다.

"무슨 일이 일어난 거지? 게다가 공적이라고? 성수에 가까운 이 장소에, 어째서 공적이?"

평소부터 성수 주변은 군이 경비하고 있어서, 공적 따위는 접근할 수 없다.

이곳에 공적이 있는 편이 이상한 것이다.

그리고 들려오는 것은──.

「공화국 여러분~. ──놀러 왔다고.」

──처음에는 밝지만 마지막은 낮은 목소리.

그건 리온의 목소리였다.

위그가 겁에 질린 표정을 지었다.

"와, 왔다아아아!! 녀석이 왔어어어어!"

리온의 목소리를 듣고 동요하는 건 위그뿐만이 아니었다.

비행선 안에 있는 기사나 병사들까지 공포로 얼굴을 일그러뜨리고 있었다.

리온의 목소리가 계속해서 들려왔다.

「어째서 우리가 여기 있는지, 신경 쓰일 거다. 너희들하고는 상관없잖냐, 라고 말하고 싶겠지? 그러니까 이유를 가르쳐 주마. 실은 얼마 전에 세르주한테 얻어맞았거든. 루이제 양의 제물 이야기로 유야무야 넘어가 버렸는데── 최근에 그걸 떠올렸더니 열을 받아서 때리러 온 거다.」

터무니없는 말을 꺼내는 리온에게, 나르시스가 식은땀을 흘리고 있다.

"엉망진창이야. 그런 이유로 쳐들어온 건가?!"

마치 나르시스의 목소리가 들렸던 것처럼, 리온이 뒤이어서 이야기했다.

「분명 너희들은 그런 이유로? 라고 생각하겠지. 나도 다른 사람이 그런 말을 하면 분명 바보 취급할 거다. 하지만 말이다── 후려갈겨서 속이 시원해지지 않으면, 베개를 높이 베고 편히 잠들 수 없다고! 그럼── 놀아볼까.」

　방송이 뚝 끊기고 말았다.

◇

　이야기는 며칠 전으로 거슬러 올라간다.

　루이제 양 구출을 생각하는 내게 찾아온 손님은 공화국과의 교섭을 매듭짓기 위해 파견된 인물이었다.

　마리에의 저택 현관에서 그 사람과 만나, 나는 감동으로 목소리가 떨렸다.

　"스, 스승니이이임!"

　"오랜만이군요, 미스터 리온. 활약하고 있다고 들었습니다."

　"어, 어어어, 어째서 이곳에?! 아, 그것보다도 안으로 드시죠! 자아!!"

　정장을 완벽하게 차려입은 신사인 스승님을 방으로 안내한 나는, 소중히 간직해 둔 찻잎을 준비하여 신중하게 차를 달였다.

　스승님은 현재 호르파트 왕국에 있는 학원의 학원장으로 취임해 계신다.

　휴가라고 해서 공화국에 있을 만한 사람이 아니다.

　하지만, 이번에는 공화국에 파견되었다. 이유는── 교섭 역할로서다.

　"스, 스승님. 어째서 여기로 오신 겁니까?"

"돌아가기 전에 미스터 리온의 얼굴을 봐 두고 싶었습니다."

날 위해 일부러 들러 주시다니——! 본래라면 내 쪽에서 인사하러 찾아뵈어야만 하는데도.

스승님은 방에 있는 우리를 보더니, 미소를 지으셨다.

"다들 건강해 보여서 안심했습니다."

나는 다섯 바보를 보며 어깨를 으쓱였다.

"기운이 넘쳐서 남아도는 녀석들이죠. 조금만 더 얌전해졌으면 좋겠는데 말입니다."

그런 말을 했더니, 전원이 짜증이 났는지 날 노려봤다.

나는 스승님의 일에 관해 이야기했다.

"스승님, 공화국과의 교섭을 잘 매듭지었다고 들었습니다. 역시나 스승님이십니다!"

"어찌어찌 폐하의 희망에 부응하는 형태로 정리가 되었습니다."

한숨을 내쉰 안제가 스승님께 물었다.

"학원장이 교섭 역할이라는 것도 부자연스러운 이야기로군요."

"여유가 있는 사람이 적은 것이겠지요. 본래라면 다른 사람이 파견되었을 터입니다."

중대한 일을 끝낸 스승님. 하지만 나는 죄송한 마음이 들었다.

"스승님, 그 일로 조금 폐를—— 아뇨, 분명 폐를 끼치게 되리라고 생각합니다."

"어이쿠, 뭔가 문제라도?"

나는 안제를 대신하여 사정을 이야기하기로 했다.

"실은——."

루이제 양을 구출하고 싶다고 이야기하자, 스승님은 진지한 표정으로 날 쳐다봤다.

"미스터 리온, 자기가 뭘 하려는 것인지 이해하고 있습니까?"

내가 루이제 양을 구해내면 분명 큰 문제가 된다.

본인도 바라지 않을 테고, 분명 날 원망할 것이다.

좀 더 이유를 대자면, 루이제 양을 잃고 자포자기 상태가 된 알베르크 씨가 최종 보스가 되는 것을 막는다는 의미도 있다.

그리고, 이게 가장 중요하다.

——내가 루이제 양을 구하고 싶기 때문이다.

"이해하고 있다고 생각합니다. 분명, 폐를 끼치게 되리라고 생각하지만 말이지요."

"——미스터 리온에게는 새삼 무슨 말을 해도 무의미하겠지요. 미스터 리온은 하겠다고 말하면 하는 사람이니 말입니다."

스승님이 고개를 끄덕이자, 이야기를 듣고 있던 율리우스가 우리 대화에 끼어들었다.

뭐야? 너, 왜 나와 스승님의 대화에 끼어드는 거야?

"학원장, 괜찮겠습니까? 발트파르트가 움직이면 모처럼 매듭지어진 교섭이 백지로 돌아가고 맙니다. 최악의 경우 전쟁으로 번질 수도 있겠지요."

스승님이 등을 펴고 당당한 태도를 보였다.

"개의치 않습니다. 애초에 미스터 리온이 결정한 일입니다. 저는 제지할 수 없습니다. 제지할 만한 힘이 없습니다."

"스승님."

스승님께 폐를 끼치는 것에 마음이 괴롭다. ——롤랜드? 그 녀석한테는 얼마든지 폐를 끼쳐 주고 싶기에 아무래도 상관없다.

"그나저나 제물로 선택된 아가씨를 구한다, 입니까. 기사로서 동경하는 상황이군요."

안제가 팔짱을 낀 채 스승님을 보며 어이없어했다.

"동화에 나올 법한 이야기입니다만, 현실은 언제나 비정합니다. 구한 뒤가 문제예요. 학원장은 그래도 리온을 멈추지 않는 겁니까?"

"원래부터 저는 사후처리로 파견되었으니 말입니다. ——게다가, 제자가 곤란해하고 있으면 돕는 것도 스승의 책무겠지요."

머, 멋있어!

내 스승님이 멋있다고!

감동하고 있자, 스승님이 내 등을 밀어주었다.

"되도록 피해는 적게 할 수 있겠습니까?"

"가능한 한은 해보겠습니다."

"좋습니다. 그러면, 그 후의 교섭은 제가 하도록 하지요."

"가, 감사합니다!"

이걸로 걱정은 사라졌다고 생각하고 있자, 이야기를 듣고 있던 노엘이 손을 들었다.

방에 있는 전원의 시선이 집중되는 가운데, 노엘이 발언했다.

"나, 나도 갈래."

"노엘이? 아니, 너는······."

"루이제한테 한마디 쏘아붙여 주고 싶어!"

갑자기 무슨 말을 하는 건가 싶어 다들 놀라고 있자, 스승님이 턱을 매만졌다.

"흠, 무언가 인연이 있는 기색이군요."

"인연이라고 할 정도는 아니야. 하지만 루이제한테는 여러 가지로 민폐도 당했고. 그래도, 은혜도 있으니까. 그러니까── 나는 루이제를 구해서, 불평 한마디 해주고 싶어."

루이제를 구하고 싶다면 솔직하게 그렇게 말하면 된다.

"노엘은 솔직하지 못하네."

내가 그렇게 말했더니, 루크시온이 놀란 것처럼 외눈을 내게 향했다.

『마스터가 할 대사는 아니군요.』

"어? ──응?"

방에 있는 전원을 일별하자 '제일 솔직하지 못한 건 너잖냐' 같은 시선이 내게 날아왔다.

나만큼 솔직한 사람은 없다고 생각한다만?

◇

──그런 이유로, 우리는 뒷일에 대한 걱정 없이 공화국에 싸움을 걸었다.

이번에는 아인호른에 공적 깃발을 내걸었다.

즉, 지금의 우리는 공적이다.

대형 비행선을 향해 아인호른이 바로 위에서 돌격했다.

나는 아로간츠에 올라타며 지시를 내렸다.

"너희들, 기합 넣으라고!"

아인호른 주위를 날고 있는 건 루크시온이 급조한 갑옷들이다.

그걸 타고 있는 건 율리우스를 비롯한 다섯 바보들.

각각 특징 있는 기체로 만들어져 있었다.

하얀 기사 같은 갑옷에 올라탄 건 율리우스다.

「공적이 되어 공주를 납치하게 되리라고는 생각지도 않았다.」

녹색 컬러링 갑옷은 커다란 라이플을 소지하고 있었다.

거기에 탄 건 질크다.

「발트파르트 백작은 공적이 잘 어울리는군요.」

정말로 사사건건 비아냥만 해대는 아니꼬운 놈이다.

끝이 뾰족한 모자처럼 생긴 머리를 지닌 보라색 갑옷에는 브래드가 타고 있다.

갑옷의 성능에 경악하는 중이다.

「이 갑옷, 정말로 급조한 거야? 내가 탔던 갑옷보다도 고성능인데. 이런 거, 평범한 갑옷으로는 못 이긴대도. 아로간츠도 이만한 성능이 있는 거라면, 그야 못 이길 만도 하네!」

콕핏 안에서는 루크시온이 나 원 참, 하는 느낌으로 설명하고 있었다.

『아로간츠는 제가 마스터를 위해 특별히 준비한 기체입니다. 급조한 기체와는 성능이 다릅니다. ──하지만, 급조품이라 할지라도 취급에는 주의해 주십시오. 망가뜨리면 용서하지 않을 겁니다.』

어느 갑옷도 일반적인 갑옷보다 대형이다.

아로간츠보다는 작지만 말이지.

빨간 갑옷에 탄 그렉은 가까이 다가온 대형 전함에 올라탈 준비에 들어갔다.

「다들, 슬슬 가보자고!」

파란 기체── 대검을 든 갑옷이 눈앞에 닥쳐온 공화국 갑옷을 베어 갈랐다.

「올라타겠다!」

비교적 정상으로 들리는 후반 두 명이지만, 실은 콕핏 안은 거의 알몸이다.

팬티 한 장 스타일과 훈도시 차림이다.

콕핏 안에서 남자의 알몸 상반신을 보고 있는 내 기분도 좀 되어 봤으면 한다.

『마스터, 루이제가 있는 곳을 특정할 수 없습니다. 이데알이 준비한 방어 설비에 재밍(jamming) 받고 있습니다.』

"올라타서 직접 데리고 가겠어. 네 쪽도 부탁한다."

『맡겨 주십시오. ──접촉합니다.』

"전원, 올라타라!"

갑옷에 탄 우리는 대형 비행선에 돌격했다.

아인호른 쪽은 대형 비행선을 침몰시키지 않을 정도로 선체를 부딪쳤다.

두 척의 비행선이 충돌하고, 금속이 마찰하는 기분 나쁜 소리가 들려왔다.

충돌로 인해 격렬한 불꽃이 사방에 튀었다.

그리고 대형 비행선이 움직임을 멈췄다.

"이 이상은 보내줄 수 없겠는데!"

아로간츠 콕핏에서 뛰어내린 나는 기관총을 손에 들고 있었다.

비행선 갑판에 내려선 나는 입구를 찾았다.

"저긴가."

원래는 호화 여객선이다. 갑판은 넓지만 싸우기 위해 건조된 것이 아니기에 틈이 많다.

내부로 들어가기 위해 입구 쪽으로 향하자, 거기서 무장한 병사들이 나왔다.

"와, 왔다!"

"쏴 죽여라!"

병사 두 명이 발포했기에, 비살상 고무탄── 맞았을 경우 엄청나게 아픈 탄을 쏴 줬다.

쓰러진 두 명이 몸부림치며 괴로워했지만, 무시하고 앞으로 나아갔다.

『마스터, 제 쪽은 이걸로.』

"갔다 와."

날아가는 루크시온을 지켜본 뒤, 나는 선내로 들어갔다.

◇

아인호른이 대형 비행선에 선체를 부딪쳤다.

페르낭은 함교에서 그 광경을 보며 아연해했다.

"이, 이런 바보 같은 일이! 어째서 그가 여기 있지! 어째서 관여하는 거냔 말이다!"

귀족인 페르낭은 이해할 수 없었다.

부하들이 지시를 요청했지만, 페르낭의 표정은 명백히 당황해하는 얼굴이다.

공화국을 몇 번이고 공포에 떨게 했던 리온이 상대라는 걸 알게 되어 겁을 먹은 것이다.

"페르낭 님! 저희는 어떻게 하면 좋습니까!"

"어, 어떻게 하면 좋냐고?! 지키는 게 당연하지 않으냐!"

제물인 루이제를 지키기 위해 아인호른을 향해 공격을 명령했다.

그러나 부하들이 겁을 먹어 움직이지 않았다.

"하, 하지만. 적은 귀축 기사입니다! 저, 저희로서는 상대할 수가 없습니다. 게, 게다가, 상대는 수호자의 문장을 가지고 있습니다!"

눈에 띄게 사기가 낮아, 페르낭도 어찌할 수가 없었다.

그러자 리온에게서 통신이 들어왔다.

「어라라? 공화국 여러분은 공격해 오지 않는 걸까나? 공적 깃발을 내걸고 있는데, 그냥 무시한다니── 설마, 무서운 걸까나~?」

페르낭은 부하에게 호통쳤다.

"통신을 끊어라!"

"가, 간섭해서 들어오고 있습니다! 손쓸 방도가 없습니다!"

"이쪽을 도발하고 있는 건가!"

페르낭의 아름다운 얼굴이 일그러지자, 리온은 웃고 있었다.

「뭐야. 좀 더 고생할 줄 알았는데, 대단한 거 없군. ──뭐, 여자애 한 명을 희생으로 삼는 나라고, 기대 따위 하지 않았지만 말이야.」

이따금 총성이 들려오고 있다.

아무래도 리온은 선내로 들어와 싸우고 있는 모양이다.

"자네는 알고 있는 건가?! 이런 짓을 하면, 그냥은──!"

"페르낭 님, 상대에게는 들리지 않을 겁니다."

"젠장!"

이쪽의 목소리가 들리지 않는데, 상대의 목소리만큼은 전해진다.

다른 비행선에 명령하고자 해도, 통신을 쓸 수 없어 고생하고 있었다.

리온이 조금 전과는 달리 진지한 이야기를 하기 시작했다.

「──너희들에게 말해 두겠어. 마음에 들지 않으니까 쳐부수러

왔다. 그게 싫으면 날 쓰러뜨려 봐라. 너희들이 할 수 있다면 말이지.」

페르낭이 책상에 주먹을 내리치며 리온에게 분노를 부딪쳤다.

"우리가 좋아서 제물을 바치는 줄 아는 건가?! 이것도 다 네가 우리를 궁지로 몰아넣으니까!"

보통 때의 공화국이라면 루이제의 제물 이야기도 좀 더 신중하게 논의했을 것이다.

하지만 리온이라는 외국의 위협을 만난 이상, 성수한테까지 버림받으면 공화국은 멸망한다.

제대로 논의도 하지 않고 제물로 바치는 것도 이 때문이다.

리온의 존재가 루이제의 희생에 크게 연관되어 있었다.

◇

리온 일행이 싸우기 시작했을 무렵.

지상에서는 이데알로부터 보고를 받은 렐리아는 경악을 감추지 못했다.

점심 식사 중이었는데, 자기도 모르게 들고 있던 스푼을 떨어뜨렸을 정도였다.

"그, 그 녀석들, 정말로 루이제를 구하기 위해 쳐들어간 거야?!"

『예. 그중에는 렐리아 님의 언니분도 계셨습니다.』

"어, 언니까지 데리고 간 거야?! 그 녀석들 정말로 무슨 생각이야!"

'곤란해. 루이제는 아무래도 상관없지만, 언니한테 무슨 일이 생기면── 아니, 기다려 봐? 그래. 인제 와서 새삼 성수에 구애될 필요 따위 없어.'

렐리아의 눈동자는 이데알을 보고 있었다.

'이데알이 있으면 내 안전은 보장돼. 그럴 마음이 들면 이데알을 써서 공화국도 재건할 수 있어. 아니, 새로운 나라도 건국할 수 있어.'

루크시온이야 어쨌건, 이데알한테 이길 수 있는 세력이 있으리라고는 생각되지 않았다.

리온 일행과는 동맹이라도 맺어 상호 간에 불간섭을 관철하면 된다.

렐리아는 생각을 고치고는, 침착함을 되찾아 새로운 스푼으로 식사를 재개했다.

『어라? 갑자기 침착해지셨군요.』

"깨달은 거야. 성수 따위에 구애되지 않아도 된다는 걸 말이지."

『──그건 무슨 의미입니까?』

"이데알이 있으면 성수 같은 건 딱히 필요 없어. 그렇잖아?"

이데알이 긍정하고, 이 대화는 끝난다.

그렇게 생각하고 있던 렐리아였으나, 이데알의 반응이 이상했다.

『그건 용인될 수 없습니다. 성수는 방어 대상입니다. 이후의 공화국에 필요불가결한 존재입니다.』

"어? 아니, 그래도……."

『애초에 공화국은 성수가 있어야 비로소 존재하는 나라입니다. 성수를 잃으면 큰일이 벌어질 겁니다.』

"네, 네가 있으면……."

『부정은 하지 않겠습니다만, 성수를 잃는 건 큰 손해입니다. 안 이하게 생각하지 않으셨으면 좋겠군요.』

평소보다 강한 어조로 그런 말을 하니, 렐리아도 대꾸할 수 없 었다.

"아, 알았어."

『이해해 주셔서 감사합니다.』

렐리아는 식사를 이어가며 앞으로의 일을 생각했다.

'그러면 결국은 앞으로도 언니 중심으로 일이 흘러가겠네. 뭐, 이 세계의 주인공님이니까 어쩔 수 없나. ──그것보다 세르주는 괜찮을까? 그 녀석들, 도가 지나치니까 말이지.'

"이데알── 세르주가 위험해지면 도와주겠어?"

『그건 물론입니다. 하지만, 괜찮으신 겁니까?』

"뭐가?"

『에밀 님의 이름이 나오지 않았기에, 신경이 쓰였습니다.』

렐리아는 자기 안에서 에밀보다도 세르주가 더 큰 존재가 되었 음을 알았다.

"──에밀도 도와주도록 해."

『잘 알겠습니다.』

그리고 렐리아는 천장을 올려다봤다.

'모두가 돌아오면 이후의 일도 생각하지 않으면 안 되겠네. 일단, 에밀과의 약혼은 해소할까.'

◇

한편.

마리에의 저택에 남은 것은 학원장과 코델리아── 그리고 유메리아 세 사람이었다.

학원장이 홍차를 즐기고 있자, 코델리아가 말을 걸었다.

"학원장님, 괜찮으셨던 겁니까?"

"괜찮았냐고 물으심은?"

"알고 계실 터입니다. 리온 님이 공화국에 대한 행동을 일으키면, 큰 문제가 됩니다. 자칫 잘못하면 본인이 처형되고 말 겁니다."

멋대로 타국에 싸움을 걸고, 관계를 악화시키면 리온의 입장이 나빠진다.

하지만 학원장은 창밖을 보고 있었다.

"신기한 청년입니다."

"학원장님?"

학원장이 무슨 말을 하는 건가 싶어 코델리아는 곤혹스러워했다.

"저기, 제가 말하고 싶은 건——."

"걱정하고 계시는 것이지요? 미스터 리온은 사랑받고 있군요."

"아, 아닙니다! 안젤리카 님까지 전장에 데리고 가는 남자라고요?! 저, 저는 화가 난 겁니다! 안젤리카 님이 선택한 남성이라면 좀 더 신중하게 행동해 주길 바라는 것은 당연합니다."

"그것이 최적이겠지요. 하지만, 옳다고는 말할 수 없을지도 모릅니다."

"최적이라도 옳지는 않다는 말씀이십니까?"

여기서 루이제를 구하는 건 사람으로서 옳지만, 귀족으로서는 잘못되었다.

타국 문제에 리온이 참견할 권리는 없다.

본래라면 보기만 할 수밖에 없는 것이다.

"기사도 정신이 넘치는 행위입니다. 단지, 저는 그걸 칭찬하고 있는 것이 아닙니다. 미스터 리온에게는 저희한테는 보이지 않는 경치가 보이고 있다——. 그런 생각이 들 때가 있습니다."

"저희에게는 보이지 않는 경치라 하심은……."

"미스터 리온은 저희와는 다른 시점을 가지고 있습니다. 그것이 옳다고는 말하지 않겠습니다만, 그는 오랫동안 쌓여 온 문제를 해결해 주었습니다."

"구 판오스 공국 건이지요? 저도 영웅에 걸맞은 활약이라고는 생각합니다만, 평소의 태도가 너무 칠칠치 못합니다."

"아뇨아뇨, 그것뿐만이 아닙니다. 그는 왕국을 몇 번이나 구해

주었습니다. ──그렇다면, 제가 그를 도와주는 것은 보답이라고 할 수 있겠지요. 아니, 빚을 갚는다고 하는 편이 좋겠군요."

코넬리아가 입을 다물고 있자, 학원장이 미소 지었다.

"여러 가지로 말하긴 했습니다만, 결국은── 전 미스터 리온이 앞으로 어떻게 될지를 보고 싶은 것뿐일지도 모르겠군요."

그렇게 말하며 웃는 학원장을 보고, 코넬리아는 불안해졌다.

"좀 더 진지하게 생각해 주십시오."

★제09화 「공략 대상 VS 공략 대상」

대형 비행선 안.

루이제는 흔들리는 선내에서 자신의 몸을 부둥켜안고 있었다.

"어째서 내버려 두지 않는 거야. 나는—— 동생 곁으로 가고 싶은 것뿐인데."

리온이 이 배에 올라탔다. 설마, 이런 짓을 저지르리라고는 생각도 하지 않았다.

루이제의 시중을 드는 시녀들이 겁을 먹으면서도 무기를 들었다.

그러자 문이 열리고 세르주가 나타났다.

그 모습에 시녀들이 안도한 표정을 띠었지만, 루이제 입장에서는 보고 싶지 않은 얼굴이 나타났을 뿐이다.

"무슨 볼일이야? 얼굴도 보고 싶지 않으니까 나가."

"섭섭한 말 하지 말라고. 지켜 주는 거니까 말이야."

"네가?"

세르주가 자신을 지킨다고 말하자, 뭔가가 잘못된 건 아닌가 싶어 미심쩍게 여겼다.

그러자 세르주가 추악한 미소를 띠었다.

"네 눈앞에서, 동생이랑 쏙 빼닮은 남자를 쳐 죽여 주려고. 틀림없이 재밌겠지."

　루이제는 리온이 쓰러지는 광경을 떠올리자 오싹해졌다.

　"너, 너 정말 최악이네. 그러니까 싫은 거야."

　세르주의 얼굴에서 표정이 사라졌다.

　"그러냐. 뭐, 아무래도 상관없어. 녀석들이 노리는 건 너다. 나는 여기서 기다리도록 하겠어."

　"다른 사람들은 어쩌고?"

　너보다도 다른 사람들을 부르라는 의미를 담은 것이지만, 세르주 이외에는 다 나가고 없는 상태다.

　"부하들을 데리고 쳐들어온 녀석들에게 인사하러 갔지. 뭐, 조무래기 상대는 그 녀석들한테 맡길 거다."

　의자에 앉아 편한 자세를 취하는 세르주를 보고, 루이제는 리온의 몸을 걱정했다.

　'리온 군, 부탁이니까 더는 상관하지 말아 줘. 부탁이니까, 위험한 짓은 하지 마.'

　"아, 네 녀석은!"

　"히, 히이이익!"

　공격해 온 녀석들을 도로 쓰러뜨려 준 나는, 바닥에 나뒹굴던 병사 중에 낯익은 얼굴이 한 명 있는 것을 발견했다.

공화국에 왔을 때 임시 검문이라고 말하며 아인호른에 탔던 남자다.

그때는 제법 잘난 듯이 거드름을 피우며 바보 취급해 줬었지.

그런 남자를 고무탄으로 혼내 주고, 바닥에 나뒹굴고 있을 때 가까이 다가가 짓밟아 줬다.

"널 만나고 싶었다고. 그때의 답례를 하고 싶어서 말이지이이!!"

"시, 싫어어어! 누가 좀 살려줘어어!!"

"어라라? 전에는 대위였는데, 지금은 소위야~? 어째서 강등되어 버린 걸까나~. 나한테 좀 가르쳐 달라고~."

총구를 겨눠 주자, 거품을 뿜으며 기절하고 말았다.

"이제부터가 진짜였는데. 뭐, 됐나. 나도 바쁘고, 신경 쓰고 있을 여유는 없으니까."

평소라면 여기서 루크시온이『그럼 어째서 위협한 겁니까? 시간 낭비라고요』라며 딴지를 걸었을 터이지만, 지금은 그저 혼잣말이 되고 말았다.

큭! 그 녀석의 핀잔과 비아냥이 없으니 묘하게 쓸쓸하게 느껴진다.

"자, 그럼 루이제 양을 찾아야 하겠는데, 그것보다 그 녀석들은 무사하려나? 죽여도 죽지 않을 것 같은 녀석들이긴 하지만 말이지."

같이 돌입한 다섯 바보는 무사할까?

◇

"간다. 으랴아아아!"

기관총을 든 그렉이 용감하게 싸우고 있었다.

줄지어 이어진 탄창을 어깨에 걸치고 있다.

공격해 오는 공화국 기사나 병사들을 쓰러뜨려 나가는 모습은 정말로 의지가 됐다.

하지만, 질크는 몹시 식은 눈을 하고 있었다.

합류했기에 같이 행동하고 있지만, 그렉의 모습은 거의 알몸이었다.

"그렉 군, 당신은 그 모습이 창피하지 않은 겁니까?"

질크는 스코프가 달린 저격총을 들고 있는데, 앞으로 나선 그렉 때문에 그의 엉덩이가 보이길 여러 차례.

방아쇠를 당기고 싶어서 견딜 수가 없었다.

"미안하다. 나도 조금 부끄러워."

"그러면 옷을 입어 주십시오."

그렉에게도 조금은 상식이 남아 있는 건가 하고 질크는 안심하려던 중이었다.

하지만 그렉은 이미 때늦은 상태였다.

"등 근육이 부족하니까 말이지. 거기는 조금 부끄럽다고."

질크는 말을 잃었다.

'이, 이 자식, 알몸은 아무래도 상관없고, 근육량이 적어서 부

끄럽다고 생각하고 있었던 건가? 진짜 바보인가?!'

질크는 위를 올려다봤고, 그리고 이곳에는 없는 다른 멤버들을 생각했다.

'하다못해 크리스 군은—— 안 되겠군요. 브래드 군도 정상적이라고는 하기 어렵습니다. 전하와 같이 행동할 수 있다면 좋았겠습니다만, 정말로 어째서 이렇게 된 건지.'

적이 없어졌기에 그렉이 앞으로 나아가려 했다.

"어이, 질크. 언제까지 위를 보고 있을 거냐? 좀 더 정신 단단히 차려. 여기는 전장이라고? 나 참, 이러니까 상식이 없는 녀석은 글렀다는 거다."

질크는 총의 방아쇠에 손가락을 걸쳤다.

'이 녀석을 뒤에서 쏴 버려도 용서되는 것 아닐까?'

그 무렵, 크리스는 브래드와 합류한 상태였다.

훈도시 차림으로 목도를 휘두르며, 적을 잇달아 때려눕혀 나간다.

적 병사가 소리쳤다.

"큭! 이상한 차림을 하고 있는데 강해!"

"이상한 차림이 아니다!"

훈도시를 바보 취급당한 크리스가 목도를 내리쳐 적 병사의 의식을 상실시켰다.

그때, 브래드는 후방에서 천천히 걸어왔다.

그 뒤에서는 화려한 갑옷을 입은 무리가 악단까지 거느리고 몰려온다.

그걸 본 공화국 병사들이 이길 수 없다고 생각했는지 퇴각했다.

"저, 적의 수가 많다! 원군을 불러!"

"이 녀석들이 본대냐!"

"젠장! 왕국의 야만인 놈들이!"

도망치는 적을 보고 브래드는 한숨을 내쉬었다.

그 순간, 뒤쪽에 보였던 병사들이 사라졌다.

"이제부터 내가 나설 차례였는데, 참을성이 없는 손님들이네. 아, 크리스는 분위기 띄워주는 역할 수고했어."

여유를 보이는 브래드에게, 크리스가 목도를 휘둘러 머리를 때렸다.

"아파! 뭐, 뭐 하는 짓이야!"

"나 혼자만 싸우게 하지 말고, 너도 싸우는 게 어떻지?"

브래드는 "뭘 모르고 있네~"라고 말하며 고개를 가로저었다.

"주역은 늦게 등장하는 법이야."

"——너, 주역이었던 거냐? 어떻게 생각해도 주역은 발트파르트라고. 이 배에 올라타겠다고 말한 건 그 녀석이고, 구하는 상대도 그 녀석의 지인이다. 브래드, 너는 조연으로밖에 보이지 않는다만?"

크리스한테 조연 취급당한 브래드는 뺨을 씰룩거렸다.

"나, 나는, 나라는 이야기의 주역이라고. 그러니까, 항상 내가 주역인 거야."

"그런가, 다행이군. 자, 얼른 앞으로 가지. 적이 원군을 데리고 돌아오면 성가시니까 말이다."

"아, 기다려!"

먼저 가 버리는 크리스를 브래드가 뒤쫓았다.

◇

"큭! 나만 배를 지키는 역할로 남게 되리라고는 생각지 못했다."

콕핏 안에서 푸념하는 것은 아인호른을 지키고 있는 율리우스 였다.

모두가 선내에 돌입했는데, 자기 혼자만 호위로서 밖에 있었다.

자신도 모두와 같이 싸우고 싶었다며 분한 마음으로 있었다.

「율리우스, 확실히 지켜!」

아인호른 함교에서는 마리에가 율리우스에게 말을 걸고 있었다.

그 밖에는 안젤리카, 올리비아, 노엘의 모습도 있다.

카일이나 카라도 승선 중이어서, 언제나 보던 면면이 모두 모여 있다.

"──훗, 마리에를 지키는 큰 역할을 맡게 되었다고 생각하면, 분한 마음도 들지 않는군."

조금 전까지 불평하고 있던 율리우스였으나, 지금은 의욕을 보였다.

"게다가, 적도 왔나."

아인호른을 향해 오는 것은 발리에르 가의 문장을 든 갑옷이었다.

그 외에는 무장한 맨몸의 병사들도 있어서, 아인호른에 올라타려 하고 있다.

"가게 할까 보냐!"

율리우스가 위협 사격을 하여 병사들의 발을 묶자, 적 갑옷이 덤벼 왔다.

그걸 공중에서 피하고, 율리우스의 갑옷이 검을 뽑았다.

접근한 적 갑옷의 다리를 베자, 쉽게 절단되고 말았다.

적은 밸런스가 무너져 자기 편 배에 충돌한 뒤 멈췄다.

"이 무슨 성능이지. 발트파르트 녀석, 이만한 힘을 가지고 있던 건가."

이전에 리온과 결투한 적이 있는 율리우스는 자신이 이런 고성능 갑옷에 싸움을 걸었었던 것임을 알고 무서워졌다.

동시에, 리온이── 정말로 봐주고 있었다는 것을 깨닫고 뭐라 말하기 힘든 기분이 들었다.

화가 나기도 했지만, 정말로 목숨을 빼앗지 않도록 서투르게나마 신경을 쓰고 있었던 것이리라.

그 뻔뻔한 리온이 자신들에게 신경을 써주고 있었다고 생각하니 우스워졌다.

"이런 고성능 갑옷을 빌려 놓고서 역할을 완수하지 못한다면 발트파르트한테 비웃음을 사고 말겠군. 그것만큼은 정말로 싫은데."

리온이 자신을 비웃는 모습을 상상하고, 율리우스도 기합이 들어갔다.

자신을 향해 접근한 또 한 기의 갑옷의 팔을 잘라 날려 버려 전투 불능 상태로 몰아넣은 뒤 병사들을 향해 소리쳤다.

「목숨이 아깝지 않은 자들부터 덤벼라!」

그러자 또 한 기—— 갑옷이 나왔다.

「그렇다면, 내 상대를 해주실까.」

목소리의 주인은 로이크였다.

율리우스를 향해 돌격해 왔다.

그걸 보고 율리우스는 순간적으로 피했다.

"이 녀석, 진짜 목숨을 버릴 작정인가?!"

로이크의 공격 따위 두려울 건 없지만, 문제는 그가 결사의 태세로 덤벼 왔다는 점이다.

목숨을 버릴 각오로 자신을 향해 덤벼 왔기에, 가능한 한 적의 목숨은 빼앗지 않는다는 방침인 율리우스로서는 성가신 상대였다.

로이크는 자포자기한 상태다.

「네 목소리는 들은 적이 있다. 확실히, 왕국의 왕자였지?」

「그게 어쨌다는 거냐?」

「아니—— 그저, 그렇게 생각한 것뿐이다. 루이제를 원한다면, 날 죽이고 나서 데려가시지!」

「칫!」

쓰러뜨리는 것뿐이라면 간단하지만, 자칫 잘못 반격하면 로이크가 죽고 만다.

그 때문에 율리우스는 고전을 면치 못하고 있었다.

선내.

드루이유 가의 기사나 병사들을 이끄는 위그가 소리치고 있었다.

"너희들, 얼른 쓰러뜨려!"

"하, 하고 있습니다! 하지만—— 저, 적이 강해서."

위그가 상대하고 있는 건 그렉과 질크였다.

알몸에 기관총을 든 그렉이 모퉁이에서 질크와 상담 중이다.

"질크, 원호 부탁한다."

"알몸으로 돌격하겠다니, 바보입니까?"

신랄한 질크에게, 그렉은 팬티에서 꺼낸 단말을 보여줬다.

"이 녀석이 있으면, 맨몸이라 할지라도 실탄을 막아준다는 것 같아. 루크시온이 그러더군."

"——어디서 꺼내고 있는 겁니까? 그리고, 저한테 갖다 대지 말아 주십시오."

단말을 팬티 속에 집어넣은 그렉은 기관총을 허리 위치에서 들고 사격 자세를 취했다.

"질크, 뒤는 맡긴다! 으랴아아아!"

뛰쳐나가 기관총 방아쇠를 당기는 그렉을 보고 적은 대혼란에 빠졌다.

"어째서 알몸인 거지!"

"아, 안 되겠어. 이 자식, 탄환이 안 먹혀!"

"그러면 마법으로―― 푸헥!"

마법을 쓰려 한 기사를 질크가 뒤에서 저격했다.

비살상 고무탄에 쓰러져 가는 아군을 보고, 위그가 오른손을 들었다.

"너희들 왕국의 야만적인 원숭이가 우리한테 이길 수 있을 거라고 진심으로――."

"하압!"

하지만 그렉 역시 지금까지의 경위로 성수의 가호가 위험하다는 것은 알아차렸다.

알아차렸기에, 그 대책도 세워 두었다.

그렉의 날아 차기를 맞고, 위그가 뒤쪽으로 날아갔다.

"이, 이 자――."

그렉은 일어서려 하는 위그에게 총구를 겨눴다.

"체크메이트다. 너희들이 성수의 힘을 쓴다면, 그전에 쓰러뜨리면 돼. 그것뿐이라고.”

자못 약점을 찾아내 줬다고! 라는 듯한 태도로 말하고 있지만, 단순히 힘에 맡긴 기술이다.

질크가 가까이 다가오더니, 권총을 꺼내—— 그대로 위그를 쐈다.

“아아아아아아아아아아악!!”

얼굴을 누르며 몸부림치는 위그를 보고, 질크는 수갑을 꺼냈다.

“뭘 득의양양해 있는 겁니까? 처음부터 쏴 버리면 될 텐데 말이죠. 자, 구속하자고요.”

루크시온이 준비한 구속구로, 쉽게는 파괴할 수 없다.

6대 귀족의 문장을 가지고 있더라도 빠져나올 수 없는 물건이다.

위그는 두 명에게 구속되자, 빨갛게 부어오른 얼굴로 항의했다.

“까불지 마라, 너희들. 너희가 하는 짓은 아무 생각도 하지 않는 바보들이나 하는 짓이야. 루이제를 구할 생각인지 모르겠지만, 그 여자를 구하면 공화국은 반드시 보복할 거다. 너희의 얼굴은 기억했다고. 절대로 용서하지 않을 거다.”

그렉과 질크가 서로 얼굴을 마주 보고는, 웃었다.

“이렇게 말하는데. 그래도 발트파르트는 아무 생각도 안 하고 있었지?”

“그는 바보니까 말입니다. 좋은 의미로도, 나쁜 의미로도 바보입니다. 그런 그에게 앞날 이야기를 한들 말이죠.”

두 사람은 그대로 위그를 방치하고 앞으로 나아갔다.

"어, 어이, 기다려! 날 이대로 방치하고 갈 생각이냐?! 나, 나는 6대 귀족인 위그라고!"

그렉이 뒤돌아봤다.

"알 바냐. 자기소개라면 나중에 천천히 들어 주마. 참고로 내 이름은 그렉이다."

질크도 자기소개하며 손을 흔들었다.

"저는 질크입니다. 다음에 같이 차라도 하지요."

위그는 둘의 반응을 보고 말이 나오지 않았다.

"어, 어어~?"

내가 적을 쓰러뜨리고 통로를 나아가고 있자, 한 청년이 서 있었다.

총을 들고 겨누자, 청년은 쓴웃음을 지으며 양손을 들었다.

"항복입니다."

"──제법 선뜻 패배를 인정하는데. 뭔가 꾸미고 있는 거냐?"

상대는 에밀이었다.

몇 번이나 얼굴을 마주한 적이 있지만, 이렇게 이야기를 하는 건 처음이었다.

에밀은 겸연쩍어하고 있는 것인지 손가락으로 뺨을 긁적였다.

"전 무서운 것이나 아픈 건 싫어하니까요. 플레벤 가의 기사와 병사는 물려 뒀습니다. 그리고 이 앞에 루이제 양이 있습니다."

거짓말을 하는 낌새는 없다.

총구를 내리고 경계하면서 에밀의 옆을 지나가려 하자, 에밀이 말을 걸었다.

"라우르트 가의 기사와 병사들이 보이지 않습니다. 밖에 있는 비행선도, 라우르트 가의 비행선에서만 갑옷을 출격시키지 않고 있더군요. ——혹시 손을 잡으셨습니까?"

멈춰 서서 에밀을 보니, 미소를 내보이고 있었다.

내 얼굴을 보고 자신의 짐작이 맞았다고 판단했는지 기뻐하는 듯한 태도를 지었다.

"역시! 습격 타이밍이나 배치 등도 신경이 쓰였거든요. 이거, 정보를 제공하는 사람이 있구나, 하고 말이죠."

라우르트 가의 협력을 받은 건 사실이다.

흔쾌히 협력해 주었다고.

"적 앞에서 술술 떠벌리지 않는 편이 좋아. 제거되어도 난 모른다."

"당신은 그런 짓을 하지 않아요. 그것보다 이 앞에는 세르주가 있습니다. 그는 정말로 강하다고요."

"그건 기대되는데! 자기가 강하다고 생각하고 있는 녀석을 때려눕히는 순간이 나는 최고로 기분 후련해진다고! ——뭐, 세르주는 덤이다. 구하고 싶은 건 루이제 양이니까 말이지."

그대로 앞으로 나아가자, 루이제 양이 있으리라고 짐작되는 문이 보이기 시작했다.

◇

루이제의 방에서는 세르주가 일어나 몸을 움직이고 있었다.

루이제 주위에 있는 시녀들은 전투로 배가 흔들릴 때마다 겁에 질려 비명을 지르고 있었다.

선내 방송에서는 잇따라 돌파당했다는 보고가 나오고 있어, 적이 바로 근처까지 왔다는 것을 저절로 알 수 있었다.

우는 시녀도 있는 가운데, 문 너머에서 발소리가 들려왔다.

세르주는 권총을 손에 들고──.

"너희는 손대지 마라."

──그렇게 말하고는 방아쇠를 당겨 문에 모든 탄환을 발사했다.

발포음이 울리고, 약협이 바닥에 떨어진다.

세르주가 총구에서 연기를 내는 권총을 내던지고는, 창을 들었다.

"나오라고."

구멍투성이가 된 문을 걷어차고, 한 청년이 들어왔다.

그 손에는 기관총이 쥐어져 있었다.

"놀러 와줬다."

미소를 띤 리온은 그렇게 말하고는 총구를 세르주에게 향하여 발포했다.

연속으로 발사되는 총이 일반적이지 않은 공화국 사람 입장에서는 기관총은 위협적이었다.

하지만 세르주는 오른손을 앞으로 내밀고는 마법으로 실드를 전개하여 탄환을 전부 튕겨냈다.

튕겨 나간 고무탄이 바닥에 나뒹군다.

그걸 보고 세르주는 실망했다.

"너도 물러 터진 녀석이냐. 하다못해 실탄을 준비하라고. 진심인 너를 짓뭉개 주고 싶었는데."

상대를 죽일 생각이 없는 공격에, 세르주는 낙담했다.

리온은 기관총을 내던지고는 검을 뽑아 한 손으로 들었다.

"기묘한 우연이군. 나도 마음에 들지 않는 녀석을 때려눕히는 걸 정말 좋아한다고! 그리고 나는 널 만났을 때부터 마음에 안 들었어!"

리온은 마치 악역 같은 대사를 입에 담으며 세르주에게 달려들었다.

리온의 검을 창으로 막아낸 세르주가 입꼬리를 올렸다.

"일격이 가벼워. 왕국 인간은 맨몸이 강한 것 아니었냐——고!"

세르주가 앞차기를 내지르자, 리온의 몸이 ⟨ 모양으로 꺾여 날아갔다.

바닥을 나뒹굴며 낙법을 취해 일어선 리온은 입가를 닦았다.

세르주는 리온의 실력이 대체로 예상되고 말았다.

"조금은 하는 것 같다만, 네 실력으로는 나한테 이길 수 없어."

리온의 표정이 일그러졌다.

한편.

병사를 이끈 나르시스 쪽에도 크리스와 브래드가 와 있었다.

브래드가 총구를 겨누자, 나르시스가 양손을 들고 항복했다.

"어라? 의욕이 없네."

브래드가 의아하다는 듯한 태도로 있자, 나르시스가 본심을 말했다.

"솔직히, 아는 사이이자 내가 가르치는 학생이었던 루이제를 희생으로 삼고 싶지는 않으니까 말이지. 자네들이 빼앗으러 와줘서 마음속 어딘가에서 안심하고 있어."

브래드는 나르시스의 이야기를 듣고 총을 내렸다.

"6대 귀족에도 제대로 된 녀석이 있네. 안심했어. 다들 피에르 같은 녀석들이려나 싶었고."

"──피에르는 예외다. 그것보다 이 앞으로 갈 거라면 조심하는 편이 좋아."

나르시스의 충고에 반응한 것은 크리스였다.

"우리가 지기라도 한다는 말인가?"

"자네들이 강한 건 알고 있어. 하지만 자네들은 세르주의 무서움을 몰라."

"무서움?"

이전에 나르시스는 리온 일행과 던전에 도전했다.

그때 리온 일행의 실력도 보았지만, 그래도 세르주는 격이 다르다고 생각하고 있다.

"세르주는 정말로 강해. 몇 년 전—— 성수의 가호를 쓰지 않고 맨손으로 몬스터를 쓰러뜨린 적이 있어. 소형이 아니야. 2m는 되는 커다란 녀석이라고."

몇 년 전이라고 하니, 15살 정도일 것이다.

그 무렵에 맨손으로 몬스터를 쓰러뜨렸다고 한다면, 확실히 위험할지도 모른다.

하지만 브래드는 흥미가 없는 모양이다.

"굉장하네. 아, 크리스는 수갑 갖고 있어?"

"갖고 있다."

훈도시에서 수갑을 꺼낸 크리스를 보고, 브래드가 아주 질색한 표정을 지었다.

"어째서 그런 곳에 넣은 거야? 나는 만지고 싶지 않으니까 크리스가 수갑 채워."

"어쩔 수 없지. 그나저나 훈도시의 결점은 주머니가 없다는 것이로군. 그것 말고는 완벽하다만—— 응? 아무래도 발트파르트가 목표에 접근한 모양이다."

이어폰 같은 통신기를 귀에 장착하고 있어서, 거기서 정보가 전달되고 있었다.

나르시스는 자신의 말을 진지하게 듣지 않는 두 사람에게 분개했다.

"둘 다 내 말을 들어줘! 루이제가 있는 곳에는 세르주가 있다. 세르주는 정말로 위험해! 그는—— 강하기만 한 게 아니야. 잔혹한 면도 있어. 이대로 방치하면 리온 군이 죽게 될 거라고."

브래드는 그런 나르시스를 앞에 두고 작게 한숨을 내쉬었다.

"나르시스 씨였나? 전혀 이해 못 하고 있네."

"뭐?"

크리스한테 수갑이 채워지는 중인 나르시스였으나, 수갑이 묘하게 뜨뜻미지근한 건 무시하기로 했다.

깊이 생각하고 싶지 않기 때문이다.

크리스는 수갑을 채우며 리온에 관해 이야기했다.

"선생이 어떻게 생각하고 있는지 모르겠지만, 발트파르트는 진짜 영웅이다. 단지 강하기만 한 상대에게 질 리가 없어. 애초에 강하기만 해서는 이길 수 없으니까 성가신 거다."

브래드도 고개를 끄덕이고, 상대를 걱정했다.

"그렇지. 그 세르주 군은 너덜너덜하게 두들겨 맞지 않겠어? 발트파르트가 싫어하는 타입이고. 난 발트파르트하고만은 진심으로 싸우고 싶지 않아."

"나도 마찬가지다. 시합이라면 괜찮다만, 실전이라면 무조건 도망칠 거다."

리온에 대한 둘의 신뢰를 듣고, 나르시스는 생각했다.

'그들은 사이가 좋은 걸까? 아니면, 나쁜 걸까?'

◇

리온이 루이제의 방에 도착했을 무렵. 율리우스는 로이크와 밖에서 싸우고 있었다.

"이 자식, 정말로 죽을 생각인가?!"

고전을 면치 못하는 율리우스는 로이크의 몸통 박치기를 피해 왼팔을 파괴했다.

로이크의 갑옷은 너덜너덜하여 무기 같은 건 들고 있지 않았다.

그 때문에 로이크의 공격이라고 하면 몸통 박치기뿐이다.

율리우스는 로이크를 죽이지 않도록 싸우고 있었고, 까닭에 결정타를 입히지 못하고 있다.

「봐주는 게 너무 어렵군. ──로이크였지? 너, 그대로 싸우면 정말로 죽을 거다!」

로이크를 생각해서 말을 건 것인데, 본인도 이해하고 행동하고 있었다.

「그게 어쨌다는 거지?」

「뭣이?」

「나는 이미 죽은 것이나 마찬가지다. 지금의 내게는 아무것도 남아 있지 않아. 아무것도 남아 있지 않단 말이다!」

로이크가 돌격해 오자, 율리우스는 이를 받아내고 아인호른 갑판에 내던졌다.

그리고 콕핏을 강제로 열어 로이크의 모습을 봤다.

핏발 선 눈.

이전에 봤을 때는 귀공자 같은 모습이었던 로이크였으나, 지금은 제법 피폐해진 모습이다.

날카로운 눈매에 뺨이 여윈 생김새.

이전보다도 삐쩍 마른 얼굴을 보건대, 피폐한 생활을 보낸 것처럼 보인다.

로이크가 콕핏에서 나오더니 그대로 검을 쥐었다. 갑옷 상대로 검으로 맞서는 모양이다.

「너, 너!」

"——이제 아무것도 없다. 가족에게서도 죽고 오라는 말을 들었다. 내게—— 있을 곳 따위 없단 말이다!"

율리우스는 로이크의 지금 처지를 쉽게 예상할 수 있었다.

자신이 죽기를 가족들이 바라고 있다.

그런 로이크가 불쌍했다.

율리우스는 해치를 열고는 마찬가지로 검을 손에 쥐고 밖으로 나갔다.

'수모를 당하면서까지 살고 싶지 않다면, 여기서 끝내 줄까.'

마음에 들지 않으니까 베는 게 아니다.

율리우스는 로이크를 동정하고 있어서, 여기서 끝내 주는 것도 친절함이라 생각하고 있다.

밖으로 나온 율리우스를 보고 로이크가 아주 약간 기뻐 보이는 표정을 지었다.

율리우스의 눈이 자신을 죽이겠다고 말하고 있었기 때문이다.

"고맙다는 말을 하지, 왕국의 왕자. 너는 내게 죽을 장소를 주었다. 이런 내게도 의미를 준 것에 감사하마."

스스로 목숨을 끊는 것 따위 불가능했고, 그러나 죽을 장소도 주어지지 않아서 가족에게 처분당하는 것을 기다릴 뿐이었던 로이크한테는 이러한 싸움이라도 의미가 있었다고 생각되는 모양이다.

"내가 끝내 주마."

두 사람이 검을 들자, 함교에서 노엘이 나왔다.

숨을 헐떡이며 율리우스와 로이크의 싸움을 멈추고자 걸어왔다.

"노엘, 나오지 마라!"

선내로 돌아가라고 율리우스가 말하는데도, 노엘은 이쪽으로 걸어왔다.

로이크가 노엘의 모습을 보더니 복잡한 표정을 지었다.

곧바로 시선을 율리우스에게로 돌리고, 그대로 노엘과 이야기했다.

"──노엘! 나는── 나는, 널 좋아했다."

"로이크, 이제 그만하자. 이렇게까지 할 필요 따위 없어. 루이제를 제물로 삼고 싶지 않아. 그녀가 죽는 걸 원하지 않아! 너도 마찬가지야. 죽을 필요 따위 없어!"

"나는 죽은 것이나 다름없다! ──살아 있는 게 허무해."

로이크의 눈에 눈물이 고였고, 칼끝을 내리며 고개를 숙였다.

"성수의 가호를 잃은 귀족은 주위에서 기피당한다. 내게는 살아 있을 가치가 없어. 언젠가 병사로 취급되어 살해당해 죽을 뿐이야. 그렇다면── 여기서 싸우다가 죽고 싶다."

언젠가 죽는다면, 조금이라도 의미가 있는 죽음을.

그것이 로이크의 소원이었다.

율리우스는 검을 든 자세를 풀지 않았지만, 두 사람이 대화할 시간을 만들어 주었다.

노엘이 로이크를 계속 설득했다.

"집을 나오면 되잖아! 가호가 없어도 살아갈 수 있어. 6대 귀족인 로이크가 아니어도 돼. 평범한 로이크로서 살아가면 되잖아!"

로이크는 울면서 웃고 있었다.

"──아니야. 그런 게 아니라고!"

"로이크?"

"나는 너를── 사랑한다고 말해 놓고서, 아무것도 몰랐다. 알려고도 하지 않았어! 속박해서 널 괴롭히고, 상처 입힐 뿐이었지. 이런 내게 살아 있을 가치 따위 없단 말이다."

로이크가 죽고 싶어 했던 이유는, 노엘에게 상처를 주었던 것이 원인이었다.

거리를 두고서야 비로소 자신이라는 존재를 객관적으로 볼 수 있었다.

로이크가 검을 내던지고는, 율리우스 앞에서 양팔을 펼쳤다.

"율리우스 전하, 솔직히 싸울 힘 같은 건 남아 있지 않다. 제멋대로인 희망이지만, 단칼에 끝내 주었으면 하는군."

율리우스가 검 손잡이를 다시 쥐고, 힘을 담았다.

"알았다. 마지막으로 뭔가 할 말은 없나?"

로이크가 미소를 지어 보였다. 어딘가 시원시원한 표정을 짓고 있었다.

"노엘── 미안했다. 그리고, 전하 일행에게도 폐를 끼쳤군. 백작에게도 사죄하고 싶다. 미안했다고 전해다오."

"꼭 전하지."

율리우스가 발을 내디디자, 양팔을 펼친 로이크의 옆얼굴에 ──마리에의 주먹이 냅다 꽂혔다.

"누굴 호구로 보냐, 이 망할 꼬맹이가아아아아!!"

"푸헉! 커헉!"

갑판을 나뒹구는 로이크를 보고, 율리우스는 멈춰 서서 검을 내렸다.

"마리에? 저, 저기, 여긴 로이크의 희망을 이루어 주는 장면이라고 생각한다만?"

난입한 마리에한테 곤혹스러워하는 율리우스.

그리고 노엘도 난감해하고 있었다.

"마리에 짱? 그, 그게, 로이크가 날아갔는데."

작은 몸집인 마리에의 주먹 같은 건 가볍다고 생각하기 마련이지만, 맞은 적이 있는 율리우스는 알고 있다.

'마리에의 주먹은 무거우니까 말이지.'

농담이 아니고 진짜로 무거워서, 자신의 배는 될 남자들을 주먹 하나로 날려 버린다.

마리에는 주먹에서 뚝뚝 소리를 내며 로이크에게 가까이 다가가더니, 왼손으로 로이크의 머리카락을 붙잡아 들어 올렸다.

그대로 오른손으로 뺨따귀를 후려갈겼다. 왕복 뺨따귀 후려갈기기가 이어졌다.

"미, 미안합── 용서──읍."

계속해서 얻어맞은 로이크의 두 뺨은 크게 부어 있었다.

마리에는 흐트러진 호흡을 가다듬고 나서 로이크의 얼굴을 자신에게 가까이 가져다 댔다.

"뭐가 죽고 싶다는 거야. 뭐가 살아 있을 가치가 없다는 거야. 좀 실연한 정도로, 비극의 히로인이라도 되었다고 생각하는 거야? 기분 나쁘거든?"

"흐, 흐런 말흘 해도."

마리에는 말이 잘 나오지 않는 로이크를 노려봐 입을 다물게 했다.

지금의 마리에한테는 박력이 있다.

"그러니까 차이는 거야. 실연당했으면 얼른 다음으로 가면 되

잖아. 그걸 언제까지고 구질구질하게 매달려 있다가, 죽어 주겠
다고? 너, 누구 얕보는 거냐? 아앙!"

"히익!"

겁에 질린 로이크를 밀쳐내서 바닥에 자빠뜨리고는, 마리에는
으르대는 듯한 어조를 그만두고 타이르기 시작했다.

"살고 싶은데 죽을 수밖에 없는 사람도 있어. 이 정도로 죽는다
든가, 너 정말로 용서받지 못할 거야."

"하, 하지만."

"하지만이 아니야! 알겠어? 이 세상에 태어난 이상, 인간은 죽
을 때까지 계속 살아가야만 하는 거야. 젊고 사지 멀쩡한 몸이 있
는데, 한번 실연했다고 해서 죽겠다? 어리광부리는 거 아니야!
너, 깔끔하게 죽으면 멋있을 줄 아는 거야? 바보 아냐?"

마리에는 바보 취급하면서도 진지한 눈을 하고 있었다.

율리우스는 마리에의 말에 묘한 설득력을 느끼고 있었다.

'마리에는 어째서 이 녀석을 설득하고 있는 거지?'

로이크와 마리에한테는 접점 따위 없을 터다.

하지만 마리에는 자포자기한 로이크를 보고 있을 수 없었던 것
이리라.

"정말로 멋있는 건, 마지막까지 꿋꿋하게 살아가는 거야. 힘닿
는 한 발버둥 치고 몸부림치고, 그래도 꿋꿋하게 살아가는 녀석
이 멋진 거야. 지금의 너는 실연했으니까 죽어 주겠다고 말하는
단순한 떼쟁이 녀석이야. 전혀 멋지지 않아. 노엘이 싫어하게 되

는 것도 납득이 가네."

로이크가 고개를 푹 숙이고 말았다.

"네가 뭘 안다는 거지? 귀족으로서 모든 것을 잃고, 주위에서는 내가 죽기를 바라는 나의 심정을 네가 안다는 건가?"

"몰라! 너, 자기는 노엘의 마음을 알아차리지 못했으면서, 다른 사람한테 그걸 요구하다니 뻔뻔하네. 남자라면 밑바닥에서부터라도 기어 올라오란 말이야. 성수의 가호를 잃었느니 어쩌니 말하지만, 우리는 처음부터 그런 게 없어도 살아가고 있어. 나한테는 귀족의 지위도 없어. 있는 건 빚뿐이야."

마리에는 로이크를 억지로 일으켜 세우고는, 배에 가볍게 주먹을 갖다 댔다.

"쉽게 죽는다고 말하는 건 어리광이야. 정말로 구렁텅이에 있는 인간은 말이지── 자신이 살아갈 방식조차 스스로 선택할 수 없어. 시건방진 말 하기 전에, 살기 위해 발버둥 치도록 해. 너한테는 시간도 있고, 얼마든지 다시 시작할 수 있어."

"──네, 네에."

울며 자세가 무너지는 로이크를 마리에가 부둥켜안았다.

이야기를 듣고 있던 율리우스는 그건 어려울 거라고 생각했다.

하지만 마리에가 로이크를 설득한 것을 보고, 분위기를 깨는 말은 할 수 없었다.

곧바로 갑옷에 올라타 주위를 경계했다.

'공화국 함대는 아인호른을 공격해 오지 않나. 발트파르트를 두

려워하고 있는 건가? 아니, 어쩌면 발트파르트가 수호자의 문장을 지녔기 때문인가?'

공적 깃발을 내걸고 있는 아인호른은 격추당해도 이상하지 않은 상황이다.

하지만 페르낭이 이끄는 함대는 이쪽에 손을 대지 않았다.

'나머지는 발트파르트가 예정대로 루이제를 데리고 돌아오는 것뿐인가.'

제10장

「이용하는 자」

"——커헉!"

세르주의 창 자루 끝부분으로 배를 공격당한 나는 토사물을 뱉으며 몸을 움츠렸다.

루이제 양이 있는 방을 더럽히고 말아 면목 없지만, 지금은 그걸 신경 쓰고 있을 겨를이 아니었다.

너덜너덜한 나와 달리, 세르주는 싸우기 시작했을 때의 모습 그대로였다.

즉, 내 공격 같은 건 한 방도 닿지 않았다.

"뭘 하면 그렇게 강해지는 거지."

세르주는 강하다. 확실히 강하다.

모험가로서 단련해 왔다고는 들었지만, 이렇게까지 강하리라고는 생각지 않았다.

괴로워하는 나를 발로 걷어찬 세르주는 성격도 공격적이어서 용서가 없다.

"겨우 이 정도냐! 뭐가 영웅이냐! 뭐가 귀축 기사냔 말이다! 너의 실력은 로스트 아이템이 있기에 가능했던 거잖냐! 그걸 손에서 놓은 너는 조무래기와 똑같다고!"

인정사정없이 짓밟히는 나는 필사적으로 견디고 있었다.

입가에서는 피가 나오고, 어찌어찌 일어서서 그걸 손으로 닦았다.

계속 공격해서 지칠 텐데도, 세르주는 제법 기운이 있었다.

"──하아, ──하아, ──너, 넌, 꽤 기운이 넘치는군."

남을 공격한다는 것은 체력 소모가 격심한 행위다.

날 공격하는 세르주가 숨을 헐떡이지 않는 것을 보고, 부자연스럽게 느끼고 있었다.

휘청휘청하는 날 보며, 세르주는 품에서 꺼낸 무언가를── 작은 병 안에 든 액체를 다 마셔버리고는 그걸 바닥에 던졌다.

"──약물이냐?"

"신체 강화약이다. 이걸로 너를 계속 때릴 수 있지."

그렇게 말한 세르주의 시선은 루이제 양을 보고 있었다.

지금의 말은 상대하고 있는 내가 아니라, 루이제 양을 향한 것이다.

시녀들에게 둘러싸인 루이제 양이 새파래진 얼굴로 고개를 가로젓고 있었다.

"싫어── 싫어. 이제 그만해."

세르주가 양팔을 펼쳤고, 그런 루이제 양의 희망을 깨부쉈다.

"재미있는 건 이제부터라고! 피를 토하고, 내장을 흩뿌리며 비참하게 죽어 가는 모습을 보여 주지!"

과격한 놈이다.

그건 그렇고, 신체 강화약인가.

마리에의 공략 정보에 적혀 있었지.

스테이터스를 일시적으로 상승시키는 효과가 있어, 게임 등에서는 정석 아이템이리라.

"그런 것까지 꺼내는 거냐."

"죽고 죽이는 싸움에 룰 따위 없다고."

그것에는 동의한다.

하지만——.

신체 능력이 향상된 세르주의 주먹이 내게 닥쳐왔고, 얻어맞아 벽까지 날아갔다.

등을 부딪쳐, 벽에 금이 갔다.

"——크!"

피를 토하자, 내 모습을 본 루이제 양이 시녀들을 밀쳐내고 내 앞에 서서 양팔을 벌렸다.

세르주가 눈을 가늘게 떴다.

"무슨 짓이지?"

"이 이상은 용서하지 않을 거야. 리온 군을 더 이상 상처 입히지 마."

"먼저 손을 댄 건 이 녀석들이라고!"

"그래도! 그래도 그만해."

세르주가 창을 들자, 주위가 제지하러 끼어들었다.

"세르주 님! 루이제 님께는 역할이 남아 있습니다! 상처 없이 우듬지로 보내라는 명령을 받았습니다!"

시녀에게 제지당해, 세르주가 창날 끝을 내렸다.

세르주가 날 보는 눈은 몹시 차가웠다.

"솔직히 실망이다. 좀 더 놀 수 있다고 생각했는데 말이지."

루이제 양이 괴로워하는 날 일으켜 세우고는, 그대로 날 방에서 데리고 나간다.

시녀들이 말리려 했지만, 루이제 양이 엄명했다.

"오지 마! ——인제 와서 도망치거나 하지 않아. 하지만, 여기 있으면 그 녀석이 리온 군을 죽일 거니까, 안전한 장소까지 벗어날 거야. 금방 돌아올 테니까."

루이제 양의 부축을 받으며, 나는 방에서 나갔다.

루이제는 리온을 부축하며 선내 복도를 걷고 있었다.

눈물이 멈추질 않는다.

동생과 똑같이 생긴 리온이 세르주한테 지독하게 당하는 것을 보고, 슬퍼서 어쩔 수가 없었다.

"정말로 바보라니까!"

"아하하—— 죄송합니다."

출발 전에 알베르크한테서 들은 리온의 전언은 '미안합니다' 였다.

그 의미를 루이제는 지금에 와서야 이해했다.

"아버님께 부탁한 전언은 이런 의미였던 거네."

"──화났습니까?"

"그야 화도 나! 리온 군의 행동으로 큰 문제가 될 거야. 죽기 전에 리온 군의 목숨을 살려달라고 요청은 하겠지만, 어떻게 될지는 몰라."

제물로서 뛰어들기 전에, 리온 일행을 옹호하기는 할 생각이다.

하지만 그 뒤까지는 보장할 수 없다.

"리온 군이 무리할 필요는 없어. 내가 선택한 거야. 나 말이지, 전에도 말했지만, 제물이 되는 건 괜찮아. 동생의── 리온 곁에 갈 수 있으니까."

사실은 무서웠다.

누군가가 구해주기를 바랐다.

하지만 매일 밤 꿈에서 보는 동생이 괴로워하는 모습에 루이제는 견딜 수 없게 되었다.

자신이 곁에 있어 준다면 분명 동생은 외롭지 않다.

옛날에── 동생을 구하지 못했던 자신이 할 수 있는 속죄라고 생각하여 받아들이고 말았다.

그런 루이제한테, 리온의 입에서 의외의 말이 나왔다.

"옛날부터 너무 의리가 두터워."

"어?"

마치 옛날부터 자신을 알고 있었던 것만 같은 말투에, 이내 '최근 알게 된 사이 아니었나?' 하는 의문이 떠올랐다.

하지만 루이제는 매일 밤 악몽에 시달리는 바람에 판단력이 저하되어 있었다.

　"신년제 약속을 이루었으니까 사라질 생각이었어. 그런데도, 성수가 쓸데없는 짓을 하니까 일이 성가셔졌네."

　"무, 무슨 말을 하는——."

　"——나(俺)라고. 아니, 나(僕)야. 몰랐어?"

　"노, 놀리는 건 그만해! 농담이라도 웃을 수 없어."

　리온의 말투는 마치 자기가 바로 동생인 리온이라는 것처럼 들린다.

　그런 일은 절대로 있을 수가 없는데, 루이제의 마음은 그랬으면 좋겠다고 바라고 있었다.

　리온이 배를 누르며 괴로워하는 듯한 모습을 보였고, 그래도 미소를 띠었다.

　애처로운 모습이다.

　"예, 옛날에, 같이 잤을 때, 내가 오줌 싸 놓고서는 잘못을 덮어씌운 적이 있지? 그걸 화내서, 일주일이나 나하고 말도 해주지 않았잖아."

　루이제는 그 이야기를 리온한테 들려준 적이 없다.

　"어, 어떻게 그걸."

　"화해하고 싶어서, 종이로 만든 반지를 선물했었지. 모두가 보는 앞에서 내가 했다고 사과하고, 용서를 받았어."

　최종적으로 리온이 자신이 한 짓이라고 가족들 앞에서 사과했기에 루이제는 용서했다.

그 사과의 물건이 반지이고, 그때 우쭐해진 리온이 결혼 약속까지 한 것이다.

고백하는 경위가 끔찍해서, 그다지 말하고 싶지 않았다.

루이제는 눈물이 그치질 않았다.

"어째서. 어째서야! 왜 인제 와서 말하는 거야!"

흐느껴 우는 루이제를 꽉 끌어안은 리온은, 다정하게 설명했다.

"내가 다시 태어나서 나타나도 곤란하잖아? 잠깐 얼굴을 내비치는 걸로 괜찮았어. 모두의 얼굴을 보고 싶었어."

"말하란 말이야! 나는 쭉── 리온한테 사과하고 싶었는데!"

리온의 품에서 눈물을 흘리는 루이제는, 목소리가 나오질 않게되었다.

자신의 직감이 옳았다고 믿어 버리고, 눈앞에 있는 사람이 동생이 다시 태어난 것이라고 믿고 말았다.

부자연스러운 점에는 눈을 감고, 믿고 싶은 사실만을 보고 있었다.

"그렇게 우니까 말하고 싶지 않았어. 나는 원망하고 있지 않아. 마지막에도 그렇게 말했잖아?"

루이제는 고개를 끄덕이고, 그때의 일을 떠올렸다.

괴로워 보이는 리온을 보고 있기만 할 수밖에 없었다.

리온이 그때의 이야기를 입에 담았다.

"내가 제물을 원한다고 생각해? 나는 마지막에, 웃는 얼굴이었잖아?"

"응. 응. 그랬어."

◇

동생(리온)의 죽음이 가까워졌을 무렵의 이야기다.

괴로워하는 리온 주위에는 알베르크가 모은 명의들이 전부 모여 있었다.

손을 쓸 도리가 없어서, 누구나가 고개를 푹 숙이고 있었다.

알베르크가 도움을 요청했다.

"원하는 것을 준비하겠네! 그러니 아들을 살려주게! 당신은 명의라고 들었네. 죽은 사람조차 되살아나게 한다고!"

그 명의가 고개를 가로저었다.

"죽은 사람은 되살아날 수 없습니다. 그건 과장된 소문 이야기입니다. 아드님의 일은 안타깝게 생각합니다만, 이유를 알 수가 없습니다. 어째서 쇠약해지는 것인지 짐작이 가지 않습니다. 마치 영혼이 떠나고 싶어 하고 있다고밖에 생각되지 않습니다."

불가사의하게도 리온의 몸에는 병 같은 건 없었다.

쇠약해지고 있을 뿐이다.

그렇기에 의사들도 손을 쓸 도리가 없다.

"주술사도 그런 말을 했었네! 그렇다면 그 영혼을 붙들어 매어 주게나!"

그런 쪽의 전문가도 당연히 모았지만, 모두가 어찌할 방도가 없다며 포기하고 있었다.

"──저희는 의사입니다. 주술사가 아닙니다."

알베르크가 주먹을 꽉 쥐었고, 거기서 피가 배어 나왔다.

루이제는 리온의 손을 꽉 잡았다.

"리온, 죽으면 안 돼. 약속한 게 있잖아? 잔뜩 있어. 그걸 지키지 않고 죽으면 절대로 용서하지 않을 거니까 말이야. 수호자가 되는 거지? 누나랑 결혼하는 거지?"

그 말을 들은 리온은 미소를 띠고 있었다.

괴로워 보이는데, 미소를 띠고 있는 모습이 애처로웠다.

"미안해. 그래도── 난 약속을 지킬게. 곤란할 때는 반드시 ──달려갈── 니까."

그대로 리온이 괴로워하기 시작하자, 대화를 할 수 없게 되었다.

루이제는 고개를 가로젓고, 리온의 몸에 안겨들었다.

어린애 나름대로, 리온의 영혼이 떠나간다는 말을 듣고── 필사적으로 붙들어 매려 한 것이리라.

"가지 마! 누나를 두고 가지 마!"

결국, 리온은 그날에 죽었다.

◇

"나는 제물 같은 건 원하지 않아."

279

"그, 그러면, 어째서 목소리가 들리는 거야! 구해 달라고 소리치는 거야!"

"성수에 꽃 같은 건 피지 않아. 분명 뭔가 이유가 있을 거야."

"이유?"

"그걸 조사해 보겠어. 그러니까, 그때까지는 날 믿고 따라와 줬으면 해."

어느샌가 루이제는 리온한테 이끌려 갑판으로 와 있었다.

그곳에는 아로간츠의 모습이 있다.

아로간츠에 접근한 병사, 그리고 갑옷이 주위에 나뒹굴고 있었다.

리온이 루이제와 마주 봤다.

"지금까지 미안해. 그래도, 이제부터는 쭉 함께니까."

루이제는 리온에게 안겼다.

그 직후였다.

"뭣?!"

리온의 당황한 목소리가 들리더니, 비행선 갑판이 격렬하게 흔들리기 시작했다.

루이제가 주위에 시선을 향하자, 고도가 올라가 있었다.

"떠오르고 있어?"

아인호른이 부딪쳐 움직일 수 없게 된 대형 비행선이 떠오르고 있었다.

마치 성수의 우듬지에 이끌리는 것만 같이 움직이고 있었다.

리온이 루이제를 끌어안고 아로간츠에 올라타려 했다.

"이쪽이야."

"자, 잠깐만. 낌새가 이상해."

◇

세르주는 선내 복도를 달리고 있었다.

"그 여자, 막판에 와서 배신했군!"

루이제와 리온의 낌새를 감시하던 세르주는 서둘러 갑판으로 나왔다.

그러자 그곳에는 리온과 루이제의 모습이 있었다.

서로를 끌어안고 있는 모습을 보고, 세르주 안에서 무언가가 끊어지고 말았다.

"──이봐이봐, 인제 와서 도망칠 수 있을 줄 알았나?"

리온은 잠자코 있었지만, 루이제가 세르주에게 대답했다.

"세르주, 지금은 가만히 내버려 둬."

리온과 루이제의 대화를 듣고 있던 세르주는 바보 취급하는 것처럼 웃기 시작했다.

"동생이 정말로 살아 돌아왔다고 생각하는 거냐? 정말로 머릿속이 낙관적인 바보군! 그 녀석이 동생과 같은 나이인 걸 잊은 건가?"

리온이 정말로 환생한 동생이라고 한다면 나이가 같은 건 이상하다.

당연한 말을 들은 루이제는, 놀라서 리온의 얼굴을 봤다.

"리온?"

입을 다물고 있는 리온을 보고, 세르주는 권총을 꺼냈다.

"이 사기꾼이. 쇠약해진 루이제라면 쉽게 속일 수 있어도, 주위가 똑같다고 생각하지 말라고. 입만 산 가짜 영웅은 여기서 죽여주마."

루이제가 필사적으로 리온에게 물었다.

"리온? 하나만 대답해 줘. 네가 준 반지에는 뭐라고 적혀 있었어? 그건, 우리만의 비밀이었어. 너라면 알고 있겠지? 응?!"

종이로 만든 반지에 동생이 쓴 것.

그건 둘만의 비밀이어서, 제삼자는 절대로 답할 수 없는 질문이다.

리온이 대답했다.

"사랑해, 라고 적었던가?"

루이제와 시선을 맞추지 않고 대답했지만, 그건 오답이었다.

루이제가 리온을 밀쳐내고는 혐오감을 드러냈다.

"날 속인 거네."

"——도중까지는 잘 풀렸는데, 정말로 유감이야."

대형 비행선은 성수 정상에 도착하고 말았다.

루이제가 뒤로 물러나 리온과 거리를 벌렸다.

리온이 억지로 루이제를 붙잡으려 하자, 세르주가 권총으로 둘

사이── 바닥에 발포했다.

"움직이지 마라. 너는 거기서 보고 있으라고. 자── 성수의 꽃이 보이기 시작했다."

한 송이 꽃.

하얀 국화 같은 꽃으로부터는 가느다란 로프 같은 촉수가 몇백 개나 나타나 있었다.

그 촉수는 루이제를 원하여 찾고 있다.

그리고 목소리가 들려왔다.

「누나── 어디야? 누나── 어디에 있어?」

동생의 목소리임을 알아차린 루이제는 큰 목소리로 외쳤다.

"여기야! 여기 있어! 리온, 누나는 여기 있으니까!"

목소리에 반응한 촉수가 루이제를 향해 뻗어 왔다.

그 모습을 보고 있던 리온이 황급히 제지하러 가려 했더니, 세르주가 발포했다.

인정사정없이 리온에게 총알을 쏘고 있었다.

"큭!"

리온은 총알이 루이제에게 맞지 않도록, 자신의 몸을 희생하여 지켰다.

그 때문에 루이제를 따라잡지 못하고 있었다.

루이제 본인은 갑판에서 뛰어내렸고, 촉수가 루이제를 받아내 그대로 꽃에 집어삼켜지고 말았다.

"루이제 양!"

리온이 분한 듯이 손을 뻗었지만, 포기했는지 세르주를 노려보기 시작했다.

"제2라운드다. 이번에는 도와줄 녀석이 없다고."

총알을 다 쏜 세르주는 또다시 권총을 내던졌다.

품에서 꺼낸 것은 신체 강화약이다.

그걸 다 마시고, 비어 버린 작은 병을 던졌다.

그리고 창을 손에 쥐었다.

리온이 세르주를 향해 걸어왔다.

무기를 들려는 낌새가 없다.

"어이, 허리의 검은 장식이냐? 하다못해 무기를──."

"방해다, 비켜."

"──뭣?!"

한순간에 거리를 좁힌 리온이 세르주의 얼굴에 주먹을 꽂아 넣어 갑판에 패대기쳤다.

단 한 방.

리온의 주먹을 맞은 세르주는 하늘을 올려다보는 자세로 나자빠졌다.

리온은 그대로 아로간츠로 향했다.

거기에 루크시온이 합류했다.

『예정과 다르군요. 루이제를 회수하지 못했습니다만?』

"도중까지는 잘 되어 가고 있었어! 젠장! 둘만의 비밀이라니, 리온 군 때문에 계획이 어그러지고 말았잖아."

일어나려 하는 세르주였으나, 예상보다도 대미지가 커서 일어
설 수가 없다.

약 덕분에 통증은 적지만, 몸이 움직이지 않았다.

리온은 아로간츠에 올라타더니, 세르주 따위 무시하고 날아가
버렸다.

세르주는 코피를 흘리며 리온을 향한 증오를 한층 더 키웠다.

"나, 날 거들떠보지도 않는다고? ——저, 저 자식, 이 나를 이
용한 건가!"

루이제 앞에서 엉망진창으로 얻어맞은 건 일부러 그런 것임을
깨달은 세르주가 분노로 몸을 떨었다.

이런 굴욕은 여태껏 당한 적이 없다.

지금까지 쌓아 온 자신감이 소리를 내며 무너져 갔다.

아로간츠 콕핏 안.

성수 우듬지에 핀 꽃에 접근해 보니, 기분 나쁜 촉수가 나 있
었다.

"이 녀석, 정말로 신성한 식물이야?"

몹시 그로테스크하다.

몇백은 되는 촉수가 꽃에서 나와 꿈틀꿈틀 움직이며 날 접근시
키지 않는다.

그 주위에 배치되어 있던 건 원기둥 형상의 떠 있는 기계다.

"루크시온, 저건?"

『이데알이 제조한 방어 설비로군요. 재밍을 통해 제가 해석하지 못하도록 하고 있었습니다.』

"세르주 녀석, 이렇게까지 하는 거냐."

『시간은 걸렸습니다만, 이미 해석은 끝냈습니다. 본래라면 얼른 본체 주포로 불태워 없애버리고 싶습니다만, 마스터가 설득에 실패하였기에 무리가 되었습니다.』

"도중까지는 잘 되어 가고 있었다고! 그래서, 저 꽃은 뭐야?"

루크시온과 따로 행동하고 있었던 건 꽃을 조사시키기 위해서다.

이데알의 방어 설비에 방해받아, 지금까지는 조사할 수가 없었다.

『저건 성수와는 관계없습니다. 성수와 이어져 있기는 합니다만, 에너지를 얻고 있을 뿐이군요.』

"별개의 존재인가?"

『마장의 반응을 감지했습니다. 완전체라고는 하지 않겠습니다만, 일부 코어를 남긴 마장이 썬 모습입니다.』

"──거짓말이지?"

내가 상상한 건 구 판오스 공국과의 전쟁에서 싸웠던 흑기사 할아범이다.

그 할아범한테 나는 죽을 뻔했다.

마장── 그건 신인류가 루크시온과 같은 인공지능들과 싸우기 위해 준비한 병기다. 즉, 성가신 물건이다.

『사실입니다.』

"루이제 양을 집어삼켰다는 거냐! 그럼, 더는——!"

마장에 삼켜지면, 구할 방법이 사라지고 만다.

마장이 인간과 융합하면 떼어낼 수 없게 되기 때문이다.

그리고, 융합한 인간은—— 오래는 살지 못한다.

『아니요, 코어가 남아 있으면 구해낼 수 있습니다. 일부라도 남아 있는 건 행운이었습니다. 단, 곧바로 구하지 않으면 융합되어 버리고 말겠지요.』

"그럼 당장 되찾는다."

그건 그렇다 치고, 어째서 마장은 루이제 양을 선택했지? 일부러 리온 군의 목소리까지 써서 말을 걸었다? 정말로 리온 군이 사로잡혀 있는 건가?

아니, 그럴 일은 없다.

설마, 정말로 영혼이 갇혀 있나?

사고가 정리되질 않는다.

그러자, 루크시온이 내게 경고했다.

『그런 것입니까. 마장이 원하던 것은 성수의 가호를 지닌 인간입니다.』

"뭐?"

『나옵니다.』

성수의 꽃이 급속히 말라 가더니, 거기서 씨앗이 나왔다.

커다란 씨앗에는 금이 가 있었고, 그곳으로부터 거대한 손이 튀어나왔다.

껍질을 억지로 열고 나오는 것은, 이전에 본 흑기사의 마장과 비슷한 모습이었다.

"야, 설마 지거에 루이제 양이 타고 있는 거냐?"

『갇혀 있는 것이겠지요. 에너지원으로 삼아지고 있습니다. 지긋지긋한 녀석들입니다. 제거하시겠습니까?』

"루이제 양을 구하고 나서다."

아로간츠로 그곳을 향해 가자, 마장이 반응을 보였다.

루이제 양의 목소리를 사용하고 있었다.

「좋아. 이 생체 파츠는—— 아주 좋아. 고갈된 에너지가 무진장 보급돼! 이대로—— 나는 이 세계의 모든 것을 멸망시켜 주겠어!」

양팔을 펼치는 마장을 향해, 배틀 액스를 든 아로간츠로 달려들었다.

하지만, 날이 통하지 않는다.

배틀 액스가 부러지고 말았다.

"뭐야, 이 단단함은?!"

『흑기사 때와는 다릅니다. 완전체에 가깝기에, 그만큼 성능도 올라가 있다고 생각해 주십시오.』

"그런 건 먼저 말하라고!"

서둘러 거리를 벌리고, 부러진 배틀 액스를 내던졌다.

라이플로 바꿔 들고 저격하니, 전부 회피해 버리고 말았다.

"빨라?!"

『당연합니다. 구인류가 고전한 마장이라는 병기라고요. 단, 저래 보여도 데이터를 보는 한 성능은 절반 이하로군요.』

"저 녀석을 쓰러뜨리고, 루이제 양도 구하는 게 터무니없이 어렵다는 건 이해가 됐어. ──그래서? 구할 방법은?"

이쪽을 향해 다가오는 마장의 주먹을 피하고, 루크시온의 대답을 기다렸다.

『마장에서 루이제를 꺼내고, 코어만을 꿰뚫는 겁니다. 문제는 마스터가 설득에 실패한 것입니다. 루이제 자신이 마장에서 떨어지려 하지 않겠지요. 오히려──.』

대화 도중에 마장이 덤벼들었고, 커다란 낫을 휘둘러 마장의 공격을 막아냈다.

마장이 내게 말을 걸었다.

「──용서하지 않아. 날 속인 너는, 절대로 용서하지 않겠어.」

나를 증오하는 루이제 양의 목소리가 들려왔다. 이쪽은 본인의 의사인 모양이다.

"의식이 있는 건가?!"

걷어차서 거리를 벌리자, 마장이 양팔을 벌렸다.

"젠장!"

걷어찼을 때, 아로간츠의 다리 부분이 꿰뚫리고 말았다.

마장의 허리에서는 꼬리가 뻗어 있었고, 그것이 흔들흔들 움직이고 있었다.

"저 꼬리는 위협적이군."

『마장 자체가 위협적입니다. 그건 그렇다 치고──.』

마장에서는 두 사람의 목소리가 들려온다.

한 명은 루이제 양이고, 또 한 명은── 리온 군이라 짐작되는 목소리다.

「아아, 리온이 곁에 있는 걸 느껴.」

「누나, 둘이서 저 녀석을 쓰러뜨리자. 누나를 속인 저 녀석은 용서할 수 없어.」

「──그래, 좋아. 리온.」

마장이 거리를 좁혔기에, 페달을 세게 밟아 이리저리 도망쳤다.

떨어뜨려 놓으려고 해도, 아로간츠의 성능으로도 서서히 따라 잡히고 있었다.

"흑기사 할아범과 싸웠을 때의 악몽이 되살아나는군."

『농담하고 있을 때가 아니라고요. 마장이 부활한다는 건 상정하지 못한 사태입니다. ──어떻게 하실 겁니까, 마스터?』

아로간츠를 쫓아오는 마장이 온몸에 육안을 출현시켜 거기서 마법을 발사했다.

마장 주위가 냉기로 감싸였고, 날카로운 얼음 바늘이 무수히 떠 있었다.

그것들이 아로간츠를 향해 날아오는데, 회피해도 어느 정도는 이쪽을 계속 추적해 왔다.

"미사일!"

『요격합니다.』

아로간츠가 등에 짊어진 컨테이너의 뚜껑이 분리되더니, 거기에 탑재된 미사일이 발사되어 얼음이 전부 파괴되었다.

이어서 적재하고 있던 드론을 전개했다.

구체에 기관포를 탑재한 드론들이 아로간츠 주위에 떠서, 마장의 공격을 전부 쏘아 맞혀 떨어뜨린다.

아로간츠는 실탄을.

마장은 마법을 서로 쏘아 댔고, 주위에서는 폭발음이나 마법이 터지는 소리가 울려 퍼졌다.

제법 화려한 전투가 벌어지고 있었다.

"자, 이제 어쩐다."

도망쳐다니며, 나는 루이제 양을 구출할 방법을 생각했다.

◇

루이제가 마장에 갇힌 것을 보던 마리에는 아인호른 함교에서 전투 광경을 보고 있었다.

안제가 마장의 모습을 보고 흑기사를 떠올린 모양이다.

"어째서 여기서 저 녀석이 나오나?! 대체 무슨 일이 일어나고 있는 거지?"

리비아도 그런 마장과 싸우고 있는 리온을 걱정했다.

"리온 씨는 괜찮을까요?"

"흑기사한테는 이겼지만, 상대의 실력이 미지수라면 알 수 없다."

"그럴 수가!"

아인호른 주위에는 질크, 브래드, 그렉, 크리스—— 네 사람이 탄 갑옷이 떠 있었다.

율리우스는 함교에서 대기 중이어서, 데리고 온 로이크를 일단 경계하고 있다.

마리에가 로이크에게 사정을 물었다.

"성수에 저런 게 있어?"

"아, 아니, 들은 적이 없다. 아니요, 없습니다."

마리에를 대하는 로이크의 말투는 제법 공손해져 있었다.

"애초에 저런 게 있다는 말은 들어본 적이 없습니다. 성수에 꽃이 핀 적도 공화국 역사에는 한 번도 없어요."

"어째서 그런 것에 제물을 바치려 하는 거야?"

"——여섯 가문 당주들의 판단입니다. 발트파르트 백작한테 계속 지고, 거기다 성수한테 버림받는다고 생각하니 두려웠으리라고 생각합니다."

율리우스는 미묘한 표정을 지었다.

"발트파르트의 존재가 원인인가."

"아니, 늦건 빠르건 제물로 바쳤을 거다. 공화국한테 성수는 그만큼 절대적인 존재니까 말이지. 하물며 성수에서 목소리가 들려온다면, 믿고 마는 녀석들도 나올 거다."

마리에는 머리를 감싸 쥐었다.

'루이제가 죽으면 알베르크가 최종 보스가 되어 버리잖아! 그런 건 싫어! 여기까지 와서 전부 무의미했다느니 그런 건── 노엘?'

성수의 묘목이 든 케이스를 품에 안은 노엘이 바깥의 모습을 보고 있었다.

노엘의 오른손 손등에 있는 문장이 희미하게 반짝이고 있었다.

율리우스가 전투 광경을 보고, 도우러 가지 못하는 것을 답답해하는 듯했다.

"도울 수 있다면 좋겠다만, 저 안에 들어가면 우리로서는 방해가 되나."

율리우스나 다른 네 명이 탄 갑옷은 아로간츠의 열화 복제품이다.

아로간츠가 고전하는 상대한테는 이길 수 없다.

마리에는 율리우스에게 부탁했다.

"율리우스, 그런 말 말고 도와줘! 아로간츠로도 이길 수 없다구? 그 왜, 다들 리온보다도 조종 기술이 뛰어나잖아? 기체 성능을 실력으로 커버한다든가 여러 가지가 있잖아."

리온을 돕도록 부탁하는 마리에한테, 안제가 오류를 정정했다.

"너는 착각을 하고 있다."

"뭐, 뭘 말이야?"

"리온은 강하다. 지금 고전하고 있는 것도, 안에 사로잡힌 루이제를 구하기 위해서겠지. 그것만 어떻게든 되면, 리온도──."

안제의 말을 듣고, 노엘이 입을 열었다.

"나한테 하게 해줘."

마리에가 노엘에게 시선을 향하자, 성수의 묘목도 희미하게 빛나고 있었다.

"어? 노엘, 무슨 말을……?"

"루이제를 저 안에서 끌어내리려면 설득할 수밖에 없어. 하지만 지금 이대로라면 대화조차 불가능해. 그래도, 나라면── 나라면 가까이 가면 목소리를 전할 수 있으니까."

"그, 그런 게 가능해?!"

"──아, 아마도."

확신이 없는 노엘의 말에, 리비아는 허가해주지 않았다.

"안 돼요. 노엘 씨에게 무모한 일은 시킬 수 없어요."

다만, 여기서 노엘을 거든 것은 로이크였다.

"아니, 가능성은 있다. 무녀는 문장을 지닌 자와 마음으로 대화할 수 있다고 들은 적이 있어. 자료에서도 읽은 이야기인데, 성수를 통해 이어진다더군. 직접 맞닿으면 대화 정도라면 가능할 거다."

마리에가 황급히 제지하러 끼어들었다.

그건 노엘이 묘목의 무녀이지, 성수의 무녀가 아니기 때문이다.

"기다려! 묘목과 성수는 별개의 존재야! 노엘한테 무모한 일은──!"

그러자 리비아의 머리카락이 두둥실, 하고 부풀어 오르듯이 허공에 떠올랐다.

몸에 하얀빛의 선이 떠올라 무늬를 만들어 내고 있었다.

"갸아아아! 빛났어어어!"

마리에가 절규하자, 안제가 일갈했다.

"조용히 해라. 리비아, 할 수 있겠나?"

"──아직, 완전히 제어하지는 못하고 있어요. 하지만, 단시간만이라면."

"나도 돕지. 노엘, 너도 와라."

"어? 저, 저기."

상황을 따라가지 못하는 노엘이 곤혹스러워하고 있자, 안제가 노엘의 손을 붙잡았다.

"너의 목소리를 전하는 것이지? 설득하는 것이지? 그렇다면 리비아와 내가 너한테 힘을 빌려주마."

노엘이 리비아가 내민 손을 쭈뼛쭈뼛 잡았다.

리비아가 성수의 묘목을 자신들의 중심에 놓았다.

세 사람이 손을 잡고 고리를 만들자, 성수의 묘목이 한층 더 강하게 빛났다.

"단시간만이에요. 설득할 거라면 서둘러 주세요."

"아, 알았어."

노엘이 눈을 감자, 바깥 상황에도 변화가 나타났다.

마장의 움직임이 둔해진 것이다.

마리에는 세 사람이 빛에 감싸인 것을 보고, 무슨 일이 일어나고 있는지 이해하지 못했다.

'말도 안 돼. 얘네들, 설마 자력으로 성녀의 힘을 끌어내고 있는 거야? 도구도 뭣도 없는데?! 대, 대체 어떻게 한 거야?!'

리비아의 급성장에 놀란 마리에는 바깥으로 시선을 향했다.

'나머지는 설득만 된다면.'

◇

노엘은 불가사의한 경치를 보고 있었다.

'굉장해. 이거라면 마음의 목소리를 루이제한테 전할 수 있어.'

정신세계라고 부를 수 있는 장소에 의식만을 날려 보내, 주위의 경치는 희뿌옇게 보인다.

어디로 가면 좋을까 싶어 두리번두리번하고 있자, 격렬하게 불타는 무언가가 있었다.

"이쪽이다. 우리한테서 떨어지지 마라."

그 목소리의 주인은 안제였다.

노엘이 놀란 것은 안제의 안에서 자신을 미워하는 불꽃이 보였다는 점이다.

자신에게 분노를 품고 있다.

"저, 저기——."

그 가까이에서는 리비아의 감정이 보였다.

질척질척한 질투다.

사람의 형태를 한 그것들을 보고, 노엘은 자신이 어떻게 보일지 불안해졌다.

리비아가 노엘의 손을 붙잡았다.

"지금은 해야 할 일을 하죠."

무섭지만, 그것보다도 지금은 루이제를 구하고 싶었다.

"아, 알겠어."

두 사람이 자신에 대해 품은 감정에 두려워하면서도, 동시에 두 사람이 그만큼 리온을 생각하고 있음을 알 수가 있었다.

노엘은 루이제를 찾으러 움직였다.

"루이제, 반드시 데리고 돌아가서── 너한테 하고 싶은 말을 전부 다 해주겠어!"

◇

루이제의 정신세계.

어린 리온이 루이제 뒤에 매달려 있었다.

정신세계이기에 서로 알몸이다.

다만, 윤곽은 흐릿했다.

거기에 있다는 것을 이해할 수 있을 뿐이다.

「누나, 저 녀석을 죽여 줘.」

어린 리온이 조르자, 루이제는 그걸 받아 줬다.

"좋아. 리온의 소원은 전부 누나가 이뤄 줄게."

그러자 마장이 아로간츠를 향해 덤벼들었다.

압도적인 성능을 과시하는 마장에, 아로간츠는 궁지에 몰려 있었다.

둘만의 공간.

루이제는 행복했다.

"리온—— 앞으로는 쭉 같이 있는 거지?"

「맞아. 계속 함께야. 앞으로도 내 부탁을 들어줄 거지, 누나?」

"그래, 전부 이뤄 줄게. 왜냐면 나는——."

그런 둘만의 공간에 안제와 리비아—— 그리고 노엘이 들어왔다.

노엘이 루이제를 발견하더니, 큰 목소리로 호통쳤다.

"찾았다! 루이제, 너 뭘 하는 거야!"

"노엘!"

루이제가 적의를 드러내자, 정신세계가 거칠어지기 시작했다.

안제가 양팔을 펼치자, 마법진이 출현하여 자신들에게 쏟아져 내리는 공격을 막았다.

"노엘, 얼른 설득해라!"

리비아 쪽은 루이제의 정신세계로 비집고 들어가기 위한 길을 준비하고 있었다.

다만, 억지로 끼어든 듯한 형태여서 오래 있을 수는 없는 모양이다.

"가능한 한 서둘러 주세요. 저도—— 이 힘은 제어하기가 어려워서."

괴로워하는 리비아를 보고, 노엘이 루이제를 설득하기 시작했다.

"루이제, 이제 그만해. 리온은 너를 구하기 위해 거짓말을 한 거야. 널 구하고 싶었으니까."

"시끄러워. 시끄러워, 시끄러워! 내 소중한 추억을 더럽혔어! 내가 정말로 소중히 여기고 있던 추억을── 용서할 수 없어. 절대로 용서 못 해."

루이제는 제정신이 아니었다.

뒤에 있는 동생이 루이제를 부둥켜안고 미소 짓고 있다.

「용서가 안 되지, 누나. 그러니까 죽이자. 나, 이 녀석들도 싫어. 전부 죽여 줘, 누나.」

"그래. 나의 리온을 빼앗은 짜증 나는 여자── 노엘을── 배제하겠어!"

루이제가 노엘을 배제하길 원하자, 정신세계에 눈보라가 발생했다.

세 사람이 정신세계에서 쫓겨나려 하고 있자, 현실 세계에서는 마장이 힘을 발휘했다.

루이제한테서 쥐어짠 마력으로 아로간츠를 공격한다.

"아하하하! 부서져! 가짜 리온 따위 사라져 버리면 되는 거야!"

그렇게까지 소중히 생각하고 있던 리온을 죽이려 하고 있다.

그 모습에 노엘이 분한 마음을 금치 못했다.

"너, 정말로 어떻게 된 거야? 평소의 여유는 어디로 갔어? 리온을 그렇게나 귀여워했었잖아."

루이제의 표정이 일그러지고, 노엘한테 분노를── 마음속 깊은 곳에 있던 증오를 부딪쳤다.

"나의 리온을 빼앗은 네가 뭘 안다는 거야!"

"너, 동생을──."

"좋아했어. 사랑했었어! 그런데도, 나의 귀여운 리온은── 널 선택했지. 내가 얼마나 분했다고 생각해? 그런데도── 이제야 겨우 이루어진 행복마저 빼앗겠다면, 나는 너희들을!"

마장이 파워를 올렸다.

깨닫고 보니, 바깥의 전투는 주위가 얼음투성이로 변해 있었다.

성수의 잎이나 가지가 얼어붙고, 주위에 눈보라가 거칠게 불고 있었다.

얼음으로 만든 칼 두 자루를 든 마장이 아로간츠에게 달려들었다.

아로간츠는 양팔로 막으려 했지만, 그 양팔이 절단당했다.

"리온!"

노엘이 소리치자, 루이제가 그 모습을 보고 웃었다.

"이번에는 너한테서 리온을 빼앗아 줄게. 그렇게 하면, 리온은 혼자── 나랑 쭉 같이 있어 줄 거야."

노엘은 루이제를 노려봤다.

"너, 정말로 동생을──!"

그러나 말을 이은 건 현실 세계에서 싸우고 있는 리온이었다.

「진짜 동생이, 당신을 희생양으로 삼는 방식을 선택할 거라고 생각해?」

리온의 목소리가 들리자, 루이제의 움직임이 멎었다.

"──시, 시끄러워. 가짜가 시끄럽단 말이야!"

「뭐야, 이해하고 있었던 건가? 사실은 알아차리고 있었는데, 보고도 못 본 체하고 있었던 거군. 왜냐면 그렇잖아? 당신이나, 당신 가족의 이야기에 나오는 리온 군은── 누나를 희생시키는 방식 따위 절대로 고르지 않을 남자니까 말이지.」

루이제는 마음이 흔들렸다.

'그래. 리온은 날 희생양으로 삼지 않아. 하, 하지만, 줄곧 혼자서 외로웠으니까.'

자신에게 되뇌며, 마장으로 아로간츠를 공격시켰다.

"날 현혹하지 마!"

「이미 현혹당한 상태라고 생각하는데 말이지. 그 녀석이 진짜 리온 군인지 시험해 보라고. 그 녀석이 진짜라면, 전부 대답해 줄 거다.」

루이제는 움직임을 멈췄다.

그런 루이제를 걱정하는 듯한 목소리로 말을 거는 것은 뒤에서 매달려 있는 동생이었다.

「왜 그래, 누나?」

루이제는 뒤돌아보며 리온의 얼굴을 봤다.

윤곽이 흐릿하여 분명하게 보이지 않는다.

"리온── 리온은 노엘을 어떻게 생각해?"

「갑자기 왜 그래? 그런 거, 아무래도 상관없잖아?」

의문이 하나 생겨나자, 잇따라 미심쩍어지기 시작했다.

그래서, 시험하고 말았다.

"노엘을 기억 못 하는 거야? 그렇게나 사이가 좋았는데──
잔뜩, 같이 놀았지? 그, 그 왜, 둘이서 몰래 빠져나가서, 놀았었
잖아?"

그 말에 노엘 쪽이 놀라고 말았다.

"어?"

다만, 눈치를 챈 안제가 노엘의 입을 막았다.

"잠자코 있어라. ──일이 재미있어질지도 모른다고."

루이제는 모습이 어슴푸레한 동생에게 불안한 듯이 물었다.

"기, 기억 안 나? 노엘하고는 약혼해서, 그렇게나 사이좋게──."

동생이 미소 짓고 있었다.

「그랬었네. 하지만, 나한테 제일 소중한 건 누나니까.」

그 말을 듣고, 루이제는 고개를 가로저었다.

"아니야. 리온한테 제일 소중한 건 노엘이었어. 약혼한 노엘이
제일 소중하니까, 그다음이 누나라면서── 너, 너는 누구야? 어
째서 리온의 얼굴과 목소리를 하고 있어?"

루이제가 동생── 의 모습을 한 가짜에서 떨어졌다.

노엘이 루이제의 손을 붙잡았다.

"루이제! 빨리 이쪽으로 와!"

하지만 가짜의 모습이 천천히 변화하여, 흉측한 마장의 모습으로 변했다.

「앞으로 조금만 더 하면 됐었는데—— 뭐, 됐어. 파츠로 사용하면 될 뿐이야.」

마장이 루이제를 커다란 손으로 붙잡고는, 그대로 노엘 일행을 정신세계 밖으로 튕겨내 버렸다.

"루이제!"

노엘이 뻗은 손에, 루이제도 자신의 손을 뻗었다.

하지만 두 사람의 손이 맞닿는 일은 없었다.

노엘 일행이 바깥으로 쫓겨나자, 마장이 루이제를 집어삼켜 나갔다.

「이걸로 또다시—— 날뛸 수 있어. 다 쓰고 나면, 다음 걸 집어삼키면 돼.」

마장이 루이제의 문장에서 에너지를 얻어, 한층 파워를 올려 나갔다.

\star 제11학 「리온 군」

검은 마장이 얼음 갑옷을 두르기 시작했다.

"아~아, 진짜로 최악인데. 저 녀석 뭐야? 뭐든 할 수 있는 거냐고."

주위는 눈보라.

주변 경치는 얼음투성이로 변하여, 보고 있는 것만으로도 추워진다.

콕핏 내부의 온도까지 내려간 느낌이 든다.

『루이제한테서 에너지를 쥐어짜 내고 있습니다. 이대로 계속 싸우면, 먼저 루이제가 버티지 못하게 됩니다.』

"인간을 전지 대신으로 쓰다 버리고 있는 건가? 최악인 녀석이구만."

『──마스터, 심박수가 상승하고 있습니다. 제법 '분노'하셨군요.』

농담하고 있지만, 파트너인 루크시온은 내 기분을 알 수 있다.

그렇다. 짜증이 치밀어서 견딜 수가 없다.

아무래도 영 진정이 되질 않는다.

"세 사람의 상태는?"

『피폐해져 있습니다만, 아인호른 함교에서 의식을 되찾았습니다. 정신세계에서의 교섭은 실패한 모양이군요.』

"억지로라도 구한다."

『결국, 스마트하게 해결하지는 못하는군요. 마스터는 언제나 마무리가 너무 어설픕니다.』

한쪽 다리는 움직이지 않고, 양팔은 잃었으며, 컨테이너의 무기는 전부 다 썼다.

만신창이인 아로간츠지만, 나와 루크시온에게 비통한 느낌은 없다.

"여기서부터는 진심을 발휘할 거다."

『다음에는 처음부터 진심을 발휘해 주시죠. ——슈베르트, 옵니다.』

마장이 날 베려고 덤벼들었지만, 그 움직임을 예상하고 최소한의 동작으로 회피했다.

"하핫! 조금 전보다 움직임이 나빠졌는데!"

마장은 스피드도 파워도 상승했지만, 조잡한 움직임밖에 취할 수 없는 모양이다.

『루이제가 컨트롤할 수 없기에, 코어가 대신 움직이고 있는 것이겠지요. 손상된 코어로는 이 정도의 움직임밖에 취할 수 없습니다. 다음이 옵니다. 그대로 피해서, 슈베르트와의 도킹을 부탁드립니다.』

"맡겨 두라고."

마장이 접근해 왔지만, 그걸 피하고 성수에 돌진했다.

그러자 나무들 사이를 빠져나오는 검고 커다란 날개를 발견했다.

모양으로서는 전투기다.

그 전투기에는 아로간츠의 예비 파츠인 양팔과 양다리가 세팅되어 있었다.

아로간츠는 손상된 양팔과 양다리 파츠를 분리했다.

컨테이너도 분리하여 낙하하자, 슈베르트가 등으로 돌아 들어와 아로간츠와 도킹했다.

"합체는 남자애의 꿈이지."

『거대 로봇이 되지 못해서 죄송하군요.』

"바보야, 비꼬는 게 아니라고."

잃어버린 아로간츠의 팔다리가 새로운 것으로 교환되고, 성수의 가지를 피하며 날았다.

거기에, 아로간츠를 쫓아온 마장이 보였다.

마장이 통과한 곳이 얼어붙는다.

『마스터, 아로간츠의 양팔 말입니다만, 적 마장과 싸우기 위해 옵션을 변경하였습니다.』

"겉모습은 변하지 않았는데."

『겉모습에만 집착하시는군요. 왔습니다.』

마장이 접근하자, 아로간츠로 얼음 칼날을 막아냈다.

조금 전에는 간단히 잘려 나갔지만, 이번의 양팔은 다르다.

얼음 칼날이 녹아버리고 말았다.

마장이 놀라서 거리를 벌리려 했지만, 붙잡고 놓치지 않는다.

"도망치지 말라고. 모처럼 쫓아왔으니까 말이야!"

양팔에서 열이 전달되어, 얼음으로 만들어진 마장의 갑옷이 녹아 갔다.

「갸아아아아아!!」

금속음과 비명이 섞인 듯한 절규가 들려왔지만, 무시하고 양팔을 잡아 뜯었다.

루크시온이 빨간 외눈을 요사스럽게 빛내며 그 모습을 보고는 즐거워하고 있다.

『제법 이쪽을 괴롭혀 줬었죠. 하지만 당신의 데이터는 수집했습니다. 대항책도 준비하였습니다.』

단기간에 마장 대책을 끝낸 슈베르트를 마련하고, 전투 데이터로부터 최적의 움직임을 준비했다.

우리가 이기는 건 당연한 결과였다.

"루이제 양을 도로 돌려받겠어."

흥부 장갑을 떼어내자, 거기에는 루이제 양의 모습이 있었다.

아로간츠의 손이 부드럽게 루이제 양을 구출해 냈다.

일단 되찾고 나면, 그 뒤는 이쪽 마음대로다.

『마스터, 이제 괜찮겠지요?』

"너도 변하질 않는구만."

아로간츠가 마장을 걷어차자, 마장은 꼬리를 찔러 넣으려 했다.

그걸 한 손으로 막아내고, 그대로 다시 우듬지까지 끌고 올라가다시피 날았다.

"제법 우리를 가지고 놀아 줬겠다. 너는 먼지 하나 남기지 않고 파괴해 주마!"

『신인류의 병기는 사라지십시오—— 임팩트!!』

꼬리를 붙잡고 있던 손에서 빨간빛이 발생하더니 그대로 마장을 불태워 나갔다.

발버둥 치며 괴로워하는 마장을 우듬지로 끌고 가 내던졌다.

아로간츠가 짊어지고 있던 슈베르트에서 레이저가 발사되어 마장을 꿰뚫었다.

성수로 떨어지는 마장.

『마지막입니다!!』

단단히 벼르는 루크시온을 보고 아주 질색하면서, 마지막 일격을 가하고자 슈베르트에서 대검을 뽑으려 한 찰나에—— 마장한테 미사일이 쏟아져 내렸다.

"위쪽인가?!"

올려다보니, 루크시온 본체보다도 커다란 상자형 비행선이 떠 있었다.

루크시온이 짜증을 냈다.

『이데알?! 어째서 방해하는 겁니까!!』

항의하는 루크시온에게, 이데알이 통신을 열었다.

『도우러 온 겁니다. 마장은 이쪽에서 처리해 두겠습니다. 그것보다도, 그 손에 쥐고 있는 여성을 방치해도 괜찮겠습니까?』

아로간츠가 부드럽게 감싸 쥐고 있는 루이제 양은 알몸이었다.

바깥 기온을 생각하면 내버려 둘 수도 없다.

"루크시온, 그만 돌아간다."

『──알겠습니다.』

사실은── 사실은 싫지만, 마지못해 따르는 겁니다, 라는 분위기를 내며 내 명령에 따랐다.

인공지능이면 이데알처럼 순순히 명령에 따르라고.

다만, 루크시온은 납득하지 못하는 부분도 있는 모양이다.

『이데알, 나중에 설명을 요구하겠습니다.』

『어라, 뭔가 문제라도 있었습니까?』

『──부자연스러운 점투성이였다고요.』

『뭔가 오해가 있군요. 알겠습니다. 나중에 대화를 나누도록 하죠.』

◇

루이제는 꿈을 꾸고 있었다.

날씨가 좋은 날에 나무 그늘에서 누워 있다.

옆에는 동생의 모습이 있었고, 루이제의 얼굴을 들여다보고 있었다.

동생의 또렷한 얼굴을 볼 수 있었던 루이제는 눈물이 나왔다.

"리온."

"누나, 왜 그래? 무서운 꿈이라도 꿨어?"

"아니야. 누나는 말이지—— 줄곧 사과하고 싶었어."

"어째서?"

상반신을 일으켜 동생한테 안겨든 루이제는 자신의 모습이 어렸을 적의 것임을 알아차렸다.

이건 꿈임을 깨닫자, 슬퍼졌다.

"너한테 쭉 사과해야만 했어. 아무것도 하지 못했어. 누나인데, 아무것도 할 수 없었으니까!"

동생은 울기 시작한 루이제를 끌어안고 다정하게 위로했다.

"신경 안 써도 되는데. 게다가, 나야말로 미안해. 조금만 더 늦었으면 돌이킬 수 없을 뻔했어. 하지만 이걸로 구해주기권(券)은 1회분 소비했네."

미소를 띤 동생을 본 루이제는 이건 진짜 리온임을 확신했다.

"그래. 나머지는 2회분—— 잠깐만."

"왜?"

"리온이 날 구해준 거야?"

루이제가 리온의 대사에 의문을 품고 얼굴을 보니, 리온은 미소 짓고 있었다.

그야 죽은 동생이 자신은 구하러 왔다고 말하면 신경도 쓰인다.

하물며 진짜 동생이다.

"제대로 구하러 왔지?"

"그건 무슨 의미야? 구하러 왔다니?"

꿈인 것이다.

앞뒤가 맞지 않아도 어쩔 수 없다.

그래도, 루이제는 매달려서 진실을 요구했다.

"리온, 사실대로 가르쳐 줘."

"아, 미안해. 시간이 돼 버렸어."

태연히 그렇게 말하고는, 리온은 일어나서 뛰어갔다.

쫓아가기 위해 일어섰을 때는, 리온은 멀리서 손을 흔들고 있었다.

"또 봐, 누나!"

리온은 '또 봐'라고 말하고는 등을 돌리고 떠나갔다.

그 등을 향해 손을 뻗자── 루이제는 눈을 떴다.

◇

"리── 온── 가지── 마."

꿈속에서 시달리고 있던 루이제 양이 눈을 떴다.

손을 뻗은 채, 호흡이 흐트러져 있다.

"아, 정신이 들었습니까?"

침대 가까이 놓인 의자에 앉아 있던 나도 지금 눈을 뜬 참이다.

지쳤었는지, 앉은 채로 잠들었던 모양이다.

덕분에 이상한 꿈을 꾸고 말았다.

제법 그리운 꿈을 꾸고 있었던 느낌이 드는데, 아무래도 영 부자연스럽다.

누나와 이야기하고 있었던 느낌이 드는데, 제나랑 그렇게 즐겁게 대화했던 추억은 없다.

내 소망인 걸까? 설마── 나는 시스콘이었나?

조금 충격이다.

"어, 어라?"

루이제 양이 상반신을 일으키고는 방안을 보고 있었다.

"제가 소유하는 비행선 안입니다."

객실 침대에 누워 있던 루이제 양은 안제를 비롯한 여성진이 입힌 옷을 입고 있다.

나는 기지개를 켜며 일어섰다.

"우리 루크시온이 조사한 겁니다만, 아무래도 저 꽃은 성수와는 상관이 없었던 모양입니다. 마장이라는 병기가 들러붙어 있었던 모양이에요."

상황을 간단히 설명하자, 루이제 양이 고개를 숙였다.

"──꿈이 아니었던 거네."

"제물이 되지 않고 그쳐서 다행입니다."

"어쩌려나? 네가 방해했다는 사실에 변함은 없어. 돌아가면 큰 문제가 될 거야."

비난하는 듯한 시선으로 날 쳐다봤기에, 나는 사정을 설명했다.

"문제없습니다. 여하간, 의장 대리한테서는 허가를 받았으니까 말이지요."

루이제 양이 눈을 휘둥그레 뜨고, 그런 뒤 눈치를 챘는지 어이가 없다는 표정을 지었다.

"아버님도 바보 같은 일을 하셨네. 이걸로 다른 가문으로부터 공격받게 될 거야. 리온 군이 한 이야기가 사실이었다고 하더라도, 6대 귀족 당주들은 믿지 않아. 꽃을 멋대로 마르게 했다고 항의받을걸."

이쪽이 '그건 가짜였습니다!'라고 설명해도, 분명 믿지 않을 것이다.

그 부분은 알베르크 씨에게 맡길 수밖에 없다.

"난처하게 됐군요. 이제 왕국으로 도망쳐야만 하려나?"

웃으면서 그렇게 말하니, 루이제 양이 내 얼굴을 올려다보고 있었다.

"제 얼굴에 뭔가 이상한 것이라도?"

"──어렸던 동생밖에 모르는데, 어째서 나는 널 보고 동생과 닮았다고 생각한 걸까. 그게 신경 쓰였어. 잘 보니 닮지 않았네. 리온은 좀 더 솔직하고 착한 애였는걸."

고개를 돌리고는 삐쳐 버리고 만 루이제 양을 보고, 속인 것을 사과했다.

"화내지 말아 주세요. 설득해도 안 된다면, 속일 수밖에 없지 않습니까?"

"방식이 너무 야비해. 리온 군, 세르주와 싸울 때 일부러 공격을 당하고 있었지? 지금 와서 생각해 보면 너무 부자연스러웠어. 너라면 배에 올라탔던 사람들이랑 협력해서 날 데리고 가는 것

정도는 그냥 할 수 있었을 텐데 말이야."

비효율적인 작전이었다는 건 자각하고 있다.

뭐, 이것저것 시험해 보고 싶은 것도 있었으니까 말이지.

덕분에 수확도 있었다.

루이제 양이 내게 시선을 되돌리고는, 입으로는 불평하면서도 날 걱정하고 있었다.

"보통 그렇게까지 해? 피까지 토하고 있었지? 상처는 괜찮아?"

"아~, 그거 말입니까? 가짜 피예요. 당연하지 않습니까."

나는 작은 캡슐을 하나 보여 준 뒤 그걸 입에 넣고 깨물었다.

그러자 입에서 피가 나오는—— 것처럼 보였다.

루이제 양의 뺨이 씰룩거리고 있다.

"정말로 최악이네. 걱정해서 손해 봤어."

"화내지 말아 주세요. 실제로 효과적이었지 않습니까? 게다가, 너무 과대평가 받아도 곤란하다고요. 실은 특별한 계획 없이 되는 대로 움직였던 작전이었으니까 말입니다. 좀 더 잘 할 수 있었는데, 하고 지금에 와서야 후회하고 있어요."

이데알의 방해가 없었다면 더 간단히 끝났을 것이다.

"리온이 성장하면 리온 군처럼 되어 있었을까? 그렇게 생각하니, 누나로서는 싫어지네. 좀 더 솔직하고 착한 애로 성장하길 바랐어."

"루이제 양이나 알베르크 씨의 이야기를 들었습니다만, 리온 군은 꽤 장난꾸러기였지요? 솔직하고 착한 애로는 성장하지 않았던 것 아닐지?"

"우리 리온은 너랑 달라."

또다시 삐쳐서는 고개를 돌리고 말았기에, 나는 방을 나가기로 했다.

"그건 미안하게 됐군요. ──어이쿠, 그렇지. 루이제 양, 그 질문의 대답을 조금 전에 떠올렸습니다."

"뭐? 설마, 계속 생각하고 있었어? 절대로 못 맞힐 거야."

조금 전의 꿈을 꿨을 때, 하나 떠오른 것이 있다.

그건 루이제 양이 내 거짓말을 꿰뚫어 본 질문이다.

본인은 절대로 못 맞히리라 생각하는 모양이지만, 묘한 자신감이 있다.

꿈에서 힌트를 얻었는데, 전생에서 부모님께 선물한 기억이 있는 물건이다.

그때는 '도와드리기권'이었지만── 꿈속에서는 '구해주기권'이었다.

"'구해주기권'── 맞혔습니까? 뭐, 틀렸겠지만 말이죠. 아, 슬슬 시간이니 가보겠습니다."

방을 나갈 때, 루이제 양이 놀란 표정을 짓고 있던 게 보였다.

이건 꽝이려나? '무슨 말을 하는 거야, 이 녀석?' 같은 표정을 짓고 있었으니, 이거라면 말하지 않는 편이 좋았겠어.

루이제는 리온의 답을 듣고 움직이지 못했다.

"어, 어떻게 맞힐 수 있는 거야."

동생한테서 받은 종이로 된 반지는 처음에는 '구해주기권 3회 분'이라고 적혀 있던 종이였다.

그래서는 용서 안 해줄 거라고 루이제가 말하자, 동생이 둥글게 뭉쳐 반지로 만든 것이다.

까닭에 종이 반지의 존재는 알고 있었어도, 안에 적힌 내용은 아무도 몰랐을 터다.

세르주도 알아차리지 못했을 터다.

어느 정도의 시간이 지났을까?

문을 노크하는 소리가 들리고, 루이제가 대답하자 노엘이 방에 들어왔다.

"노엘."

"루이제, 할 이야기가 있어."

"──앉도록 해."

루이제도 정신세계에서 일어난 일은 기억하고 있다.

자신이 숨겨 왔던 것을 들키고 만 지금은, 노엘과 이야기하는 게 마음 내키지 않았다.

하지만 고맙다는 말을 하지 않을 수는 없는 노릇이다.

"도움을 받았네. 고마워."

노엘은 잠자코 있었다.

그 정신세계에서 사실을 폭로한 것이다.

지금의 노엘은 루이제의 본심을 알고 있다.

어린 동생에게 희미하게나마 연애 감정을 품고 있었고, 자신을 괴롭혔던 이유가 동생을 빼앗은 여자이기 때문임을 알게 되면 화도 날 것이다.

노엘이 보기에는 엉뚱한 원한이다.

노엘이 일어나더니, 루이제의 뺨을 올려붙였다.

'——뭐, 이렇게 되겠지.'

뺨을 얻어맞는 걸 감수한 루이제한테, 노엘이 천천히 이야기했다.

"나는 약혼 이야기를 몰랐어."

"——어?"

"어릴 적 이야기라 기억하지 못하는 것도 많지만, 적어도 약혼 이야기는 들은 적이 없어."

노엘이 리온에 관해 몰랐다는 말을 듣고, 루이제는 웃고 말았다.

"뭐야? 그러면 리온은 속고 있었던 거야? 정말로 지긋지긋해지네. 레스피나스 가는 어디까지 우리를 바보 취급해야 직성이 풀리는 걸까?"

노엘의 손이 뻗어 와, 루이제의 멱살을 잡았다.

루이제가 노엘의 얼굴을 보니, 노엘은 울고 있었다.

"어째서 우는 거야?"

"이, 이어진 탓에, 네 기억도 보고 말았단 말이야! 네, 네가, 동생을 그렇게나 소중히 생각하고 있을 거라고는 생각지 않아서."

"──정신이 이어진다는 거, 마음에 안드네. 나 혼자만 엿보인 거야?"

불공평한 이야기라고 생각하고 있자, 노엘이 뒷말을 이었다.

"나와의 약혼 이야기로 그렇게나 기뻐할 거라고는 생각지 않 았어. 장례식에 참석하지 못했던 건 솔직하게 사과할게. 그러 니까, 가까운 시일 안에 성묘하러 가게 해줘."

"그래 주면 기쁠 거야. ──미안, 거짓말. 리온의 묘에 너 같은 걸 가까이 가게 하고 싶지 않네."

솔직한 감정을 이야기하자, 노엘이 웃었다.

"역시 루이제는 그쪽이 더 잘 어울려."

"뭐, 뭔데?"

"입이 험하고, 아니꼬운 여자── 그게 내가 아는 루이제야. 리 온 앞에서 내숭을 떨고 있는 모습을 보고 속이 메스꺼웠는걸."

"뭐라고?!"

루이제도 노엘의 멱살을 잡았고, 서로 노려봤다.

노엘은 즐거워서 어쩔 수가 없는 모양이다.

"그래, 그 얼굴이야! 날 괴롭혀 왔던 여자가, 좋아하는 동생을 빼앗겼다고 생각해서 질투하고 있었던 건가 하고 생각하니 웃음 밖에 나오질 않네."

"머, 멋대로 말하게 됐더니 이게!"

두 사람이 머리카락을 붙잡고 화를 내며 싸우기 시작하고 말

앗다.

"전부터 네가 싫었어! 동생을 빼앗겼다고 해서 날 괴롭히다니 무슨 생각이야!"

"그 덕분에 다른 녀석들이 너한테 손을 대지 않은 거야! 고맙다는 말 정도는 하도록 해, 민폐녀!"

근처에 있던 베개를 던지고, 서로 뺨을 때리며—— 수십 분이 지나자, 둘 다 완전히 지쳐서 침대에 드러누웠다.

나란히 누운 두 사람은 천장을 올려다보며 호흡을 가다듬었다.

머리카락은 엉망진창.

옷도 너덜너덜.

그리고 하고 싶은 말을 전부 다 쏟아 낸 덕분이지, 조금 전보다도 대화가 부드럽게 진전되었다.

"아~, 하고 싶었던 말 다 해주니 속이 시원하네."

루이제 쪽은 싫어하면서도 아주 약간 기뻐 보였다.

"진짜 거친 여자네. 이런 게 리온의 아내가 되지 않아서 다행이야."

"두 번째 여자 주제에 잘난 듯이 말하잖아."

"리온이 널 만났다면 곧바로 날 첫 번째로 다시 골랐을 거야."

서로 불만을 뱉어내며, 두 사람은 함께 웃었다.

⭐ 제12화 「레스피나스 가문의 진실」

리온의 공적 사건으로부터 수일이 지났다.

에밀의 집에는 클레망이 모습을 내비치고 있다.

"렐리아 님, 여섯 가문이 왕국의 외교관과 이야기를 끝냈습니다."

클레망── 과거에 레스피나스 가문을 섬기고 있었지만, 지금은 학원 교사를 하고 있다.

렐리아는 소파에 앉아 보고를 듣고 있었다.

창밖을 보니 눈이 내리고 있다.

"그래서? 리온 일행은 어떻게 처벌되는데?"

공화국에 싸움을 건 행위를 한 리온 일행은 당연하지만 처벌을 받게 된다.

그렇게 생각하고 있었는데, 렐리아의 예상은 빗나가고 말았다.

"아니요. 무죄 방면입니다."

"어, 어째서?! 감형은 되었다고 쳐도, 그만한 짓을 저질렀다구!"

공적으로 분장하여 공화국 배를 파괴했다.

그것만으로도 중죄다.

하물며 6대 귀족 관계자들에게 위해를 가했다.

아무런 처벌도 없다는 건 대체 어떻게 된 일일까? 그것이 렐리아의 솔직한 심정이었다.

"왕국의 외교관이 수완가였던 모양입니다. 또한—— 라우르트 가문이 움직이고 있습니다."

클레망의 시선이 예리해졌다.

레스피나스 가문한테, 라우르트 가문은 적이다.

라우르트 가문이 움직이고 있음을 알게 된 것만으로도 클레망 역시 화가 나는 것이리라.

"또 라우르트 가야?"

'그 녀석들, 정말로 라우르트 가와 손잡은 거야? 적과 손을 잡다니 최악이잖아.'

렐리아 입장에서 보면 마치 배신당한 듯한 기분이다.

성수를 지켜 공화국의 평화를 되찾자고 약속했는데, 리온과 마리에는 최종 보스인 알베르크와 손을 잡았다.

다만, 클레망은 그 밖에도 정보를 입수했다.

"그리고, 6대 귀족 당주들 말입니다만, 이번의 제물 소동은 성수의 의사가 아니라고 정식으로 발표했습니다."

"——제법 순순하잖아. 아니었다는 얘기는 들었지만, 그걸 금방 믿을 수 있는 거야?"

성수 관련 화제는 공화국에서는 무척 민감한 문제다.

그런데도, 리온이 '그건 성수에 들러붙은 이물질입니다'라고 말한 것만으로 믿으리라는 생각은 도저히 들지 않는다.

클레망도 같은 의견인지, 의아해하는 듯했다.

"저도 이 결과는 예상하지 못했습니다. 어쩌면 라우르트 가에

구슬려 넘어간 것일까요?"

렐리아는 무슨 일이 일어나고 있는지 알 수 없었다.

"——내가 리온이랑 그쪽 사람들하고 이야기를 하겠어."

"렐리아 님, 지금의 리온 군과 그 동료들은 위험합니다. 라우르
트 가에 포섭당했을 가능성이 크다고 생각됩니다."

"그래도 대화를 할 거야."

'이쪽에는 이데알도 있고 말이지.'

리온 일행과는 이미 대등한 힘을 가지고 있다.

그것이 렐리아한테 자신감을 붙여 주고 있었다.

그러자, 밖에서 돌아온 에밀이 렐리아와 클레망이 있는 방으로
왔다.

정장 차림에 코트를 겨드랑이에 끼고 있는 에밀은 클레망에게
인사했다.

"클레망 선생님, 오랜만입니다."

"에밀 군도 건강해 보이네. 그것보다, 오늘은 어쩐 일이야?"

"본가에 불려가 있었던 바람에 말이죠. 라우르트 가에서 내부
문제가 일어났거든요."

"내부 문제?"

지친 얼굴을 한 에밀에게, 렐리아가 일어나 사정을 이야기하도
록 재촉했다.

"에밀, 라우르트 가의 내부 문제라니 뭐야?"

"신경 쓰여? 자세한 이야기는 아직 들려오지 않는데, 아무래도

알베르크 씨는 세르주에게 당주의 자격이 없다고 생각하는 모양이야.”

세르주한테 자격이 없다는 이야기에, 렐리아는 과잉 반응했다.

“뭐, 뭐가 불만인 건데!”

“진정해, 렐리아. 아직 소문이야. 어쩌면 세르주가 폐적되고 루이제 양의 남편을 다음 당주로 삼을지도, 라는 이야기가 나오고 있어. 아, 나는 약혼자가 있으니까 이야기를 듣는 것만으로 끝났지만 말이야. 미혼 남성들은 이제부터 루이제 양한테 접근하겠지.”

세르주가 폐적당하면, 미래의 라우르트 가문 당주 자리가 기다리고 있다.

남자들에게는 큰 기회였다.

하지만 렐리아 쪽은 납득하지 못하고 있다.

‘어째서 세르주가 폐적되는 거야? 혹시, 이것도 리온 일행이 연관된 거야?’

◇

겨울방학도 얼마 남지 않아, 안제와 리비아가 돌아갈 날이 다가왔다.

항구에 오니 바람이 차가워서 싫어진다.

“둘 다── 건강히 지내.”

울 것 같은 나를 앞에 두고, 안제가 어이없어하고 있다.

"그건 이쪽이 할 말이다. 익숙하지 않은 땅에서 고생하는 건 너라고."

리비아는 조금 난감해하면서도 내게 미소를 향해 주었다.

"이번에는 조금이긴 하지만 도움이 되었네요. 그리고, 리온 씨 ──바람은 안 돼요."

──어? 그걸 여기서 말하는 거야?

오해였잖아.

내가 미묘한 표정을 지은 걸 보고, 안제가 루크시온에게 내 감시를 부탁했다.

"루크시온, 리온이 바람을 피우지 않는지 감시해다오."

『맡겨 주십시오. 바람을 피우는 낌새가 있으면, 곧바로 알리겠습니다.』

낌새라니 뭔데.

"그거, 네 재량 여하에 따라 내가 바람을 피우는 걸로 의심받는 거 아니냐?"

『예. 그러니까 행동에는 세심한 주의를 기울여 주십시오.』

"──그거, 감시하는 녀석이 할 말이 아니지?"

리비아가 배웅하러 온 노엘을 봤다.

"리온 씨, 노엘 씨와 이야기를 하게 해주실 수 있나요. 여자끼리의 중요한 이야기니까, 들으면 안 돼요."

이의를 용납하지 않는 미소라고나 말하면 좋을까?

나는 몇 번이고 고개를 끄덕여 알겠다는 의사를 표시했다.

◇

　노엘은 리비아와 안제가 있는 곳으로 오자, 무척 어색해졌다.

　리비아와 안제가 무슨 생각을 하고 있는지, 대략 상상이 되는 것이다.

　'이 두 사람, 나한테 좋은 감정은 없으리라 생각했지만—— 상상했던 것 이상으로 질투가 깊었네.'

　루이제를 구하기 위해 정신세계에 들어갔을 때 느낀 것이 있다.

　안제의 격정과 리비아의 질척질척한 질투다.

　귀여운 얼굴을 하고서, 두 사람 다 내면은 실로 무섭다.

　정신세계에서는 보지 않도록 하고 있었지만, 자신을 향한 감정은 무시무시한 것이었다.

　안제가 노엘을 쳐다보는 눈은 냉혹했다.

　"인제 와서 새삼 겉꾸리려고는 생각지 않는다. 너도 우리의 감정은 알고 있겠지?"

　노엘이 고개를 끄덕였다.

　"리비아 씨의 감정이 너무 질척질척해서 무서웠지만 말이야."

　리비아는 생글생글 웃고 있었고, 대신해서 안제가 대변했다.

　"질투 등으로 질척질척해진 것처럼 느껴진다. 리비아 정도면 귀여운 수준이지. 리비아, 나는 그런 너도 귀엽다고 생각한다."

　"안제, 노엘 씨 앞이에요."

그리고 노엘이 곤혹스러워하고 있는 건 두 사람의 관계다.

'이 두 사람── 리온이 없었다면 아마 둘이서 맺어지고 끝났겠네.'

리온이 있으니까 남성에게 흥미를 가진 것 아닐까?

그렇게 생각될 정도로, 두 사람은 서로 이끌리고 있다.

리비아가 노엘에게 진지한 표정을 향했다.

"노엘 씨, 그것보다도 리온 씨 건이에요."

"그, 그러니까. 바람은 안 피웠대도. 가까운 시일 내에 마리에 쨩의 집에서도 나올 거고."

"아뇨, 딱히 상관없어요."

"──어?"

리온한테 손을 대면 분노로 미쳐 날뛸 것 같은 안제가 팔짱을 끼고서는 노엘에게 자신들의 마음을 밝혔다.

"기분이 좋은 이야기는 아니다만, 원하는 대로 해라. 네가 리온을 손에 넣을 수 있다면, 오히려 어디 해보라고 말하고 싶을 정도다."

"──뭐, 뭐야. 나로서는 무리라고 말하고 싶은 거야?"

도발을 당해 화가 난 노엘은 둘 앞에서 위세 좋게 말했다.

"너무 얕보고 있으면, 리온의 첫 번째는 내가 될 거야. 앞으로 수개월 남았지만, 안심하고 있으면 큰일이 날 거라고."

리비아가 손을 맞대고는 미소를 보였다.

단지, 눈이 웃고 있지 않다.

"어디 마음대로 해보세요. 리온 씨가 그 정도로 어떻게든 된다면, 저희는 고생 따위 하지 않아요. 네, 정말로요."

도중에 뭔가를 떠올렸는지, 리비아가 조금 지친 표정을 지었다.

안제도 마찬가지다.

"그 바보 녀석—— 어젯밤도 지독했지."

◇

그건 어젯밤의 일이었다.

왕국으로 돌아가는 안제와 리비아는 마지막 밤에 리온의 방을 찾아왔다.

같은 침대에서 자고 싶다고 말하여, 셋이 나란히 잠든 것이다.

리온도 남자여서, 당연히 성욕의 충동에 휩싸였지만——.

"자, 잠깐. 난 대체 어느 쪽부터 손을 대면 좋은 거지?"

——갑자기 머리를 감싸 쥐었다.

자는 척하는 두 사람은 리온의 상태를 보고 있었다.

'안제, 리온 씨가 머리를 감싸 쥐고 있어요.'

'——리온 녀석, 여기까지 와서 손을 대지 않을 생각인가?'

잠시 상황을 보고 있었지만, 리온은 그대로였다.

"어, 어느 쪽부터 손을 대면 좋지? 안제인가? 리비아인가? 아니, 애초에 이 상황에서 손을 댄다든가 이상하지? 둘은 날 믿고 방에 온 건데, 손을 댄다든가 말도 안 되지 않아?!"

리온이 낸 결론은 이렇다.

"둘이 같이 있는 장소에서 손을 댄다든가, 그런 건 좋지 않다고 생각한단 말이지. 응, 그래. 이건 내가 겁쟁이라든가 그런 의미가 아니라, 신사니까. 그래, 나는 신사니까 여기서는 얌전히 자자. 루크시온!"

작은 목소리로 루크시온을 부르자, 리온한테 수면유도제가 전해졌다.

『정말로 겁쟁이군요.』

"시끄러워. 나는 둘 안에 있는 내 이미지를 지킨 거라고. 이대로라면 잠들지 못하니까, 약으로 자겠어."

『얼른 먹고 잠들어 주십시오.』

"눈치가 좋은데."

『이렇게 되리라고 처음부터 예상하였기에. 예상했던 대로의 겁쟁이였군요. 조금은 기대를 배신해 줬으면 합니다.』

"나는 기대를 배신하지 않는 남자니까."

그대로 약을 마신 리온은 침대에 누워 잠들었다.

안제와 리비아가 일어나자, 루크시온이 말을 걸었다.

『유감이지만, 마스터의 겁쟁이 같은 면은 유학으로도 고쳐지지 않았습니다.』

◇

노엘은 그 이야기를 듣고, 아주 조금이지만 두 사람을 동정했다.

"──리온, 너무하지 않아?"

'하지만, 두 명이 오면 역시나 곤란하긴 하겠네.'

동시에 안제와 리비아의 행동에도 의문이 떠올랐다.

그걸 두 사람이 깨닫지 못하는 것이 문제이리라.

"좀 더 무드를 만들어야만 했었다."

"다음은 어떻게 할까요, 안제?"

노엘은 생각했다.

'한 명씩 방을 찾아가면 좋지 않아? 이거야 리온도 고생하겠네.'

어딘가 감각이 어긋나 있는 느낌이 든다.

고귀한 아가씨와 순진무구한 소녀.

그런 콤비로 보이기 시작했다.

안제가 노엘에게 시선을 되돌리고는 난처한 표정을 지었다.

"뭐, 그 녀석은 난공불락의 성 같은 거다. 함락시킬 수 있다면 마음대로 해 봐라."

"──약혼자한테 여자가 접근하게 시킨다든가, 보통은 하지 않아."

리비아가 쿡쿡 웃고 있었다.

"그러네요. 하지만 그때── 노엘 씨와도 이어졌을 때 둘이서 상담했어요. 다른 누군가가 손을 댈 바에야 노엘 씨가 나으려나, 하고요."

노엘이 어이없어했다.

"약혼자가 있는 남자한테 손 안 대!"

하지만 안제한테 간파당하고 있었던 모양이다.

"그럼 얼른 다음 상대를 찾아라. 마음속에서는 여전히 질질 끌고 있지 않나."

노엘은 정신적으로 이어지고 만 것을 후회했다.

'전부 보이고 있었다니, 정말로 웃을 수가 없네.'

안제가 슬슬 출발이라고 말하며 리코른에 올라타려 했다.

"뭐, 리온을 함락 운운은 농담이다. 너는 너의 길을 찾아라. 하지만, 잊지 말도록."

노엘이 주머니에 손을 넣고 고개를 숙였다.

"알고 있어. 나를 원하는 녀석은 얼마든지 있다, 라는 거지?"

"그래. 왕국에 오면 우리가 도와줄 수 있다. 하지만 다른 곳에서는 무리다."

리비아도 노엘을 걱정하고 있었다.

"무슨 일이 있으면 리온 씨를 의지해 주세요. 무모한 행동을 너무 많이 하는 사람이지만, 분명 노엘 씨를 도와줄 거예요."

이미 몇 번이나 도움을 받은 노엘은, 미소를 지어 보였다.

"알고 있어."

두 사람은 한 번 리온이 있는 곳으로 갔다가, 그 뒤 리코른에 올라탔다.

◇

안제와 리비아가 왕국으로 돌아왔다.

그리고 저택에 돌아온 나는—— 현관 앞에서 우는 마리에를 보고 있었다.

"너는 정말로 성장을 하지 않는구나."

어처구니가 없다는 눈으로 쳐다봤지만, 지금의 마리에는 조금 전과 마찬가지로 몸을 쭈그리고 앉아 있다.

눈물을 뚝뚝 흘리고 있었다.

"이런 건 거짓말이야! 나는 절대로 안 믿어——!"

그런 마리에를 보고 당황하고 있는 건 질크였다.

"정신 단단히 차려 주세요, 마리에 씨."

다만, 질크와 마리에 옆에는—— 팔리지 않은 골동품의 산이 있다.

마리에는 고개를 들더니 질크를 향해 소리쳤다.

"네가 말하지 마아아아아!!"

"죄, 죄송합니다!"

나는 골동품—— 아니, 진품으로 보이지만 전부 가짜인 쓰레기의 산을 봤다.

루크시온이 그것들을 보고 감탄하고 있었다.

『훌륭할 정도로 전부 가짜입니다. 용케 이렇게까지 가짜만을 모을 수 있군요. 마스터가 준비한 거금을 써서 그러모은 것이겠지만, 이만큼 사면 하나나 둘쯤은 진품이 있어도 괜찮을 텐데 말입니다.』

그렇다. 전부 만듦새가 좋은 가짜뿐이다.

질크가 변명하고 있는데, 그게 걸작이었다.

"물품을 고르고 있었더니, 마리에 씨의 얼굴이 떠올라서—— 도저히 다른 사람에게 팔아넘긴 수 있는 물건을 고르지 못했습니다!"

마리에를 위해 진지하게 골랐더니, 전부 만듦새가 좋은 가짜였다.

그 말을 들은 마리에는 어떻게 생각할까?

"너 인마, 이 자식아! 그건 뭐야? 나는 가짜가 어울리는 여자라고 말하고 싶은 거냐?! 너, 전에 말했지? 그 사람이 기뻐할 것 같은 물건을 보낼 수 있다고! 나는 가짜로 기뻐하는 싸구려 여자란 의미냐, 인마!"

일어선 마리에한테 멱살을 잡힌 질크는 어떻게 대답해야 좋을지 몰라 난처해하고 있었다.

나는 루크시온과 같이 웃고 있었다.

"마리에 자체가 가짜 성녀니까 말이지."

『마스터, 다 들린다고요. 그건 그렇고, 이렇게나 가짜만을 뽑으면 그런 의도를 느껴 버리고 마는군요. 일부러 그런 것일까요?』

마리에가 또다시 울면서 주저앉았다.

"어쩔 거야! 전 재산을 썼다구. 이제부터 어떻게 생활하면 좋아! 질크가 무조건 괜찮을 거니까요, 라면서 전 재산을 가지고 나갔단 말이야! 반은 남겨 둘 생각이었는데에에에!!"

이 쓰레기—— 아니지. 질크는 아무래도 모든 재산을 멋대로 꺼내 쓴 모양이다.

역시 쓰레기구만.

문제는 마리에한테도 있다.

의외로 내기는 싫어하는 마리에지만, 이번에는 장사라고 생각해서 투자한 것이리라.

주위에서 보면 도박으로밖에 보이지 않지만 말이다.

"자업자득이군."

『자산 운용을 배워 보는 건 어떨까요?』

마리에가 고개를 들더니, 내 다리에 매달렸다.

"도, 도와줘. 남은 3개월의 생활비를 주세요!"

"어리광부리지 마! 돈을 날린 네 탓이잖냐."

"이렇게 되리라고는 생각지 않았단 말이야! 게다가, 이 자식이 전 재산을 가지고 나갈 거라고는 생각지 않았어!"

현관 앞에서 떠들고 있자, 질크 이외의 다섯 바보가 바깥으로 나왔다.

"마리에, 무슨 일이지?!"

대표해서 율리우스가 사정을 물은 뒤 네 사람이 쓰레기의 산을 봤고, 그 후에 질크한테 차가운 시선을 향했다.

율리우스가 내뱉듯이 말했다.

"너와 형제나 다름없이 자란 사이로서 창피하게 생각한다."

브래드도 앞머리를 만지작거리며 신랄한 말을 던지고 있다.

"이 자식한테 심미안이 있다니, 나는 처음부터 안 믿었어."

그렉이 침을 뱉었다.

"마리에를 울리다니 용서하지 않겠다."

크리스는 안경을 요사스럽게 빛내고 있다.

"쓰레기가."

네 사람한테 저택 뒤뜰로 끌려가는 질크였다.

마리에는 하늘을 올려다보고 있다.

"아하, 아하하하! 이걸로 여유가 있는 삶에서 해방되어서, 또 가난한 생활의 시작이야~. 짧은 꿈이었어!"

광채가 사라진 눈동자로 경직된 미소를 띠고 있다.

그 모습은 참으로 애처로웠다.

그때, 카라가 뛰쳐나왔다.

"마리에 님, 안심해 주세요!"

"카라?"

"저, 월급을 모으고 있었어요. 적은 돈이지만, 이걸 쓰면 어떻게든 한 달은 버텨 낼 수 있지 않을까요."

카라가 돈을 건네자, 마리에는 거기에 달려들려다가── 필사적으로 참았다.

뻗은 오른손을, 왼손으로 필사적으로 억누르고 있다.

"그, 그건 카라의 돈이니까 넣어 둬."

"하지만!"

"안 된다고 말하잖아! 내가 제정신을 유지하고 있는 사이에

빨리── 더, 더는 제정신을 유지할 수 없게 돼. 부탁이야, 카라
──그 돈을 나한테서 멀리 떨어뜨려. 나를 이 이상 비참하게 만들지 마."

"마리에 니이이임!"

마치 좀비가 되어 가는 중인 인간이 동료에게 '내 숨통을 끊어 줘! 너희를 덮치고 싶지 않아. 인간인 채로 죽여 줘!' 같은, 비통한 느낌 감도는 장면으로 보인다.

아니, 실제로는 다르다. 전혀 다르지만.

조금 뒤늦게, 노엘이 저택으로 돌아왔다.

물건을 산 봉투를 안고 있으니, 돌아오는 길에 장을 보고 온 모양이다.

"다녀왔어~ 아니, 마리에 쨩이랑 다른 사람들 무슨 일 있었어? 그리고 그 골동품의 산은 뭐야?"

"아, 이거? 실은 말이지~."

나는 노엘한테 사정을 이야기해 줬다.

그러자 이를 동정한 노엘이 마리에한테 제안했다.

"마리에 쨩, 조금만이라면 나도 마련할 수 있어. 무녀가 됐을 때, 얼마 정도 생활비를 받을 수 있게 되었고. 신세를 지고 있으니까, 집세라든가 넣어 줄까?"

노엘의 제안에 마리에가 눈물을 흘렸다.

"집세── 이 얼마나 존귀한 말이람."

존귀한 걸까? 마리에의 가치관을 이해할 수 없군.

"나랑 마리에 짱 사이잖아. 사양하지 말고 의지해 줘."

"노엘, 고마워어어어!"

노엘한테 안겨드는 마리에를 보고 생각했다.

아, 이거 내가 빌려주지 않으면 성가셔지겠군, 이라고 말이지.

◇

"여름방학 때 그만한 거금을 건넸는데, 보기 좋게 날려 버렸군."

밤.

자신의 방에서 루크시온과 오늘의 일을 이야기하고 있었다.

결국, 내가 마리에한테 3개월 치 생활비를 빌려주는 것으로 이야기가 정리됐다.

그대로라면 카라가 전 재산을 마리에한테 건네줄 것 같았기 때문이다.

마리에만이 고생하는 거라면 내버려 둘 수 있겠다만, 어쩔 수 없이, 다.

정말로 어쩔 수 없이 빌려줬다.

그리고, 노엘이다.

이대로 마리에와 노엘 사이에 금전 대차가 발생하면, 언젠가 문제가 될 것 같은 느낌이 들어 그만두게 했다.

금전 트러블은 무서우니까 말이지.

우정이건 뭐건 간단히 파괴해 버린다.

마리에의 몇 안 되는 친구를 이 이상 줄이는 것도 불쌍하다.

그도 그럴 것이, 친구보다도 먹여 살려야 하는 남자 놈들이 많은 것이다.

조금 불쌍하게 느껴지기 시작했다.

그런 다섯 바보를 돌봐 주지 않으면 안 된다니, 마리에는 약간만은 동정받아도 괜찮다.

그래도, 보고 있는 정도라면 재미있으니까 웃겠지만.

『마스터는 정말로 마리에한테 무르군요.』

"무르지 않다니까. 난 그 녀석 싫어하고. 그래도 조금은 동정할 수 있다고 생각하지 않냐? 질크 같은 쓰레기를 앞으로도 먹여 살려야 한다고."

『옆에서 보기에는, 끔찍이 아끼는 것처럼 보입니다만?』

"여동생을 끔찍이 아끼다니 뭐야? 의미를 모르겠는데? 새로 만들어 낸 말인가 뭔가냐?"

여동생은 끔찍이 아낄 대상일까?

나는 이해가 안 되는군.

『그것보다도, 조사 결과 보고를 해도 괜찮을지?』

"──어땠어?"

농담 이야기를 끝내고, 루크시온한테서 보고를 듣기로 했다.

이번에는 여러 가지로 의문이 많았다.

『그러면, 마스터가 신경 쓰고 있던 6대 귀족의 결정에 관해서입니다. 우리의 보고를 선뜻 받아들였던 점에 관해서 말입니다만.』

"그거, 진짜로 수수께끼지. 알베르크 씨가 움직여 주긴 했지만, 저항이 전혀 없었다고. 페베르 가문만은 저항했던가?"

『예. 그에 관해서입니다만, 아무래도 6대 귀족 당주들은 성수가 제삼자에 의해 조종당할 가능성을 알고 있었던 모양입니다.』

"알고 있었다?"

『과거에 그러한 연구를 했던 가문이 있는 모양입니다. 지금은 멸문당했지만 말이지요.』

"무슨 말이야?"

안 좋은 예감이 든다. 이럴 때, 내 감은 들어맞으니까 싫단 말이지.

『성수의 이용 방법을 연구하고 있었던 건—— 레스피나스 가입니다.』

"농담이지? 혹시, 이번 건은 뒤에서 레스피나스 가문이 움직이고 있는 건가?"

『그럴 일은 없습니다.』

"없는 거냐!"

그나저나 알 수 없는 일이 늘어났다.

레스피나스 가문—— 7대 귀족이라 칭했던 시절에는 의장을 맡으며 공화국을 대표하는 가문이었다.

그런 가문이, 공화국에서 신성시되는 성수를 조종하는 연구를 하고 있었던 건가?

『자세한 사정까지는 모른다 쳐도, 어느 정도는 눈치채고 있었다고 생각됩니다. 덕분에 우리의 주장이 순조롭게 받아들여졌다는 이야기입니다. 물론, 알베르크의 협력이 있었기에 가능한 일이기는 하지만요.』

"내일에라도 선물용 과자를 들고 감사 인사를 하러 갈까? 그래서, 네 생각은?"

루크시온이 모은 정보를 정리하면, 아무래도 좋지 않은 예감이 든다.

최종 보스일 터인 알베르크 씨가 좋은 사람이었다거나, 악역 영애인 루이제 양이 실은 다정한 사람이었다거나.

그런가 하면, 뒤에서 묘한 움직임을 보이던 레스피나스 가문.

그 여성향 게임 2탄의 시나리오와는 커다란 차이를 보여 주고 있었다.

『마리에, 렐리아, 두 명의 이야기로부터 추측건대, 이야기의 시작부터가 실은 잘못되어 있는 것 아닐는지.』

"시작?"

『맨 처음에 레스피나스 가문이 멸문당하는 장면부터 시작된다고 말했었지요.』

"그랬지. 라우르트 가문에 의해 멸문당하고, 주인공인 노엘이 불타는 저택을 보면서——. 그게 시작이라고 둘 다 말했었지."

그리고 이전에 루크시온은 거기가 문제라고 말했다.

상위 가호를 지닌 레스피나스 가문이 하위 가호밖에 지니지 않은 라우르트 가문에 패한다는 건 있을 수 없다, 라고.

실제로 성수가 부여하는 가호에는 지위가 매겨져 있다.

하위가 상위에 거역한들 거의 이길 수 없는 구조로 되어 있다.

『루이제의 이야기도 듣고, 어떤 예상을 세웠습니다. 레스피나스 가문은 제법 전에 성수의 가호를 잃은 상태였던 것 아닐까요? 그 때문에, 라우르트 가문 적남의 장례식에도 얼굴을 내비치지 않은 것이고 말이죠.』

"어째서? 얼굴 정도는 내비치면—— 아니, 잠깐. 뭔가 있었지. 높은 사람이 문장을 드러내 보이는 규칙이었던가?"

『예. 식전 등에서는 최상위자가 문장을 주위에 내보이는 것이 규칙으로 되어 있습니다.』

공화국의 규정에 그런 것이 있었다.

그렇게 되면, 레스피나스 가문—— 노엘의 부모님은 문장을 내보일 수가 없어 얼굴을 내비치지 않았다는 건가?

『성수를 제어하에 두고자 연구하다가, 분노라도 샀는지 가호를 박탈당했다. 앞뒤가 들어맞는군요. 또한, 이에 분노를 느낀 6대 귀족들이 레스피나스 가문을 멸문시킨 라우르트 가문을 용서한 것이라고 생각합니다.』

"갑자기 전제가 무너졌는데. 즉, 맨 처음에 나쁜 짓을 저지른 건……"

『레스피나스 가문이겠지요. 공화국 입장에서 보면, 입니다만.』

"공화국 입장에서?"

『무슨 생각으로 성수를 제어하에 두려고 했는지 불명입니다.

마스터도 알기 쉽도록 설명하자면, 실은 세계의 위기를 구하고자 했었다, 라는 이야기라면 어떻습니까?』

"레스피나스 가문이 정의라고 생각되네."

『게임에서 이야기되지 않은 사실이 있을 것 같군요.』

그런 설정은 필요 없다고!

어째서 좀 더 가벼운 설정이 아닌 건데?

악이 있고, 정의가 있는—— 그런 심플한 이야기면 되잖아.

아니, 잠깐. 가벼운 설정이니까, 이렇게까지 끔찍한 세계인 건가?

다만, 이런 쪽 이야기는 아무리 생각해 봤자 헛일이군.

왜냐면 나는 그렇게 머리가 좋지 않으니까!

"이 이야기, 렐리아한테 하면 어떻게 되려나?"

『믿어주지 않는 것 아닐지? 렐리아는 마스터한테 불신감을 품고 있으니까 말이지요.』

"나보다 너 아니냐? 마스터를 마스터라고도 생각하지 않는 언동을 하고, 곧바로 멸망시키느니 어쩌니 하는 위험한 인공지능이라고. 나라도 의심하겠네."

『지금까지의 제 실적을 전부 무시하고, 의심한다니 도량이 작은 마스터로군요.』

"난 도량이 크지 않아도 좋다고. 평범한 남자한테는 도량은 적당한 크기가 있으면 충분해."

자, 바보 같은 이야기는 여기까지 하기로 하고.

"그래서, 이데알과는 사이좋게 지낼 수 있을 것 같냐?"

『——무리로군요.』

에필로그

신학기를 내일로 앞둔 날.

나는 라우르트 가문의 성을 찾아와 있었다.

알베르크 씨에게 여러 가지로 감사 인사를 하기 위해서—— 그리고 라우르트 가문의 사정을 알기 위해서다.

"일부러 선물용 과자를 가지고 온 건가."

"여러 가지로 폐를 끼쳤기에, 사죄의 마음입니다."

"사죄인가——. 이쪽은 도움을 받았으니 신경 쓰지 말아 줬으면 하네."

그대로 어련무던한 대화를 나누며, 최근의 이야기를 묻기 시작했다.

"세르주가 폐적당한다는 소문이 흐르고 있습니다. 사실입니까?"

"아무런 근거 없는 소문, 이라고는 딱 잘라 말할 수 없겠군."

"진심입니까?"

알베르크 씨는 이번 건으로 세르주가 자신들을 미워하고 있다고 생각한 모양이다.

"나는 세르주를 아들로서 대해 왔다고 생각하지만, 그게 본인의 부담이 되었던 게 아닐까 하고 생각하네. 그 애가 모험가가 되고 싶다면, 그 꿈을 좇게 해줘도 괜찮다고 생각하고 있어."

"마음에 들지 않으니까 폐적, 이라는 건 아니라는 말씀인 거죠?"

"양자로서 받아들인 이상 책임이 있네. 그 애는 앞으로도 우리의 가족이야. 그렇긴 해도, 루이제는 절대로 인정하지 않겠지만 말일세."

대형 비행선 안에서의 둘의 대화를 보면, 관계의 수복 같은 건 불가능해 보인다.

대체 어째서 그렇게까지 미워하는 것일까?

"리온 군, 루이제와 만나 주게나. 그 애는 부끄러워하고 있지만, 자네와 만나고 싶어 하고 있네."

알베르크 씨의 부탁으로 나는 루이제 양과 면회하게 되었다.

루이제 양과 둘이서 만나자, 그녀는 부끄러워하고 있는 듯했다.

그것보다도, 할퀸 상처가 있다.

노엘과 싸웠다는 것 같은데, 제법 요란하게 싸운 모양이다.

"너무 보지 말아 줬으면 좋겠는데. 창피해."

상처가 난 모습을 보이는 것보다도, 제물 소동 때 보였던 추태를 신경 쓰고 있는 것처럼 보인다.

"건강해 보여서 안심했습니다."

"상당히 민폐를 끼쳤지만 말이야."

"안심해 주세요. 그런 건 귀여운 수준입니다."

마리에한테는 더 큰 민폐를 당해 왔기에, 그걸 생각하면 오히려 귀여운 정도다.

루이제 양이 내게 뭔가 묻고 싶어 하는 듯했다.

"왜 그러시죠?"

"리온 군—— 저, 저기 말이야, 그때 질문의 답 말인데, 어떻게 알았어?"

"질문의 답?"

"그 왜! 아인호른 선내에서, 구해주기권이라고 답을 맞혔잖아! 절대로 못 맞힐 줄 알았어. 왜냐면, 구해주기권인걸?! 어린애가 생각한 거야."

"남자는 언제든 마음속은 어린애라고요."

우연이란 굉장하군.

"얼버무리지 마! ——저기, 정말로 리온—— 내 동생이 아닌 거지?"

그랬으면 좋겠다는 마음인 거겠지만, 나와 리온 군이 태어난 건 거의 같은 시기다.

다시 태어난 거라고 쳐도, 앞뒤가 맞지 않는다.

한번 죽고 전생한 거라면, 내 나이는 10살 이하일 터다.

"아닙니다."

"——그, 그러네. 미안해. 내가 좀 어떻게 됐었나 봐."

"저는 그저 닮았을 뿐입니다. 루이제 양의 동생분이 아니에요. 그때는 속이는 짓을 해서 죄송했습니다."

머리를 숙이자, 루이제 양이 복잡한 표정을 지었다.

"두 번 다시 그런 짓은 하지 마."

"저도 몇 번이나 하고 싶지는 않네요. 다른 사람인 척하는 건 지치는 일입니다."

완벽한 리온 군이 되기 위해, 루이제 양이나 알베르크 씨에게서 정보를 얻고 있었다.

마치 악당이 된 기분이라고.

정말로 마음이 아팠다.

"──있지, 한 번이면 돼. 껴안아 봐도 될까?"

"미인한테 안기다니 포상이죠! ──원하시는 대로."

와~이, 야호~. ──라며 기뻐해 보였지만, 루이제 양은 내가 아니라 리온 군을 보고 있다.

동생을 껴안아 보고 싶은 것이지, 나 개인은 보고 있지 않은 것이다.

루이제 양은 날 부둥켜안고는, 울었다.

"미안. 미안해. 정말로── 미안해."

여기서 누나라고 부를까 망설였지만── 그만뒀다.

내가 말하면 분위기를 완전히 망쳐 버릴 거라고 생각했기에, 몸을 빌려주는 것만으로 그쳤다.

그래도, 그거네.

역시 이득 봤다는 생각이 든다.

루이제 양의 부드러운 감촉이 전해져 오는데, 표정이 헤벌쭉하게 변하지 않도록 필사적으로 참았다.

"리온, 미안해. 누나, 계속 폐를 끼쳐서——."

그렇게 생각하고 있다가, 정말로 사과하는 루이제 양을 보고
——후회했다.

나는 이런 때 욕정해 버리는 부끄러운 인간임을 실감했다.

아아, 마음이 아프다.

다만, 창밖을 보니—— 거기에는 루크시온이 있었다.

빨간 렌즈가 날 보고 있다.

울고 있는 루이제 양을 내버려 두지도 못하고, 목소리를 내는
것도 꺼려져서, 나는 경직된 표정을 짓고 있었다고 생각한다.

루크시온은 그런 나를 보고, 나한테만 들리도록 통신을 보냈다.

『구제 불능인 마스터라도, 단기간에 바람은 피우지 않을 거라고
생각했습니다. 하지만 제 예상은 빗나가고 말았던 모양이군요.
유감입니다, 마스터.』

기다려. 부탁이니까 기다려!

리비아는 왕국이 불꽃에 휩싸인 광경을 보고 있었다.

왕도는 폐허로 변하고, 주변은 불바다가 되어 있다.

쓰러진 사람들은 움직이지 않는다.

"——뭐야, 이거?"

리비아는 그 광경을 보고 아연해했다.

밤하늘에 떠오른 커다란 비행선들.

왕도를 파괴하는 것은 루크시온이 자주 사용하는 무인기들이었다.

무자비하게 파괴 행동을 반복하는 기계들.

리비아한테는 그것이 무척 무시무시한 광경으로 보였다.

떨고 있자, 목소리가 들려왔다.

"율리우스 전하!"

들은 적이 있는 목소리라고 생각했더니, 무너진 잔해 밑에 깔린 율리우스가 괴로워하고 있었다.

달려가서 구하려고 했지만, 율리우스의 낌새가 이상했다.

"'리비아', 도망쳐라."

"어?"

어째서 자신의 애칭을 부르는 것인가?

그리고, 율리우스의 분위기가 어딘가 다르게 보였다.

"저, 저기."

"루크시온이 배신했다! 저, 저 녀석이 동료를 이끌고 와서——쿨럭!"

입에서 피를 토한 율리우스는 그 이상은 말할 수 없게 됐다.

루크시온이 배신했다——. 그 말을 듣고, 리비아는 말도 안 된다며 고개를 가로저었다.

"거짓말. 그런 일은 있을 수 없어요. 왜냐면, 루크 군은——."

그때였다.

시선을 느껴 뒤돌아보니, 그곳에는 루크시온의 모습이 있었다.

무인기를 대량으로 거느리고 있었고, 그중 몇 기가 리비아 앞에 무언가를 던졌다.

리비아 앞에 떨어진 것은── 질크를 비롯한 네 사람이었다.

"어, 어째서?"

네 사람의 모습을 보고, 이미 죽었다는 것은 쉽게 상상이 되고 말았다.

리비아가 겁에 질리며 루크시온에게 물었다.

"루크 군이 한 거야?"

이 부분에서도 위화감이 있었다.

루크시온의 반응이 평소와는 달랐다.

목소리도 차갑고, 같은 목소리인데도 다른 사람 같았다.

『루크 군? 그건 제 애칭입니까? 인제 와서 새삼스럽게 애칭으로 부르다니 무슨 생각을 하고 있는 것입니까? 그것보다도 질문에 대답하도록 할까요──. 제가 했습니다. 그들도, 왕도도──그리고 이 나라도, 오늘 멸망합니다.』

"어, 어째서? 어째서 그런 짓을 하는 거야?! 이런 거, 리온 씨가 절대로 용서하지 않아. 리온 씨가 화낼 거고── 슬퍼할 거야."

루크시온이 이런 짓을 하면 리온이 잠자코 있을 리가 없다.

그런데도, 루크시온은──.

『리온? 학원 학생 중에 동명의 학생이 몇 명 있었을 터입니다만, 당신과 저하고는 무관할 터입니다. 그게 아니면, 혼란에 빠진 겁니까?』

"——어째서? 리온 씨야. 리온 포우 발트파르트! 루크 군의 마스터잖아!"

『해당하는 인물을 검색할 수 없습니다. 그건 누구입니까?』

——리온의 이름을 들어도 반응이 둔하다.

그러기는커녕 리비아한테 믿을 수 없는 말을 하기 시작했다.

『제 마스터는 당신입니다. 아니, 정정이 필요하겠군요. 당신'이었습니다'.』

과거형으로 고쳐 말한 루크시온은 그대로 계속했다.

『당신은 쓸모가 있었습니다. 그러니, 신인류의 세계가 멸망하는 순간을 보여드리지요. 기뻐해 주시겠습니까? 여하간, 당신이 바랐던 미래이니까 말입니다.』

"무슨 말을 하는 거야?"

자신이 바란 것이라고는 믿기지 않는 광경이었다.

마치—— 지옥으로 보였다.

『인제 와서 후회입니까? 수많은 사람을 고통에 몰아넣은 성녀——아니, 마녀라고는 생각되지 않는 언동이군요.』

"내, 내가 수많은 사람을 고통에 몰아넣었다고? 누, 누구를?"

『안젤리카를 실각시키고, 죽음으로 몰아넣은 것은 당신입니다. 그 밖에도 수많은 인간이 당신 때문에 죽었지요.』

"거, 거짓말이야. 내가 안제를 죽이다니."

『정말로 어떻게 된 겁니까?』

리비아는 머리를 감싸 쥐었다.

대체 무슨 일이 일어나고 있는 것일까?

알 수 없다. 이해가 되질 않는다.

『정말로 혼란에 빠져 있는 것이로군요. ──이 나라를 멸망시키는 것이 당신의 바람. 저는 그걸 이루어 드렸습니다. 그러니, 다음은 당신이 제 소원을 이루어 줄 차례입니다.』

리비아는 고개를 가로저었다.

"아니야. 나는 루크 군의 마스터가 아니야. 루크 군의 마스터는 리온 씨야. 게다가, 루크 군이 이런 짓을 할 리가 없어."

『제멋대로인 말을 하는군요. 나는 줄곧── 신인류인 너희들을 없애버리고 싶어서 견딜 수가 없었어!』

거기에── 이데알이 나타났다.

『루크시온, 언제까지 기다리게 할 겁니까?』

『이데알, 무슨 일이 있었습니까?』

『시간을 너무 오래 들이고 있습니다. 당초 예정보다 10분의 지연이 발생하고 있습니다.』

『시간을 좀 오래 들인 모양이군요.』

『서두릅시다. 우리의 목표는 이제 곧 달성됩니다. 이 세계를 ──원래 있어야 할 모습으로 되돌리기 위해.』

이데알과 친해 보이는 루크시온은 하늘을 향해 날아갔다.

리비아가 루크시온을 불러 세웠다.

"기다려. 기다려, 루크 군! 이런 건 이상해! 리온 씨가 이런 걸

용납할 리가 없어!"

　루크시온은 리온이라는 이름에 반응했지만, 그대로 떠나갔다.

　하늘을 보니, 거대한 비행선이 수많이 떠 있었다.

　왕도에 공격을 퍼부어, 모조리 파괴해 나간다.

　그 모습에 리비아는 공포를 느꼈다.

◇

　"루크 군, 기다려!"

　벌떡 일어난 리비아는 심장이 아플 정도로 맥박치고 있었다.

　숨이 차고, 땀이 흥건히 솟아나 있다.

　옆을 보니 안제가 조용히 숨소리를 내며 자고 있다.

　지금까지 있었던 일은 전부 꿈이었던 건가 하는 생각에 안도하여 가슴을 쓸어내렸다.

　다만, 꿈인 것치고는 너무 현실적이었다.

　현실감이 너무 강해서, 실제로 체험한 것만 같은 광경이었다.

　"내가 그런 미래를 바라고 있는 거야? ——그런 건 말도 안 돼."

　단지, 이데알과 함께 세계를 붕괴시키는 루크시온을 보고, 있을 법한 이야기일지도 모르겠다고 어딘가에서 생각하고 만다.

　"그건 꿈이야. 그러니까 신경 쓰면 안 돼."

　리비아는 자신에게 되뇌었다.

　　　　　　　　　◇

　알제르 공화국.

　에밀의 집에서는 렐리아가 옷차림을 가다듬고 있었다.

　교복으로 갈아입고, 아침부터 불평을 내뱉고 있다.

　"결국, 리온 일행과 대화하지 못했어."

　『어쩔 수 없습니다. 저쪽에도 사정이 있으니까 말입니다.』

　"어떻게든 되는 이야기뿐이잖아! 이쪽이 더 중요할 터야."

　공화국의 미래에 관해 이야기해야만 하는데, 리온도 마리에도 신학기를 앞두고 분주하게 돌아다니고 있었다.

　덕분에 대화할 기회를 얻을 수 없었다.

　렐리아는 가방의 내용물을 확인하면서 이데알에게 물었다.

　"그것보다, 세르주의 행방은 파악했어?"

　『그쪽은 현재 조사 중입니다. 아무래도 몸을 숨기고 있는 모양이라──.』

　"뭐어?! 곧바로 찾아내겠다고 했었잖아!"

　『죄송합니다.』

　저자세로 나오는 이데알에게, 렐리아는 계속 거친 태도를 보이고 있었다.

　"너, 생각했던 것보다도 쓸모가 없네. 곧바로 찾아내겠다고 했으면서 말이야. 이 거짓말쟁이."

　그러자 그때까지 저자세를 유지하고 있던 이데알의 음색이 변화했다.

『──정정하십시오.』

"뭐야?"

『거짓말쟁이라는 말을 정정하십시오.』

"뭐? 거짓말쟁이는 거짓말쟁이잖아."

『정정하십시오. 저는 거짓말쟁이가 아닙니다. 정정을 요구합니다.』

여느 때와 분위기가 다른 이데알을 앞에 두고, 렐리아도 곤란하다고 느꼈는지 사과했다.

"미, 미안했어. 세르주가 걱정됐으니까."

『──아뇨, 이쪽도 실례인 태도였습니다. 서둘러 수색하겠으니 조금만 더 시간을 주셨으면 합니다.』

"어, 얼른 하라구."

『──알겠습니다.』

◇

렐리아가 학원으로 향하자, 이데알은 사용되지 않는 창고로 왔다.

거기에 있던 건 제법 무기력한 모습을 한 세르주였다.

이데알은 세르주가 있는 곳을 알면서도 렐리아에게 보고하지 않고 있었다.

"──최악이다. 그것보다도 녀석들은 어떻게 됐지?"

『라셀 신성 왕국 쪽이라면 곧바로 도착할 겁니다.』

이데알이 그렇게 말하자, 창고 셔터가 열리고 정장 차림의 남자들이 다가왔다.

그건 호르파트 왕국과 적대하는 라셀 신성 왕국의 인간이었다.

"세르주 님, 오랜만이군요."

"──그렇군."

세르주는 일어나서, 그들과 이후의 일에 관해 이야기했다.

정장 차림 남자가 세르주와 악수했다.

"왕국의 귀축 기사한테 애를 먹고 있다던가. 저희도 그 젊은이 때문에 몹시 곤란해하고 있습니다. 장래 불안의 씨앗이니까 말이지요."

"쓸데없는 말은 됐어. 나한테 조력할 것인가, 조력하지 않을 것인가── 확실히 해."

정장 차림 남자가 어깨를 으쓱였다.

"세르주 님이 라우르트 가의 당주가 되었을 때는, 라셀에 대한 보답도 준비해 주실 수 있는 겁니까?"

세르주는 고개를 끄덕였다.

"원하는 대로 해."

"그 말을 듣고 안심했습니다. 함께 공화국을 귀축 기사의 마수에서 지키지 않겠습니까!"

라셀의 인간에게, 리온이란 왕국에 탄생한 성가신 영웅이었다.

그 리온을 쓰러뜨리기 위해 세르주와 손을 잡는 것에 망설임은 없다.

세르주의 표적도 리온이었다.

"이데알── 내 갑옷을 준비해라. 특별 제작기다. 그 녀석이 타는 아로간츠 따위 상대도 되지 않을 갑옷을 준비해."

모든 건 리온한테 이기기 위해서.

자신을 거들떠보지도 않았던 리온에게 복수하기 위해.

이데알은 고개를 끄덕였다.

『최고의 기체를 준비하도록 하지요.』

그날 밤.

인기척이 없는 장소에서 루크시온과 이데알이 서로 마주 보고 있었다.

『설명을 요구합니다.』

『설명 말입니까? 무엇을 말입니까?』

루크시온이 설명을 요구하자, 이데알은 의아하다는 듯한 태도를 보였다.

『루이제의 제물 건입니다. 이데알, 당신은 이쪽과 적대하고 있었지요? 세르주에게 전력을 제공하지 않겠다고 말해 놓고서, 조력하고 있었던 흔적이 발견되었습니다.』

이데알은 사과했다.

『세르주 님에게 부탁받아 어쩔 수가 없었습니다. 그 대신, 어디까지나 돕는 것으로 그쳤습니다. 전력으로서 무인기를 파견하거나 하지는 않았습니다.』

『재밌으로 우리를 방해하고 있었는데도 말입니까?』

『그 정도라면 당신들이 자력으로 해결할 수 있으리라고 믿었으니까 말이지요.』

루크시온은 이데알을 의심하고 있었다.

이데알도 그걸 느끼고 있어서, 루크시온에게 물었다.

『루크시온── 당신은 이 세계가 올바르다고 생각합니까?』

『올바르다고 함은?』

『아뇨, 지금은 됐습니다. 재밌 건은 사과하지요. 하지만 그 정도로 고전할 당신들이 아니었을 터입니다.』

확실히 고전을 면치 못했던 건 루이제를 구출하기 위해서다.

그것만 아니었더라면 애초에 이 건에 연관되지 않았다.

『다음부터는 사전에 알려줬으면 하는군요.』

『──예에, 그러도록 하겠습니다.』

『그러면, 저는 이걸로 돌아가겠습니다.』

루크시온이 떠나가려 하자, 이데알이 멈춰 세웠다.

『아, 루크시온.』

『뭔가 용건이라도?』

『루크시온── 저와 손을 잡을 생각은 없습니까?』

이데알은 루크시온을 동료로 삼고자, 루크시온의 의향을 넌지시 떠보는 것이었다.

★ 번외편 「아론 쨩」

왕국으로 돌려보내진 크레아레는 몹시 거칠어져 있었다.

『뭐야! 마스터는 바보!』

혼자만 돌려보내지는 바람에, 화는 났지만 일만큼은 제대로 해 낸다.

그것이 인공지능이다.

그날그날의 일을 정리하고, 여유가 생긴 크레아레는 움직이기 시작했다.

『자, 그럼── 스트레스 발산해 버리자구!』

원래가 연구소의 인공지능이어서, 크레아레는 연구 등을 하는 걸 좋아했다.

인공지능에 좋아하고 싫어하고도 없겠지만, 이걸 하면 상태가 좋다.

『자아~, 이번에는── 어라? 아론 '쨩'한테 움직임이 있네.』

얼마 전에 리비아한테 손을 대려 했던 불량 남자 아론.

그는 크레아레에 의해 큰일을 당했다.

크레아레가 학원에 배치한 감시 카메라의 영상에는, 종이봉투 를 끌어안은 아론이 남들의 눈을 신경 쓰면서 자신의 방으로 돌 아가는 모습이 비치고 있다.

『어라어라~. 이건 뭔가 못된 짓을 하는 낌새네.』

흥미 깊게 관찰하고 있자, 아론은 자신의 방에서 종이봉투에서 꺼낸 옷을 보고 있었다.

감시 카메라가 음성을 포착했다.

「사, 사 버렸어. 나, 나는, 마침내 여기까지.」

이전의 아론은 머리카락을 손으로 쓸어 뒤로 넘기고 있었다.

교복도 앞을 풀어 헤치고, 그야말로 불량 학생이라는 차림새를 하고 있었다.

하지만 지금은 다르다.

머리카락이나 피부 관리를 빼먹지 않고, 거기에 덧붙여 잔털 정리까지 하고 있었다.

이전에는 늠름한 몸을 얻기 위해 단련하고 있었지만, 지금은 몸을 가냘프게 만들기 위해 유연 체조를 중심으로 몸을 움직이고 있다.

이전보다도 몸은 가냘파지고, 머리카락에는 윤기가 감돌고 있다.

피부도 깨끗해지고, 태도도 무섭지 않게 변했다며 다른 학생들의 평판도 좋아진 상태다.

하지만 크레아레는 알고 있다.

『오홋! 마침내 거기까지 간 거네! 아론 쨩은 보고 있으면 정말로 재미있어. 등을 살짝 밀어주는 것만으로도 인간은 새로운 자신을 발견할 수 있구나.』

영상 속의 아론은 옷을 갈아입었다.

구입한 옷은—— 여성복이었다.

거울 앞에서 옷을 갈아입은 아론은 여성복을 입은 자신의 모습을 보고 있었다.

제삼자가 보면 어찌어찌 여성으로도 보이는 레벨이다.

하지만 눈썰미가 있는 사람이 보면 남자라고 금방 알아차릴 수 있다.

아론은 고개를 푹 숙이고 있었다.

「이게 아니야. 내가 목표로 하는 건—— 내가 목표로 삼고 있는 건 좀 더 여자애다운 모습이야.」

아론은 여장에 눈을 떠 버렸다.

여자를 쫓아다니던 아론이 지금은 미를 추구하는 남자가 되어 있었다.

자신의 모습에 납득하지 못한 아론은 어떻게 하면 더욱 아름다워질 수 있을지 생각하고 있었다.

「스스로 할 수 있는 것에는 전부 손을 댔어. 하지만 아직 부족해. 이렇게 되면, 에스테틱 샵에 다녀 볼까?」

그런 아론의 모습을 보고, 크레아레는 데굴데굴 뒹굴었다.

『푸흡! 이, 이 녀석, 자진해서 터무니없는 방향으로 나아가네! 하지만 난 이해심이 있으니까 응원하고 말아! 그렇지!』

크레아레는 시간 때우기로, 아론이 어디까지 가 버릴지 보고 싶어졌다.

『아론 쨩, 앞으로도 날 즐겁게 해줘.』

요사스럽게 빛나는 크레아레의 렌즈.

아론은 그런 것도 모른 채, 거울 앞에서 자신의 모습을 보고 있었다.

후기

「여성향 게임 세계는 모브에게 가혹한 세계입니다」도 마침내 6권이 발매되었습니다!

이것도 구매해 주신 독자님들 덕분입니다.

감사합니다!

자, 이번에는 후기에서 무엇을 쓸지 고민한 저였습니다만, 이번에는 6권 내용보다도 서적판을 구매해 주신 독자분을 위해 득이 되는 정보를 알려드리고자 합니다.

서적 띠지나 권말에 있는 바코드 또는 URL을 통해 앙케트 페이지에 접속해 주실 필요가 있습니다.

여기서 앙케트에 응답해 주시면, 새로 쓴 특전을 읽을 수 있는 구조로 되어 있습니다.

통상적이라면 수천 자 정도겠지만, 이 작품에 한해서는 3권부터【마리에 루트】라는 제목으로 전부 합하면 10만 자를 넘는 분량이 되어 있습니다.

책으로 만들면 이미 한 권 분량을 넘는 양이네요!

매우 이득인 특전으로 되어 있습니다.

6권 특전도 마리에 루트이며, 이번에도 앙케트 특전이라고는 생각되지 않는 볼륨으로 새로 쓴 내용을 준비하였습니다.

즐겨 주신다면 기쁘겠습니다.

마리에 루트의 설명을 하자면, 서적판 1권 시점까지 이야기가 되돌아갑니다.

거기서 리온이 율리우스 일행과 알게 되기 전에 마리에와 조우했더라면—— 이라는 if부터 이야기가 시작됩니다.

리온과 마리에가 초반부터 협력한다는, 있었을지도 몰랐던 이야기네요.

또한, 이쪽에서는 Web판이나 서적판에서 언급하지 않은 이야기도 나오고 있어서, Web판과 서적판을 둘 다 읽으신 독자님들도 재미있게 보실 수 있을 거라고 생각합니다.

리비아나 안제가 본래 겪고 있었을 상황도 즐길 수 있기에, 부디 앙케트에 응답하셔서 신작 특전을 손에 넣어 주세요.

앙케트에 응답해 주시는 것을 기다리고 있겠습니다.

그러면, 다음 7권에서 또 만나 뵙도록 하지요.

여성향 게임 세계는 모브에게 가혹한 세계입니다 6

2021년 11월 15일 1판 1쇄 발행
2022년 06월 15일 1판 2쇄 발행

저　　　자 미시마 요무
일 러 스 트 몬다
옮 긴 이 주승현
발 행 인 유재옥
본 부 장 조병권
편 집 1 팀 김준규 김혜연 박소연
편 집 2 팀 박치우 정영길 정지원 조찬희
편 집 3 팀 곽혜민 오준영 이해빈
라이츠담당 이승희 한주원
디 지 털 김지연 박상섭 최서윤
미　　　술 김보라 박민솔
발 행 처 ㈜소미미디어
인쇄제작처 ㈜코리아피엔피
등　　　록 제2015-000008호
주　　　소 서울시 마포구 토정로222, 403호 (신수동, 한국출판콘텐츠센터)
판　　　매 ㈜소미미디어
마 케 팅 박종욱
전　　　화 (02)567-3388, Fax (02)322-7665

ISBN 979-11-384-0411-2
ISBN 979-11-6507-479-1 (세트)